DIE BACH RUNTER

Uli Aechtner studierte Germanistik, Philosophie und Kunstwissenschaften in Bonn. Als Journalistin arbeitete sie für das französische Fernsehen TF1, für den Südwestrundfunk und für das ZDF. Seit mehr als zwei Jahrzehnten lebt sie als freie Autorin in der Wetterau.

Dieses Buch ist ein Roman. Handlungen und Personen sind frei erfunden. Ähnlichkeiten mit lebenden oder toten Personen sind nicht gewollt und rein zufällig.

ULI AECHTNER

DIE BACH RUNTER

Kriminalroman

emons:

Bibliografische Information der Deutschen Nationalbibliothek
Die Deutsche Nationalbibliothek verzeichnet diese Publikation in der Deutschen Nationalbibliografie; detaillierte bibliografische Daten sind im Internet über http://dnb.d-nb.de abrufbar.

FSC
www.fsc.org
MIX
Papier aus verantwortungsvollen Quellen
FSC® C083411

Umschlagmotiv: Montage aus pixx/photocase.de, shutterstock.com/Videomatic
Umschlaggestaltung: Nina Schäfer, nach einem Konzept von Leonardo Magrelli und Nina Schäfer
Umsetzung: Tobias Doetsch
Gestaltung Innenteil: César Satz & Grafik GmbH, Köln
Lektorat: Marit Obsen
Druck und Bindung: CPI – Clausen & Bosse, Leck
Printed in Germany 2019
ISBN 978-3-7408-0497-8
Originalausgabe

Unser Newsletter informiert Sie regelmäßig über Neues von emons:
Kostenlos bestellen unter
www.emons-verlag.de

Wenn die Wölfe kommen,
nahen Kälte, Krieg und Tod.

Überschrift eines Artikels von Eckhard Fuhr,
Die Welt

EINS

Er hatte die Tiere in den Pferch getrieben, nun schaltete er den Generator ein und setzte den dünnen Weidezaun, der die Herde umgab, unter Strom. Mit einem schrillen Pfiff rief er die Hunde herbei und ging ihnen zum Schäferwagen voraus. Ein Holzverschlag auf Rädern war das, grün angestrichen, so fiel er in der Landschaft kaum auf. Es befand sich kein Fenster darin, nur eine Tür. Mit Hilfe der Deichsel konnte er den Wagen überallhin karren. Drinnen gab es eine schmale Schlafstatt, hart und unbequem, aber brauchbar. Die Hunde konnten von außen in die Hütten kriechen, die knapp über der Deichsel eingelassen waren, eine hinten und eine vorn.

»Asta, Nielsen!«, lockte Matthäus.

Die beiden trotteten mit gesenkten Köpfen vor ihren jeweiligen Eingang und ließen sich anleinen. Sie waren müde. Am Vormittag hatten sie die Schafe mehrere Stunden lang über eine weite Wiese getrieben, am Nachmittag noch einmal über eine andere. Nur so hielt die Herde den Bewuchs kurz. Durften die Schafe frei grasen, fingen sie an zu naschen, labten sich an ihren Lieblingsgewächsen und ließen andere Pflanzen stehen, die sich dann umso ungestörter ausbreiteten. Für solche Schlamperei bezahlte niemand. Matthäus' Schafe mussten die Flächen sauber halten, die man mit dem Mäher kaum erreichte: unebenes Gelände oder Streuobstwiesen, auf denen Bäume den Maschinen im Weg waren. Gemeinsam retteten sie die Landschaft vor der Verbuschung. Harte Arbeit war das, für Matthäus wie für jedes einzelne Tier.

»Nacht«, raunte er den Hunden zu und griff nach seiner Schäferschippe, deren langer Stiel für einen Besen gereicht hätte. Mit ihr konnte er im Stehen giftige Pflanzen ausstechen. Er fing kranke Schafe damit ein, indem er sie mit dem Haken, der sich seitlich an der kleinen Schaufel befand, am Bein packte. Er stützte sich mit beiden Händen am Stab ab, oder er lehnte seinen Rücken daran an, die zum Päckchen gefaltete Jacke als Polster zwischen Stielende und Wirbelsäule gesteckt, wenn sich das lange Stehen in seinen alten Knochen bemerkbar machte. Es hieß, dass mancher Schäfer in dieser Haltung schlafen konnte, Matthäus war es noch nie gelungen.

Aber vermutlich war das ohnehin nur ein Mythos.

Er freute sich auf sein warmes Bett. Im Schäferwagen übernachtete er nur, wenn er weitab von zu Hause hütete, sonst schlief er daheim. Über Nacht kamen die Tiere allein zurecht. Der Elektrozaun hielt die Schafe davon ab, sich zu zerstreuen. Und sollte sich jemand Unliebsames nähern, würden die Hunde anschlagen. Ihr Bellen und Knurren reichte oft schon aus, um selbst einen Wolf in die Flucht zu jagen. Bei dem Gedanken lächelte Matthäus zufrieden.

Er wandte sich zum Gehen, doch ein Zwacken in seinem unteren Rücken ließ ihn zögern. Die Hände in die Hüften gestemmt, bog er das Kreuz durch, atmete tief ein und blickte noch einmal zurück. Die Dämmerung kroch vom Wäldchen her über die Wiesen, die Schafe hatten sich im Pferch niedergelegt. Er konnte nur noch ihre Schemen erkennen, so nah, wie sie am Boden kauerten. Mit mahlenden Unterkiefern käuten sie nun wieder.

Und rülpsten.

Mit diesen vertrauten Lauten war er aufgewachsen. Sein Vater war Schäfer gewesen, sein Großvater ebenso. Schon als Kind hatte Matthäus Schafe gehütet. Ihnen die Hufe ausgekratzt, bei der Schur zugesehen. Er wurde nicht reich mit der Schafhaltung, Geld brachte nur der Verkauf der Lämmer. Aber er hatte sein Auskommen, war sein eigener Herr, soweit es die Versorgung der Tiere zuließ. Tagein, tagaus war er draußen in der Natur und dem Leben ganz nah. Und doch war er nicht wirklich allein. Die Leute in der Gegend mochten und achteten ihn, sie luden ihn zur Kirmes ein und selbst zu den Kaffeerunden im Anschluss an eine Taufe oder ein Begräbnis. Da tauschte man Neuigkeiten und Erinnerungen aus. Nach dem zweiten Schnaps wurde politisiert, nach dem dritten gelacht, und wenn Matthäus wieder zu seinen Schafen ging, war sein Bedürfnis nach menschlicher Nähe für Tage gestillt.

Asta gab ein leises Jaulen von sich. Vermutlich wunderte sich die Hündin, dass ihr Herr noch immer vor dem Pferch auf der Wiese stand.

»Bin ja schon weg«, rief Matthäus ihr halblaut zu. »Passt nur ja gut auf, ihr beiden.«

Drei Lämmer waren in den letzten Monaten spurlos verschwunden. Wölfe konnten sie nicht geholt haben, obwohl einige schon bis in die Gegend vorgedrungen waren. Ein Graupelz war in Frankfurt auf einer Schnellstraße überfahren worden, einen anderen hatte man in der Nähe von Marburg gesichtet. In der Lausitz und der Lüneburger Heide lebten etliche Rudel, die jungen Wolfsrüden setzten sich kilometerweit ab, um neue Familien zu gründen. So breiteten sie sich aus und kamen näher und näher. Doch wenn sie Lämmer rissen, hinterließen sie Vlies und Gerippe, nicht selten auch blutige Kadaver. Zuweilen begnügten sie sich mit den Innereien der Schafe, manche Wölfe nagten ihre Opfer nur an, ganz so, als wäre ihre Mordlust größer als ihr Hunger. Matthäus' Schafe hingegen waren wie vom Erdboden verschluckt gewesen.

In der Gegend um Schotten waren Lämmer gestohlen worden. Die Diebe hatten sich so ungeschickt angestellt, dass die übrige Herde auseinandergestoben war und zwei Tiere sich im Zaun verfangen und verletzt hatten. Eine Weile war das Gerücht umgegangen, die Tat sei Geflüchteten zuzuschreiben. Die armen Leute hätten halt Hunger gehabt, meinten die Gutmenschen im Dorf. Andere berichteten, dass bei einer muslimischen Taufe ein Lamm geschächtet werde. Während es ausblute, spreche der Vater den Namen seines neugeborenen Sohnes aus. Matthäus wusste nicht, was davon stimmte, und es war ihm auch egal, solange man seine Lämmer in Frieden ließ.

Ins Grübeln geraten, setzte er sich langsamer als sonst in Bewegung. Mit jedem Schritt zog er den Geruch der Landschaft in die Nase, den herben Duft der Äcker und Weiden. Seinem gereizten Ischiasnerv nach würde es in der Nacht regnen, so was spürte er zuverlässiger, als es ein Wettermoderator verkünden konnte. Doch der Regen war ihm willkommen. Er ließ das Gras wachsen, und den Schafen machte er nichts aus.

Drei Steinwürfe entfernt huschte ein Schatten über die dämmrige Wiese. Ein streunender Hund, dachte Matthäus. Er verharrte. Asta und Nielsen hatten die Witterung noch nicht aufgenommen, von den beiden kam kein Laut. Der Wind blies den Geruch des fremden Tieres von ihnen weg. Matthäus kniff die Augen zusammen. Taxierte die hagere Gestalt, die langen Läufe, den dichten, struppigen Pelz. Als der Vierbeiner den Kopf senkte, wölbte sich über seinen Vorderläufen ein mächtiger Buckel.

Also doch! Ein Wolf.

Aber da war noch etwas. Da lag etwas auf der Erde. Der Wolf wollte mit dem Fang danach fassen, ließ es dann aber sein und schnüffelte nur daran. Aus der Distanz konnte Matthäus nicht erkennen, was es war.

»Ho, ho, ho!« Er klatschte in die Hände und lief auf den Wolf zu. Asta und Nielsen hörten ihn nun und unterstützten ihn mit ihrem Gebell.

Der Wolf legte den Kopf in den Nacken und antwortete mit lang gezogenem Geheul. Für Sekunden hob sich sein Schattenriss gegen den schwärzer werdenden Himmel ab. Dann duckte sich der Räuber und strich davon.

Matthäus fasste seinen Schäferstab fester und marschierte auf die Stelle zu, an der er den Wolf gesehen hatte. Er musste wissen, an was Isegrim sich hatte gütlich tun wollen. Wenn es nur keins seiner Lämmer war. Hatte er auf dem Heimweg übersehen, wie sich eins von der Herde entfernte?

Ein wenig ging es jetzt bergan, und er geriet ins Schwitzen. Für die Jahre, die er auf dem Buckel hatte, war er gut in Form, den ganzen Tag war er mit seinen Tieren zu Fuß unterwegs. Nur musste er gewöhnlich keine Anhöhen erstürmen, das erledigten Asta und Nielsen für ihn. Außer Atem kam er dort an, wo der Wolf gestanden hatte, und schaute um sich.

Kein Lamm, nirgends.

Da lag nur ein verdrecktes Bündel Stoff in einer ausgebrannten Feuerstelle. Seltsam. Er stützte sich an seinem Schäferstab ab, bückte sich und fasste vorsichtig in die Asche. Sie war noch warm.

Städter, dachte er verächtlich. Die meinten, sie könnten überall in der Natur ihre Würstchen grillen. Einfach so. Schade, dass er sie nicht erwischt hatte.

Er zog die Decke, die Stola oder was immer das sein mochte, ein wenig auseinander. Nun ragte etwas aus dem Stoffbündel heraus. Im nächsten Moment stieß Matthäus einen rohen Schrei aus. Was sich aus dem Bündel streckte, drohte vor seinen müden Augen mit der Dunkelheit zu verschwimmen, so wenig hob es sich von ihr ab. Dennoch gab es keinen Zweifel.

Es war ein winziger menschlicher Fuß.

***

Die Hitze des Tages hatte sich unter dem Dach gestaut. Mitte September herrschten draußen noch sommerliche Temperaturen, und dass Robertas Mansarde aus nur einem Raum mit Kochzeile bestand, machte es nicht besser. In dieser Enge half nicht einmal ein offenes Fenster. Im Kühlschrank suchte sie nach dem Hackfleisch und genoss für Sekunden die kühle Brise, die ihr entgegenströmte. Sie gab Öl in die gusseiserne Kasserolle auf dem Herd, dann stellte sie die Elektroplatte an. Mit wenigen Handgriffen schälte sie das Fleisch aus der Verpackung, warf es in die Kasserolle und zerdrückte es mit dem Pfannenheber.

»Ist der Topf denn schon heiß genug?«, fragte Christian Bär in ihrem Rücken. »Hast du überhaupt Fett reingetan?«

Roberta drehte sich um und sah, dass er ein Lachen unterdrückte. Er nahm sie mal wieder hoch. In gespielter Unschuld hob sie die Schultern. »Was denn? Du weißt doch, dass ich nicht kochen kann.«

»Ja, schon klar. Was soll das überhaupt werden?«

»Chili con Carne. Magst du doch.« Sie beugte sich über ihren Einkaufskorb, der vor der Kochzeile stand. »Ich hab vorhin extra noch Chilibohnen eingekauft. Warte mal, wo sind die denn?«

»Macht nichts, wenn du die Bohnen vergessen hast. Carne tut es für mich auch.«

»Gar nichts hab ich vergessen.« Roberta packte den Korb aus und hob einen Kopf Salat hoch. »Bio. Als Vorspeise vorweg, wegen der Vitamine. Und hier ist der Wein. Und …« Sie ließ die Hände sinken. »Die Bohnen sind weg. Die passierten Tomaten auch.«

»Wie jetzt? Den Tomaten ist was passiert?«, meinte Bär grinsend. Wenn er sie aufzog, sah er aus wie ein Student nach bestandenem Examen, kein bisschen wie Mitte dreißig.

Roberta ließ von ihrem Einkaufskorb ab. »Ein Fall für dich, Herr Kommissar. Irgendjemand klaut mir die Lebensmittel. Und zwar vornehmlich die Konserven.«

»Was du nicht sagst. Dann werde ich den Fall mal aufnehmen. Tathergang? Datum und Uhrzeit? Etwaige Zeugen?«

Roberta winkte ab. »Nein, jetzt mal im Ernst. Letzte Woche habe ich meine Einkäufe einen Moment unbeaufsichtigt im Flur stehen lassen. Auf der anderen Straßenseite war ein Anwohner-Parkplatz frei geworden, den wollte ich mir schnappen. Als ich zurückkam, fehlten zwei Dosen Thunfisch und ein Glas Mayonnaise.«

»Da hatte wohl jemand Hunger.«

»Hab ich auch erst gedacht. Ein Obdachloser, dem würde ich es ja noch gönnen.«

»Ob der auch einen Dosenöffner hatte?«

»Pff. Ich werde beim nächsten Einkauf einen in den Korb legen.« Roberta griff nach dem Salat und tat so, als wollte sie ihn nach Bär werfen. »Das war's wohl mit meiner Essenseinladung.« Sie stellte den Herd aus, zog die Kasserolle zur Seite und ließ sich ihrem Gast gegenüber in den Sessel fallen. Er hatte es sich in der Mitte ihres Sofas bequem gemacht, die Arme auf der niedrigen Rückenlehne weit ausgestreckt, und nahm das ganze Möbel für sich ein.

Vor drei Jahren hatte er sie das erste Mal besucht und genauso dagesessen. Er war gekommen, um sie zurechtzuweisen, weil sie sich in seine Ermittlungen um einen Mord in einer Apfelweinkelterei eingemischt und ihre Mutmaßungen an die Presse verkauft hatte. »Kommentar« hatte sie es genannt, er bevorzugte »wilde Spekulationen und Behinderung der Polizei«.

So heftig, wie er damals seiner Ex nachgetrauert hatte, einer Barbie mit langen Beinen und blonden Haaren, hätte Roberta nie gedacht, dass ihm ihre Kurven und ihre roten Locken mal gefallen könnten. Aber Bär war flexibel. Nur ihr Rhythmus hatte nie gestimmt. Sein Interesse war erst erwacht, als sie mit ihren Gefühlen schon wieder woanders gewesen war, und seine Eifersucht war so groß geworden, dass er beruflich Mist gebaut hatte. Roberta wusste nicht, wie sie es geschafft hatten, halbwegs gute Freunde zu werden. Vermutlich hatten sie beide keine Lust auf weitere Dramen, waren aber bereits zu vertraut miteinander, um auf die Nähe des anderen verzichten zu wollen.

»Komm, wir gehen in die Kneipe.« Roberta sprang vom Sessel auf und schob den Einkaufskorb in die Ecke. Eine der Straußwirtschaften und Gaststätten unten am Schweizer Platz würde schon noch einen Katzentisch für sie haben.

»Und dafür bin ich fünf Treppen hochgelaufen.« Mit einem Stöhnen erhob sich Bär vom Sofa.

»Erzähl mir lieber, was du im Urlaub machst. Du hast doch ab morgen eine Woche frei. Wie sieht dein Plan aus? Last-minute-Flug in die Sonne? Einsame Insel?«

Bär lachte. »Ich habe Amelie den einen oder anderen Ausflug versprochen. Und am Wochenende will sie mit mir wandern gehen.«

»Deine kleine Nichte hat dich ganz schön im Griff. So richtig zünftig mit Jugendherberge und so?«

»Das stellt Amelie sich so vor. Aber vielleicht komme ich um eine Pritsche in der Herberge herum. Mal sehen, was ich daraus mache.«

»Da bin ich ja mal gespannt. Jedenfalls schön, dass du was mit ihr unternimmst.« Roberta war nicht umhingekommen, Amelie näher kennenzulernen, so oft, wie er in seiner Freizeit auf die Kleine aufpasste. Das freche Pferdeschwanzmädchen war mit der Zeit auch ihr ans Herz gewachsen.

Bär war nachdenklich geworden. »In ein paar Monaten wird sie schon zehn, das geht alles so schnell. Ich will nicht, dass sie mir eines Tages ihren Freund vorstellt und ich mich frage, wie zum Henker sie so rasch erwachsen werden konnte.«

»Wo die Zeit bleibt, frage ich mich auch oft«, sagte Roberta. »Aber einen besseren Onkel als dich kann sich Amelie kaum wünschen. Hat sie von ihrem Vater überhaupt eine Vorstellung? Ich meine, wann hat sie ihn zuletzt gesehen?«

Er zuckte resigniert mit den Schultern. »Als Baby, glaub ich. Sie erinnert sich nicht mehr an ihn. Aber dieses Feld überlasse ich lieber meiner Schwester.«

Sein Handy klingelte, und er nahm das Telefonat an.

»Wo?«, hörte sie ihn fragen. »Wann?« Er hielt sein Smartphone dicht ans Ohr, sodass sie nicht verstehen konnte, was der Gesprächspartner sagte. An seiner Miene versuchte sie abzulesen, worum es ging, aber da war nichts außer Konzentration und Anspannung. »Ja, in Ordnung.« Er ließ das Handy wieder in die Tasche gleiten.

»Was ist los?«

»Das war Heinz Becker, mein Chef. Ich muss sofort weg.«

»Ich denke, du hast Urlaub!«

»Schon, aber der fängt erst morgen früh an.«

»Oh Mann. Kein gemeinsames Essen, nicht einmal ein Aperitif am Schweizer Platz?« Roberta gab sich keine Mühe, ihre Enttäuschung zu verbergen.

»Leider nein.« Ein Seufzer zwischen Bedauern und Mitleid seinerseits. »Dr. Zimmer wartet in der Rechtsmedizin auf mich.«

»Rechtsmedizin? Habt ihr etwa eine Leiche?«

Bär biss sich auf die Unterlippe. Sie kannte ihn gut genug, um zu wissen, dass er gerade abwog, wie viel er ihr sagen durfte. »Sanitäter haben in der Rechtsmedizin einen Säugling eingeliefert«, meinte er schließlich. »Etwas Genaues wusste Becker selbst noch nicht.«

»Was?« In Robertas Adern begann es zu kribbeln, in zwei

Schritten war sie beim Garderobenständer an der Tür und griff nach ihrer Handtasche. »Ich komme mit.«

»Tust du nicht.«

»Bär, ich bitte dich! Ich bin Journalistin, über so etwas muss ich berichten.«

Er kam auf sie zu, fasste sie sanft an den Oberarmen und sah ihr in die Augen. »Das ist alles noch nicht offiziell, und wenn ich nicht zufällig hier wäre, hättest du es gar nicht erfahren. Mach mir bitte keinen Ärger und warte auf die Pressemeldung des Polizeipräsidiums.«

»Kannst du mir wenigstens sagen, wo –«

»Ich melde mich.« Er hatte die Klinke der Wohnungstür schon in der Hand.

Sie folgte ihm ins Treppenaus, beugte sie sich über das Geländer und sah ihm nach, bis seine Schritte im Parterre verhallten.

***

Die herrschaftliche Villa, in der das Frankfurter Institut für Rechtsmedizin untergebracht war, hatte einst August Euler gehört, einem genialen Geschäftsmann und Abenteurer. Geschwindigkeit war seine Leidenschaft gewesen, Motorräder, schnelle Autos und Flugzeuge. Um 1900 hatte er den ersten Flugschein in Deutschland gemacht. Später hatte er Piloten ausgebildet, Flugzeuge konstruiert und viele Patente erworben. Bär musste stets an diesen Tausendsassa denken, wenn er in der Rechtsmedizin zu tun hatte.

Die ausgetretenen alten Holzstufen knarrten unter seinen Schuhen, als er in die Obduktionsräume im Souterrain hinabstieg. Ein schwacher Geruch nach Verwesung schlug ihm entgegen, süßlich und muffig. Ein trauriger Ort. Er hatte sich oft gefragt, woher das große Interesse an Leichenschauen kam. All die Krimis im Fernsehen, der Tatort zum Wochenendfinale, die gut besuchten launigen Vorträge von forensischen Pathologen und Psychologen. Aber vermutlich war das die Art, wie eine westliche Zivilisation die Angst vor dem eigenen Tod verarbeitete. Andere Kulturen feierten die Toten, machten Picknick auf den Gräbern ihrer Ahnen. Oder sie stellten Schmuckurnen mit der Asche ihrer Lieben auf den Kaminsims.

»Dr. Zimmer?« Bär blieb an der Tür stehen.

Gleißendes Licht fiel von der Decke auf einen Sektionstisch aus Edelstahl. Er war frisch geputzt, der Ablauf für Blut, Leichen- und Reinigungswasser glänzte, der Aufsatz für die Schalen, in denen die menschlichen Organe bei der Obduktion zwischengelagert wurden, stand am Fußende bereit. In der Mitte des Tisches lag ein zusammengefaltetes Tuch. Und obwohl es mit Erde beschmutzt war, hatten seine leuchtenden Farben eine magische Anziehungskraft. Sie ließen an einen azurblauen Himmel denken, an heißen Wüstensand und sengende Sonnenstrahlen. Ein stilisiertes Muster stellte Elefanten dar.

Afrika, dachte Bär.

»Da sind Sie ja!« Dr. Zimmer trat aus dem hinteren Arbeitsraum und blieb auf der anderen Seite des Sektionstisches stehen. Nachdenklich fuhr er sich über den millimeterkurz getrimmten Bart. »Ich kann Ihre Hilfe brauchen.«

Zimmer war seit zwei Jahren in Frankfurt, und gleich sein erster Fall hatte ihn mit Bär zusammengebracht. Damals war auf einem Eschersheimer Campingplatz eine Frau nach einem Gewitter tot aufgefunden worden. Doch obwohl Zimmer zudem inzwischen mit Katja, Bärs Ex, zusammen war – oder vielleicht gerade deswegen –, siezten sie sich weiterhin hartnäckig. Die Geschichte mit Katja war Bär seinerzeit schwer an die Nieren gegangen, nun hatte sie einen kleinen Jungen mit dem anderweitig verheirateten Rechtsmediziner. Unter der Woche lebte Zimmer bei ihr und dem Kind in Sachsenhausen, die Wochenenden verbrachte er bei seiner Frau in der Wetterau. Katja beteuerte, mit dem Arrangement zufrieden zu sein, doch Bär kannte sie besser. Er hegte den Verdacht, dass sie auf Zeit spielte und insgeheim ein anderes, exklusives Beziehungsziel verfolgte.

Er sah Zimmer an. »Becker sagt, bei Ihnen wurde die Leiche eines Neugeborenen eingeliefert?«

Der Rechtsmediziner wiegte den Kopf. »Ein Säugling, ja. Aber keine Leiche.«

»Aha.« Innerlich atmete Bär auf, tote Kinder waren ihm ein Graus. »Und was fehlt ihm?«

»Das Baby hatte erhöhte Temperatur, als es aufgefunden wurde. Vielleicht aber auch nur, weil jemand es in eine ausgebrannte Feuerstelle gelegt hatte.«

»In … Asche? Aber warum?«

»Wer kann schon in all die kranken Hirne schauen?«, meinte Zimmer mit einem Seufzer. »Womöglich sollte die Restwärme der Asche das Kind vor dem Erfrieren bewahren. Tagsüber könnte man meinen, dieser Sommer gehe nie zu Ende, aber die Nächte werden langsam kühler.« Er hob das Tuch, das auf dem Seziertisch lag, an einer Ecke vorsichtig an. »Darin war der kleine Junge eingewickelt.«

Bär betrachtete erneut das afrikanische Muster. Himmel und Wüste, Feuer und Asche. »Also sind das Brandrückstände, die da an dem Gewebe kleben.«

»Sieht so aus. Das geht gleich morgen früh ins Labor, dann wissen wir mehr.« Zimmer kratzte sich verstohlen am Kopf, auf dem ein Haarkranz die gleiche Länge hatte wie sein Dreitagebart. Bär ertappte sich bei der Frage, wie Katja die Frisur gefallen konnte. Ihm hatte sie zu gern die Haare zerzaust.

»Und das Kind?«, fragte er. »Wieso wurde es hier eingeliefert?«

»Ein Missverständnis.« Zimmer winkte müde ab. »Der Kriminaldauerdienst hat den Sanitätern gesagt, das Baby müsse rechtsmedizinisch untersucht werden. Daraufhin landete es hier statt in der Kinder- und Jugendklinik. Wir haben es gleich rüberbringen lassen. Einer der klinischen Forensiker hat es sich schon angesehen.«

»Und?«

»Kommen Sie, wir gehen mal hin. Alles Weitere erzähle ich Ihnen unterwegs.«

Das Frankfurter Universitätsklinikum kam Bär stets vor wie eine Kleinstadt, die ihr Erscheinungsbild in beängstigendem Tempo von Bonn auf Chicago umstellte. Vor ein paar Jahrzehnten hatte man damit begonnen, die Altbauten aus dem vergangenen Jahrhundert durch moderne Gebäude zu ersetzen. Das Institut für Rechtsmedizin residierte noch in seiner Jugendstilvilla, der Zentralbau am Main jedoch war ein moderner Betonklotz und das Laborgebäude ein futuristischer Glaskasten. Fünfundzwanzig Kliniken und ebenso viele Forschungsinstitute waren hier versammelt. Seit Mitte der 1980er Jahre erforschte man AIDS und kümmerte sich um HIV-infizierte Patienten. Auch einen Ebola-Kranken hatte man hier schon behandelt.

Jetzt, am Abend, fiel fast mehr Licht aus den hell erleuchteten Fenstern auf die Wege, als von den Laternen kam. Zimmer suchte sich zielstrebig seinen Weg durch die Geisterstadt, umschiffte Gebäude und Baustellen. Bär folgte ihm willig.

»Sie wollten mir von dem Baby erzählen«, erinnerte er den Rechtsmediziner.

»Ja, richtig. Ein Schäfer hat es in der Nähe von Erlenweil auf einer Weide gefunden. Kein anderer Mensch weit und breit. Missbrauch können wir ausschließen, die Kollegen haben weder Verletzungen noch Blut-, Sperma- oder Speichelspuren gefunden. Der Bericht geht morgen ins Präsidium.«

»Andere Hinweise auf Gewalteinwirkung?«

»Nein, nichts.«

»Ein Fall von Kindesaussetzung?«

»Das ist schon eher möglich.« Zimmer bog entschlossen um eine Ecke, Bär hatte die Orientierung längst verloren.

Er versuchte, sich das Geschehen vorzustellen. Um es loszuwerden, setzte jemand ein Baby in der freien Natur aus. Doch zuvor nahm er sich die Zeit, ein Feuer zu entfachen, es abbrennen und die Glut so weit erkalten zu lassen, dass er das Kleine gefahrlos in die warme Asche legen konnte. Wollte er die Zeitspanne verlängern, innerhalb der das Kind auskühlen und sterben würde? Denn dass das Baby auf dem Acker von jemandem gefunden wurde, war in der ländlich-einsamen Umgebung kaum zu erwarten gewesen.

»Wer macht so was?«, fragte er. In Gedanken gab er sich selbst die Antwort: ein älterer, beherrschter Täter. Jemand, der sich im Griff hatte, kein Heißsporn. Einer, der plante. Und vielleicht aus der Nähe zuguckte. Ein Sadist.

»Da sind wir.« Zimmer riss die Eingangstür der Kinderklinik auf und strebte zum Aufzug. Bär eilte hinterher, in der Kabine lehnte er sich an die metallene Wand. Er war müde, seine Beine fühlten sich schwer an, und der letzte Arbeitstag vor seinem Urlaub wollte nicht enden.

In der Station dämpfte der Bodenbelag das Geräusch ihrer Schritte. Eine junge Krankenschwester schob einen fahrbaren Computer vor sich her und las im Gehen etwas vom Monitor ab. Bei jedem Schritt wippte ihr Pferdeschwanz.

»Entschuldigung, wo liegt das Findelkind?«, erkundigte sich Zimmer freundlich. Bär zückte vorsichtshalber seinen Ausweis.

»Wir haben es isoliert.« Die Tür, auf die sie wies, hatte ein großes Glasfenster, vermutlich konnte man das Baby so leichter beobachten.

»Isoliert? Was bedeutet das genau?«, wollte Bär wissen.

Sie zog ihren Zopf nach vorn und spielte mit den Haarspitzen. Wie es aussah, half ihr das, sich zu konzentrieren. »Die Temperatur hat sich normalisiert, aber wir sind nicht sicher, ob das Kind wirklich ganz gesund ist. Noch weiß niemand, ob es nicht doch eine Infektion in sich trägt. Warten Sie, ich hole Ihnen einen Mundschutz. Ein Desinfektionsspender hängt drüben an der Wand.« Sie verschwand in einem kleinen Raum, um kurz darauf mit zwei hellgrünen Zellstoffmasken wiederzukommen.

Dann stand Bär in einem Patientenzimmer, Mund und Nase vom Atemschutz bedeckt. Die Beleuchtung war runtergedimmt. Mitten im Raum thronte eine kleine Acrylwanne auf einem Gestell: ein Säuglingsbett. Es war so hoch, dass ein Arzt oder eine Krankenschwester bequem an den winzigen Patienten herankam.

Er beugte sich über das Bettchen.

Wenn er sich Amelies Babyzeit ins Gedächtnis rief, war das Kind darin etwa zwei Monate alt. Es lag ganz still da und schlief, die kleinen Hände hatte es zu Fäusten geballt und neben dem Köpfchen abgelegt. Dass es so dunkel aussah, schob Bär im ersten Moment auf die Raumbeleuchtung. Bis er die krausen Haare sah.

»Ein schwarzes Kind«, murmelte er.

Blauer Himmel, Sand und Sonne. Jetzt passte das afrikanische Tuch auf dem Seziertisch ins Bild.

»Ja«, sagte Zimmer.

Bär kamen alle möglichen weiteren Szenarien in den Sinn. »Kann es sein, dass eine Migrantin ihr Kind nicht mehr ernähren konnte? Und dass sie es deshalb ausgesetzt hat?«, fragte er leise.

»Wer weiß?«, entgegnete Zimmer. »Jedenfalls bin ich mir sicher, dass Sie rauskriegen, was passiert ist. Ich bin verdammt froh, dass der Fall an Sie geht.«

Bär wich einen Schritt von dem Bettchen zurück. »Das ist gar nicht gesagt.«

»Was? Moment mal.« Zimmer warf einen Blick auf das schlafende Baby und machte eine Geste in Richtung der Tür. »Lassen Sie uns draußen reden.«

Im Flur befreiten sie sich von ihren Mundmasken, unschlüssig hielten sie die grünen Dinger in der Hand, bis Bär endlich einen Papierkorb entdeckte.

»Ich hab ab morgen frei«, gestand er dem Rechtsmediziner. »Am Vormittag setze ich noch rasch meinen Chef ins Bild, danach geht's ab in den Urlaub.«

»Und wer übernimmt den Fall?«

»Keine Ahnung. Ich sammle jetzt noch die Ergebnisse der Forensiker ein, alles andere wird sich morgen zeigen.«

»Sie enttäuschen mich schwer«, meinte Zimmer. »Aber vermutlich haben Sie Ihren Urlaub verdient. Hauptsache, das Kind lebt.«

ZWEI

Robertas Corsa röhrte, der Auspuff hatte seit ein paar Tagen ein Loch. Der Wagen wurde langsam zu alt, sie musste ihn loswerden. Sich endlich einen neuen anschaffen. Ein Jahr als Praktikantin beim Deutschen Wetterdienst lag hinter ihr, eine spannende Zeit. Doch sie hatte wenig verdient, und am Ende war sie nicht einmal übernommen worden. Jetzt jobbte sie wieder ganztags als »Freie«, musste um jedes Thema mit den Kollegen konkurrieren und stets einen Tacken schneller sein als ihre Mitstreiter.

Bär war nicht gerade eine Hilfe, wenn es darum ging, an exklusive Geschichten ranzukommen. Seit zwei Jahren redete er sich ein, ein Menschenleben auf dem Gewissen zu haben, seitdem war er übervorsichtig, was seine Vorschriften anging. Dabei hätte Roberta gestern Abend nur eine kleine Andeutung von ihm gebraucht, um die Babystory als Erste zu haben.

Ein Wort nur, einen Hinweis.

Sie warf einen Blick aus dem Seitenfenster. Im Norden der Mainmetropole lagen ländliche Stadtteile, die bis in die Wetterau hineinreichten. Einige von ihnen hatten über Jahrhunderte hinweg als Landgemeinden zu Frankfurt gehört und deren Bewohner ernährt. Und noch immer gab es hier Äcker und Streuobstwiesen. Roberta mochte das Licht des Altweibersommers, die Sonne stand schräger als sonst, malte Schatten auf das Land, und die Farben leuchteten intensiver. Die Fahrbahn vor ihr war menschenleer. Die ersten Pendler, die aus dem Umland in die Frankfurter City wollten, schnurrten auf der Gegenspur der Umgehungsstraße an ihr vorbei.

Als Bär sie gestern in ihrer Dachstube allein gelassen hatte, war die Pressestelle der Frankfurter Polizei längst verwaist gewesen. Sie hatte den Chef vom Dienst angerufen und war auf eine Pressekonferenz am nächsten Tag vertröstet worden. Bis spät in die Nacht war Roberta sodann mit ihrem Smartphone durchs Internet gesurft.

Die Frankfurter Polizei postete auf Facebook, Instagram und Twitter. Roberta hatte eine Reportage über die Bergung eines Autos aus dem Main überflogen, die Meldung zur Fahndung nach einem Dealer sowie News über geknackte Geldautomaten. Für Aufregung unter den Usern sorgte der Bericht über ein Kind, das aus einem Kindergarten getürmt war. Die Facebook-Freunde berichteten in den Kommentaren über Tausende andere entlaufene Kinder, eigene und fremde. Doch nichts von einem Baby.

Sie hatte das Smartphone schon weglegen wollen, da fiel ihr eine Anfrage auf. Ein Kevin Ott wollte wissen, wohin man das Baby bringe, das auf einer Weide bei Erlenweil ausgesetzt worden war. Eine Antwort hatte die Polizei zu dem Zeitpunkt noch nicht gepostet. Roberta hatte es mit Google versucht. Wenig später hatte sie gefunden, was sie suchte. Kevin Ott war ein Blogger, im Impressum hatte er eine Adresse in Erlenweil angegeben.

Sie drückte aufs Gaspedal, der Auspuff röhrte auf. Das Kind, um das es in dem Post gegangen war, lebte und war unversehrt, dessen war sie sich sicher. Alles andere hätte der Blogger erwähnt.

Kevin, das klang relativ jung. Vermutlich wohnte er nicht weit vom Geschehen entfernt, war zufällig am Rettungswagen vorbeigekommen oder hatte das Blaulicht vom Fenster aus sehen können und war hingelaufen. Sie hoffte nur, dass er nicht zu jenen gehörte, sie sich im Netz Pseudonyme zulegten und Phantasieadressen erfanden, um sich im Schatten einer virtuellen Identität neu zu erfinden.

Das Navi führte Roberta ans Dorfende von Erlenweil und weiter über einen Feldweg voller Schlaglöcher, der enger und enger wurde. Sie drosselte das Tempo, fluchte leise. Unverhofft hatte sie nach einigen hundert Metern wieder Asphalt unter den Rädern.

»Sie haben Ihr Ziel erreicht«, piepste eine Stimme, die ganz nach einem fröhlichen Blondchen klang, aus dem Navi.

Roberta parkte am Straßenrand, griff nach ihrer Kamera

und stieg aus. Auf der gegenüberliegenden Straßenseite stand eines dieser typischen Wetterauer Bauernhäuser: lang gestreckt und schmal. Der graue Putz verbarg sicherlich ein Fachwerkgerüst. Die Vorderfront hatte kleine Fenster und war mit Holzschindeln verkleidet, das schützte vor Regen und Kälte.

Sie wollte eben die Straße überqueren, da kam ein junger Kerl aus dem Haus, sie schätzte ihn auf Ende zwanzig. Er trug Joggingklamotten und nahm den Weg in die Felder, den sie gerade gekommen war.

»Entschuldigung.« Roberta holte ihn rasch ein. »Sind Sie der Blogger, der beobachtet hat, wie das Baby geborgen wurde?«

Er blieb stehen und sah sie überrascht an. »Wie haben Sie mich gefunden?«

»Roberta Hennig, ich schreibe für die Neue Presse.« Sie hob die Kamera und machte eine Geste zum Haus hin. »Darf ich ein Foto von Ihnen machen, vielleicht vor Ihrem Gartentor?«

Er fuhr sich mit der Hand durch das wirre Haar und tat so, als betrachtete er sich dabei im Spiegel. »Tut mir leid, ich hab noch nicht mal geduscht, das mache ich lieber ausgiebig nach dem Laufen. Für ein Foto ist jetzt einfach der falsche Zeitpunkt. Und ich möchte auch nicht in Ihrer Geschichte vorkommen. Sehen Sie, ich habe meinen Job verloren und musste hierher aufs Land ziehen, in das Häuschen meiner verstorbenen Großmutter. Nun hänge ich hier herum, vertreibe mir die Zeit mit Laufen und Bloggen. Kein Leben, auf das ich stolz bin. Nichts, womit ich in der Zeitung stehen will.«

»Verstehe.« Roberta schluckte ihre Enttäuschung hinunter. Ein Foto von dem sympathischen Typ vor seinem Bauernhaus samt seinen Schilderungen des Polizeieinsatzes hätte ihr jede Redaktion sofort abgekauft. Andererseits tat ihr der junge Mann auch leid. Irgendeinen Absturz musste er hinter sich haben, sie witterte förmlich eine Geschichte. »Wo haben Sie denn früher gelebt?«, tastete sie sich vor.

»In einer mittelgroßen hessischen Universitätsstadt.« Er zwinkerte ihr zu. »Ihre Neugierde ist wohl beruflich bedingt?«

»Absolut«, gestand sie lachend und gab auf.

»Geht es dem Kind gut?«, wollte er wissen. »Wo hat man es hingebracht?«

»Dazu darf ich nichts sagen, bis die Polizei eine entsprechende Pressemeldung herausgegeben hat«, wich sie aus. »Wo wurde das Baby denn aufgefunden?«

»Etwa einen Kilometer von hier, unterhalb der Buchen dort.« Er wies auf ein paar Punkte in der Ferne. Roberta nahm an, dass es sich um eine Baumgruppe handelte. »Die Stelle liegt auf meiner Joggingstrecke. Im Vorbeilaufen wunderte ich mich, was der Unfallwagen und die Polizeiautos auf dem Feldweg machten. Ich hab einen der Männer im weißen Overall gefragt, was los sei, und war total geschockt, als ich hörte, dass jemand ein Baby auf der Weide abgelegt hatte.«

»Ja, schlimm. Jedenfalls danke für Ihre Zeit, ich hoffe, ich habe Sie nicht vom Joggen abgehalten.« Roberta schulterte ihre Kamera und wandte sich zum Gehen. Sie wollte so schnell wie möglich zum Fundort. »Alles Gute für Sie.«

Die Sonne behauptete sich bereits am Himmel, die Luft roch würzig und frisch. Roberta schlug ein zügiges Wandertempo an. Wie gewöhnlich trug sie Sneakers, sodass ihr der holprige Feldweg nichts ausmachte.

Nach einem guten Kilometer erreichte sie das, was sie für eine Baumgruppe gehalten hatte. Es war aber wohl eher als Hain zu bezeichnen. Der Pfad war nun von hohen Buchen gesäumt, nur noch vereinzelt drangen Sonnenstrahlen durch das dunkle Blätterdach und malten Lichtmuster auf den Boden. Vor ihr huschte etwas über den Weg, sie konnte so schnell nicht erkennen, was es war. Eine Kröte vielleicht.

Dann endete der Baumbestand und gab den Blick auf die Landschaft frei.

Auf einer Weide links des Weges leuchtete ein rot-weißes Absperrband in der Sonne. Das musste die Stelle sein, an der das Baby gefunden worden war. Vorsichtig näherte Roberta sich dem umgrenzten Bereich, der ungefähr der Grundfläche ihrer Dachkammer entsprach. Genau in der Mitte befand sich eine alte Feuerstelle, nicht sonderlich groß, aber tiefschwarz. Sonst gab es nichts zu entdecken.

Sie machte ein paar Bilder mit der Kamera, dann zückte sie ihr Smartphone.

***

»Mensch, Bär! Was machen Sie denn hier?« Heinz Becker schnellte von seinem Schreibtischstuhl hoch, eilte auf ihn zu und klopfte ihm freundschaftlich auf die Schulter. »Haben Sie nicht eigentlich Urlaub?«

»Doch, schon. Ab heute eine Woche. Aber ich wollte sichergehen, dass Sie sämtliche Infos zu dem aufgefundenen Baby bekommen.«

»Na, dann berichten Sie mal.« Becker schritt langsam an seinen Platz zurück, setzte sich, stemmte die Ellbogen auf den Schreibtisch und stützte abwartend den Kopf in die Hände.

»Das Wichtigste hab ich Ihnen gestern noch auf den Rechner geschickt«, begann Bär. Er stand nun am Fenster, seinem Lieblingsposten bei Besprechungen im Büro seines Chefs. So konnte er mal kurz einen Blick in den Hof werfen, wenn Beckers Einlassungen zu langatmig wurden. »Das Baby wurde gegen neunzehn Uhr fünfzehn von einem Schäfer entdeckt. Dem war ein Wolf aufgefallen, der an etwas Interesse gefunden hatte.«

»Ein Wolf? Die sind schon hier in der Gegend? Na, über deren Einwanderung sind die Meinungen ja verdammt geteilt. Hab ich jedenfalls irgendwo gelesen. Weiß man ganz sicher, dass es ein Wolf war?«

»Der Kriminaldauerdienst hat Wolfslosung aufgesammelt.«

»Das ist interessant. Wissen Sie, wie die aussieht? Wie Hundekot, der zum größten Teil aus Fell und Wolle besteht. So ein Wolf frisst ja alles mit Haut und Haaren, man hat sogar schon Hufe von Rehen in der Losung gefunden.«

Bär schluckte die Frage, ob er das auch irgendwo gelesen habe, gerade noch rechtzeitig runter. Becker war ein feiner Kerl, und er war dankbar, ihn zum Chef zu haben. Allerdings war er ein wandelndes Lexikon, obendrein glaubte er wohl, alle anderen hätten genauso viel Spaß an seinem gesammelten Wissen wie er selbst.

»Das Kind liegt in den Unikliniken«, fasste Bär weiter zusammen. »Die Ärzte haben hinsichtlich der Forensik nichts Auffälliges gefunden, und offensichtlich fehlt ihm auch nichts.«

»Na, Gott sei Dank.«

»Wir werden nach der Mutter fahnden. Wessen Kind ist es? Wer hat es auf der Weide abgelegt? Irgendwelche Zeugen, Hinweise oder Spuren?«

»Nichts außer Wolfslosung.« Bär verzog bedauernd das Gesicht. »Die Spürhunde haben die Fährte an der Feuerstelle aufgenommen, aber schon nach wenigen Metern wieder verloren. Tagsüber hatte dort eine Herde Schafe geweidet, der Wolf war ebenfalls überall herumgelaufen. Das waren ein paar irritierende Geruchsnoten zu viel.«

Becker öffnete die Dateien, die Bär an ihn weitergeleitet hatte, und sah sich auf dem Monitor die Bilder vom Kriminaldauerdienst an. »Kann man das Herkunftsland des Kindes bestimmen? Oder das der Eltern?«

Bär zuckte mit den Schultern. »Afrika, vielleicht. Das Baby war in ein Tuch im Ethnolook eingewickelt, das von dort stammen könnte. Wenn die Kriminaltechniker damit fertig sind, sollten wir es ins Weltkulturen Museum bringen. Die können das Muster womöglich zuordnen.«

»Hm, ja, gute Idee.« Becker strich sich ausgiebig über die Glatze und widmete sich wieder dem Monitor. »Wieso lag das Kind denn in der Feuerstelle?«

»Das frage ich mich schon die ganze Zeit.« Bär schaute in den Hof hinunter. Da unten war alles gradlinig und geordnet. Die Holzplanken, die Bodenplatten. Die geometrisch angeordneten Bäume. Aber manchmal stach irgendetwas aus diesem Bild heraus. Etwas, das störte, weil es dort nicht hingehörte, und gerade deshalb die Aufmerksamkeit auf sich zog. Einmal hatte er ein rotes Bonbonpapier entdeckt, genau in einer Ecke, der Wind musste es dorthin getragen haben. Und ein andermal war ein quittengelber Löwenzahn zwischen den Fugen erblüht.

Ein bisschen war es mit dem Hof wie mit den Kriminalfällen, fand Bär. Manchmal erzählte ein kleines Detail eine Geschichte.

»Vielleicht hatte da jemand widersprüchliche Gefühle«, versuchte er einen neuen Ansatz. »Er will das Kind loswerden, bringt es aber nicht übers Herz, ihm wehzutun. Also wickelt er es behutsam ein, legt es warm schlafen. Und geht einfach nur fort. So bleiben seine unmittelbaren Handlungen von Fürsorge bestimmt.«

»Während er tötet«, ergänzte Becker. »Das könnte bedeuten, dass der Täter eine enge Bindung zu dem Baby hatte. Aber warum sagen Sie ›er‹? Es könnte auch eine Frau gewesen sein.«

»Die Mutter? Ja, klar.« Bär mochte sich Mütter einfach nicht so grausam vorstellen. Er sah seine Schwester Lara vor sich, wie sie Amelie umhegte. Ihr war nichts zu viel, all den Stress mit dem Laden nahm sie klaglos auf sich, um ihrer Tochter ein schönes Leben bieten zu können. Und Katja erst, seine Ex. Seit sie ihren Sohn hatte, war sie wie ausgewechselt. Erwachsen und glücklich. »Können wir ausschließen, dass die Mutter das Kind dort nur eine Weile ablegen, etwas erledigen und zurückkommen wollte?«

Becker sah Bär lange an. »Ich denke, wir können gar nichts ausschließen. Nicht einmal Voodoo.«

»Wie bitte? Voodoo?«

»Es gab in Südamerika einen Fall, da hatte ein Baby fünf Dutzend Nähnadeln im Magen. Da es unwahrscheinlich schien, dass es die alle freiwillig geschluckt hatte, ermittelte die Polizei. Und siehe da, der Großvater hatte dem Kind die Nadeln ins Essen getan, um Voodoo-Geister zu vertreiben.«

»Hat das Kind überlebt?«

»Alle Nadeln herauszuoperieren wäre zu kompliziert gewesen und womöglich tödlich ausgegangen«, holte Becker aus,

»deshalb musste man zunächst etliche in seinem kleinen Körper belassen. Vielleicht konnte man sie nach und nach herausholen, als das Kind größer war.«

Bär mochte sich die Schmerzen, die das Baby erlitten haben musste, gar nicht vorstellen. Seine Gedanken wanderten wieder zu dem Findelkind. Die menschliche Spezies zählt zu den Säugetieren und hat sich um ihren Nachwuchs zu kümmern, dachte er. Das sind nun mal die Regeln der Natur. Was ist hier schiefgelaufen?

»Wenn gar nichts hilft, müssen alle farbigen Frauen der Gegend zur DNS-Probe einbestellt werden«, sagte Becker und seufzte. »Hoffen wir, dass die Mutter, wenn sie sich nicht von allein meldet, bald gefunden wird. Unsere Social-Media-Abteilung kann dabei helfen. Rundfunk und Presse sollten natürlich auch einbezogen werden.«

»Man könnte Roberta Hennig fragen, ob sie eine Story für die Zeitung schreiben mag.«

»Gute Idee.« Über Beckers Gesicht huschte ein Lächeln.

Bär wusste, dass seinem Chef die emotionale Achterbahnfahrt, die er monatelang mit Roberta hingelegt hatte, nicht entgangen war. Ihm war das immer noch peinlich. Er hielt Privatleben und Beruf gern auseinander. Vorgesetzte dürfen alles essen, aber nicht alles wissen, lautete sein Motto – selbst dann, wenn der Chef so schwer in Ordnung war wie Becker.

»Mensch, Bär! Nun gucken Sie nicht so. Selbstredend werde ich dafür sorgen, dass Frau Hennig die Story schreiben kann. Sie können sie ja schon mal vorwarnen. Und genießen Sie ab sofort Ihren Urlaub. Kommen Sie mir die nächsten Tage nur ja nicht unter die Augen.«

***

»Chrissi, guck mal!« In Laras Nagelstudio streckte Amelie ihm ihre gespreizten Finger entgegen. Jeder ihrer kleinen Nägel war weiß lackiert, und auf jeden war ein winziges stilisiertes Gesicht aufgemalt. Manche Figuren lachten, andere rissen die Münder auf. Entlang der Nagelhaut waren mit kleinen Tupfen schwarze und gelbe Haare angedeutet.

»Sag mal, muss das wirklich schon sein?«, ging Bär seine Schwester an. »In der vierten Klasse?«

»Wieso? Ist doch süß.« Lara saß mit verschränkten Beinen auf dem Boden, den Rücken an die Wand gelehnt, und spielte mit Katjas kleinem Jungen, während Katja ihre Krallen am Behandlungstisch selbst bearbeitete. Sie und Lara waren enge Freundinnen, so hatte er Katja damals kennengelernt. Und die beiden steckten nach wie vor oft zusammen.

»Dem Kind verpasst ihr so was Grelles«, schimpfte er weiter, »dabei sehen eure eigenen Nägel immer vernünftiger aus, mit dem bisschen nassen Glanz, den ihr da neuerdings nur noch draufmacht.«

»Davon verstehst du nun mal nichts«, sagte Lara. »Du bist eben ein Kerl.«

»Ich bin kein Kind mehr.« Amelie stemmte empört die Hände in die Hüfte.

»Das ist der leichte French-Look«, erklärte Katja geduldig. »Knallige Farben kommen dieses Jahr nur auf die Fußnägel.«

»Auf die Fuß… Na, von mir aus«, lenkte Bär ein, er wollte nicht kleinlich sein. Immerhin war diese Idylle im Nagelstudio tausendmal besser zu ertragen als das Krankenhaus-Szenario mit dem ausgesetzten Baby. »Aber wieso sind keine Kundinnen hier?«

Das Nagelstudio lag in der Berger Straße und zog neben der angestammten Klientel auch viel Laufkundschaft an.

»Mittagspause!«, kam es von Amelie.

»Roberta hat angerufen«, sagte Lara. »Sie will dich was fragen.«

»Danke. Die muss ich auch sprechen.«

Bär ging in den Waschraum vor der Toilette, um ungestört mit Roberta telefonieren zu können. In knappen Worten erzählte er ihr von dem anstehenden Auftrag.

»Ich soll … exklusiv? Oh, danke, ist mir eine Ehre.« Sie klang eher betreten als erfreut.

»Was ist denn? Ist das nicht in deinem Sinn?«

»Doch, doch. Gib mir alle Infos, die du rausgeben darfst.«

»Machen die Kollegen. Ich hab doch frei.«

»Stimmt, du bespaßt Amelie.«

»Na ja, nur nachmittags und an den Wochenenden. Sie hat ja leider Schule. Warum hast du vorhin angerufen? Wolltest du mir einen schönen Urlaub wünschen?«

»So in etwa. Schickt mir ein Selfie von unterwegs, ihr beiden.«

»Kriegst du.«

Er informierte Becker mit einer Mail, dass Roberta die Story schreiben würde, dann ging er ins Nagelstudio zurück und genoss die gute Laune der beiden Freundinnen und ihrer Kinder, bis Amelie ihn an der Hand fasste und beiseitezog.

»Traurig, das mit dem Baby, Chrissi, findest du nicht?«

»Wie, was meinst du?« Er versuchte, Zeit zu schinden, um sich eine Antwort zurechtzulegen.

Amelie zog ihr Smartphone hervor. Bär hatte nicht gewollt, dass sie es bekam, er war dagegen, Kindern dermaßen teure Telefone in die Hand zu drücken, nur weil »alle« in der Klasse eins hatten. Auf dem Elternabend hatte Lara dann erfahren, dass die Lehrerin es auf der Schulhomepage bekannt gab, wenn eine erste Stunde ausfiel. Und was gab es Sinnvolleres, als sich nach einem Blick auf das Display noch mal im Bett umzudrehen, statt vergebens zur Schule zu laufen? Bei nächster Gelegenheit erfolgte Amelies Anschluss an die Digitalisierung, und sie bekam ihr Edeltelefon.

Jetzt wischte sie ein paar Internetauftritte zur Seite, ihre kleinen Finger mit den lustigen Gesichtern auf den Nägeln flitzten über den Touchscreen, bis sie endlich gefunden hatte, was sie ihm zeigen wollte: Die Social-Media-Redaktion der Polizei hatte den Babyfund ins Netz gestellt. Bär sah ein Foto des Kindes in seinem Klinikbettchen. Daneben ein Fahndungsaufruf nach den Eltern und ein Handyvideo von Roberta. Sie stand auf einer Weide vor einem rot-weißen Absperrband, eine füllige Frau voller Lebenskraft, und ihre rotbraunen Haare leuchteten in der Sonne. Konzentriert und sachlich berichtete sie, was sie von einem zufälligen Passanten erfahren hatte.

Verdammte Hacke, Roberta.

Deshalb hatte sie vorhin so seltsam reagiert. Er war mit seiner Vermittlung spät dran gewesen, sie hatte den halben Job längst erledigt.

Er ging in die Hocke und legte den Arm um Amelies Schultern. »Weißt du, dem Baby geht es gut. Ich hab's im Krankenhaus gesehen, wir müssen uns keine Sorgen machen. Wie du selbst lesen kannst, liegt es gut versorgt in der Uniklinik. Und die Mutter finden wir mit ein bisschen Glück auch noch.«

»Ich würd's gern mal sehen«, flüsterte Amelie.

»Was, das Baby?«

»Ja, es sieht so süß aus.«

DREI

Die Buchen am Wegesrand wirkten dunkler als am Tag zuvor, ihr Laub glänzte noch vom letzten Regenschauer, vereinzelt fielen Tropfen aus den Bäumen. Äste knackten unter Robertas Schuhen. Sie zog die Jacke enger um sich und ging schneller.

Was mache ich nur hier?, fragte sie sich.

Drei Schäfereien hatte sie angerufen, um herauszufinden, wo der Wanderschäfer seine Tiere heute weiden würde, niemand hatte es ihr genau sagen können. Auf gut Glück war sie nach Erlenweil gefahren und zu der Stelle hinausgelaufen, an der das Baby gefunden worden war, hatte die Landschaft mit dem Fernglas abgesucht. Nichts.

Das rot-weiße Absperrband flatterte noch auf der Weide, die Feuerstelle war immer noch ein schwarzes Mal inmitten der umgrenzten Fläche. Roberta glaubte, die Kuhle zu erkennen, in der das Baby gelegen hatte. Aber das war Unsinn. Ein so kleines Baby war nicht schwer genug, um einen tieferen Abdruck zu hinterlassen. Oder hatte der Erwachsene, der es dorthin gebettet hatte, zuvor eine Mulde in die Asche gedrückt? Damit das Kind nicht wegrollte.

Ihr Handyvideo war in der Social-Media-Abteilung der Polizei gut aufgenommen worden, für die Zeitung war jedoch mehr nötig als ein Aufsager vor einem Absperrband. Sie brauchte ein Interview mit einem Zeugen.

Ein Geräusch hinter ihr ließ sie aufhorchen, es klang wie das Getrappel von Hufen.

Rasch lief sie auf den Weg zurück. Zwischen den dunklen Stämmen der Buchen schimmerte ein helles Knäuel. Langsam schälten sich die Konturen einzelner Schafe heraus. Die Tiere steuerten direkt auf sie zu. Als sie bei ihr waren, beäugten einige sie neugierig, andere ignorierten sie und liefen unbeeindruckt an ihr vorbei. Die meisten Schafe waren weiß, ein paar hatten schwarze Gesichter. Zwei tiefschwarze Hunde gingen abwartend vor Roberta in Stellung, nahmen ruhig ihren Geruch auf.

»Asta, Nielsen!«

Als der Schäfer sie erreichte, sagte sie ihr Sprüchlein auf, stellte sich vor. Erklärte ihm, dass sie Informationen über das Baby suchte.

»So, eine Journalistin.« Er blieb gar nicht erst stehen. »Wenn ich Ihnen etwas erzählen soll, müssen Sie schon zum Weideplatz mitkommen.«

Sie nickte knapp und schloss sich ihm an, schweigend wanderte sie neben ihm und seinen Schafen her. Obwohl der Mann mehr als doppelt so alt sein musste wie sie, hatte er einen flotten Gang. Immer wieder rief er den Hunden Befehle zu, dem einen auf Englisch, dem anderen auf Hessisch. Jedem Hund seine Sprache, so kamen sie nicht durcheinander. Die Schafe konnten es nicht lassen, unterwegs Gräser abzurupfen und Blätter von den Büschen zu zupfen, dabei gerieten sie immer wieder vom Weg ab.

»Asta, go! Nielsen, laaf!«

Die Hunde holten die Schafe rasch ein und brachten sie mit Bellen und Knuffen zurück. Ganz schnell ging das, ein kurzes Anschlagen und ein Zwicken in den Pelz genügten.

»Tut das den Schafen nicht weh?«, wollte Roberta wissen.

»Doch, schon«, meinte der Schäfer gleichmütig. »Manchmal verletzen sie die Schafe auch leicht, aber das heilt wieder. Wenn meine Hunde und ich sie gewähren lassen, haben sie sich bald in alle Winde zerstreut.«

Roberta taten die Schafe leid, dennoch sagte sie nichts dazu. Schließlich verstand sie nicht viel vom Schafehüten, und vielleicht musste das alles so sein.

Nach ein paar hundert Metern schienen sie ihr Ziel erreicht zu haben, es ging eine Böschung hinunter, und die Herde ergoss sich auf eine Weide. Roberta blieb in der Nähe des Schäfers.

»Was genau wollen Sie denn wissen?« Er stand ein wenig gebückt da, stützte sich auf seinen Stab und behielt die Weide und die Herde im Blick.

»Erzählen Sie mir einfach, wie Sie das Baby gefunden haben«, bat Roberta.

Er nickte, gab ihr aber mit einem Wink zu verstehen, dass er sich zuvor um seine Schafe kümmern musste.

»Huop, huop!« Auf seinen Ruf hin setzte sich die Herde in Bewegung und begann im Laufen zu grasen. Rsch, rsch, machte es, wenn die Schafsmäuler die Pflanzen abrissen. Das Getrappel ihrer Hufe mischte sich darunter, alles in allem klang es wie ein dahinplätschernder Bach. Roberta schloss kurz die Augen und genoss die Morgensonne auf ihrem Gesicht. Vom Dorf her läuteten Kirchenglocken zur Sonntagsmesse.

»Der Wolf hat das Baby gefunden, nicht ich«, sagte der Schäfer. »Asta, go!«

Der Hund stoppte die Herde und trieb die Schafe in die entgegengesetzte Richtung. Die Tiere wendeten. Rsch, rsch. Hufgetrappel. Der zweite Hund wollte helfen, doch der Schäfer hielt ihn auf. »Nielsen, dobleiwe!« Er wandte sich an Roberta. »Der muss sich heute schonen. Der hat gestern zu viel geschafft.«

»Und der Wolf hat dem Baby nichts getan?«, fragte Roberta.

»Noa, nur so e bissje annem gezooge. Wohl um festzustellen, was er da gefunden hatte. Aber er hat es nicht mal aufgeweckt. Selbst wilde Tiere haben Welpen gegenüber manchmal Beißhemmung.«

»Aber Ihre Lämmer reißen sie?« Roberta hoffte, dass sie nicht zu ironisch klang.

»Ich sagte ja: manchmal.« Er ließ den Schäferstab zwischen seinen Händen rotieren. »So ein Wolf hat einen Jagdreflex. Der läuft hinterher, wenn jemand flieht, egal ob Mensch oder Tier. Er erledigt ein Schaf, kommt aber nicht dazu, es aufzufressen, weil ein anderes vor ihm wegläuft. Das will er dann auch erst einmal kriegen.«

»Der Blutrausch des Wolfes.« Das also steckte dahinter. Roberta war von der einfachen Erklärung überrascht. Sie wechselte zu ihrem eigentlichen Thema. »Als Sie das Baby entdeckten, haben Sie da jemanden weglaufen gesehen? Eine Frau oder einen Mann?«

Stummes Kopfschütteln.

»Und das Feuer? Haben Sie jemanden gesehen, der das Feuer entfacht haben könnte?«

»Des da is giftisch.« Er fuhr mit seiner Schäferschippe durchs Gras, stach ein Pfaffenhütchen mitsamt Wurzel aus und schnippte es zur Seite. »Da kann es austrocknen. Nein, ich bin ja mit den Schafen rausgelaufen, auf eine andere Weide. In die Nähe von der, wo das Feuer war, bin ich erst wieder am Abend gekommen. Und da wurde es auch schon dämmrig.«

»In Frankfurt und Umgebung gab es in letzter Zeit mehrere Fälle von Brandstiftung«, fiel Roberta ein. Die asiatischen Pavillons im Grüneburg- und Bethmannpark, der Goetheturm, ein Kindergarten. Bär hatte ihr erzählt, dass Pyromanen oft mit kleinen Kokeleien anfingen, bevor sie sich an größere Feuer wagten. Womöglich hatte ja auf der Weide jemand geübt.

»Brandstiftung?« Der Schäfer winkte verächtlich ab. »Hier draußen machen gern mal ein paar Wanderer ein Lagerfeuer.«

»Outdoor-Romantik?«

»Ich denke schon. Ich bin immer froh, wenn es bei einem kleinen Feuerchen bleibt.«

»Hat hier im Dorf oder in der Nähe in letzter Zeit eine Afrikanerin gewohnt?«

»Ach herrje, die Menschen kommen ja aus aller Herren Länder zu uns. Awwer e afrikanische Fraa? Noa, des wüsst isch.«

Die Hunde hatten sich zu ihnen gesellt, standen schwanzwedelnd vor ihnen und blickten von einem zum anderen. Asta schob ihre Schnauze in Robertas Hand, und sie streichelte die Hündin. Ihr schwarzes Fell hatte die Wärme der Sonne gespeichert, zwischen Robertas Fingern blieben trockene Grashalme hängen. Nielsen wollte sich nichts entgehen lassen und suchte ihre andere Hand.

»Wir hatten auch mal einen Hund, der Asta hieß«, sagte Roberta verträumt. Bär hatte das schwarze Ungetüm von einer Todesermittlung mitgebracht, und Amelie hatte nicht zulassen wollen, dass der greise Vierbeiner ins Tierheim kam. So hatten sie sich die Aufgaben geteilt und den Hund gemeinsam betreut. Inzwischen war er gestorben.

Die Herde nutzte die Unaufmerksamkeit der Hunde, einige Schafe sonderten sich bereits ab und erklommen die Böschung, andere suchten Robertas Gesellschaft. Ein Bock kam ganz nah an sie ran und stieß sie mit dem Kopf an, erschrocken wich sie zwei Schritte zurück.

»Ei, der stumpt Sie nur. Die sinn alle halb zahm«, meinte der Schäfer gemütlich. »Schafe können sich ein halbes Jahr lang Gesichter merken. Die von den anderen Schafen und unsere.«

Der Bock stand noch immer vor Roberta und starrte sie stoisch an. Vermutlich prägte er sich gerade ihre Gesichtszüge ein.

»Na geh!«, rief der Schäfer, und das Tier trollte sich endlich.

***

Bär hatte sich weichklopfen lassen. Er hatte eingewilligt, mit Amelie ins Krankenhaus zu fahren und ihr das Baby zu zeigen. Sie würde sich mit einem Blick durch das Glasfenster in der Tür zufriedengeben müssen, da waren die Schwestern bestimmt streng. Betrachten ließ sich das Kleine im Internet eh besser, doch so konnte Amelie in der Schule erzählen, dass sie »bei dem Baby auf der Intensivstation« gewesen war. Er hoffte nur, niemandem zu begegnen, der wusste, dass er eigentlich Urlaub hatte.

Ganz ermittelnder Kriminalbeamter, strebte er durch die Krankenhausgänge, dicht gefolgt von Lara und Amelie. Die beiden wollten später noch shoppen gehen und hatten versprochen, die Sache kurz zu halten.

Der Flur der Intensivstation lag still und leer vor ihnen. Bär ging auf das Babyzimmer zu. Lara hielt sich im Hintergrund, sie erkannte wohl die Brisanz der Lage, sollte man ihm draufkommen, dass er hier gerade einen Familienausflug durchzog. Er hob Amelie ein wenig hoch, sodass sie mit ihm in das Patientenzimmer blicken konnte.

Das Baby war wach und zappelte mit den Ärmchen. Es schien zu ihnen herüberzusehen, suchend, sicher konnte es weiter entfernte Objekte noch nicht fixieren. Sonnenstrahlen fielen von draußen auf das Bettchen und streiften sein Gesicht, die Haut des Kleinen glänzte wie dunkler Samt.

»Wie süß. Und es hat wirklich keine Eltern?« Amelie drückte ihr Gesicht an die Scheibe.

»Die finden wir schon noch.«

»Und wenn du sie nicht findest, Chrissi?«

»Na ja, dann ...«

»Oh Manno, wir müssen es adoptieren!«, brach es aus Amelie heraus.

»Das wird schwierig, das wollen sie alle.« Die Pferdeschwanz-Krankenschwester vom Freitag hatte sich an sie herangepirscht und stand hinter ihnen. »Kommen Sie bitte da weg«, sagte sie mit scharfer Stimme. »Da darf außer dem medizinischen Personal nur die Kripo rein.«

»Wir wollen ja gar nicht rein«, meinte Bär freundlich und wandte sich zu ihr um. »Nur gucken.«

»Ach, Sie sind es, Herr Kommissar, tut mir leid.« Nun hatte sie ihn wiedererkannt. »Sind Sie schon weitergekommen? Was hat die Polizei inzwischen herausgekriegt?«

Bär schob Amelie ein wenig in Laras Richtung. »Ihr beide habt doch noch was vor, oder?«

Lara verstand ihn sofort, sie fasste Amelie an der Hand und nickte ihm zum Abschied zu.

»Aber warum können wir das Baby nicht mitnehmen?«, drang Amelies helle Stimme durch den Flur. »Hier ist es so allein, wir haben doch Platz genug daheim.«

Bär lief es kalt den Rücken hinunter. So viel spontanes Mitgefühl konnte nur ein Kind aufbringen. Angespannt schaute er den beiden hinterher, der wild gestikulierenden Amelie und seiner Schwester, die beruhigend auf sie einsprach und sie mit sich fortzog.

»Kommen Sie, ich zeige Ihnen mal unser Bescherungszimmer.« Die Krankenschwester winkte Bär ins Schwesternbüro, wo sich auf einer Liege Geschenke türmten. Alle hübsch verpackt und mit Schleifen versehen, die meisten davon hellblau. »Rasseln, Socken, Ausfahrgarnituren«, zählte sie auf. »Lauter Gaben für das Baby, wir wissen bald nicht mehr, wohin damit.«

»Wie Weihnachten, nur ohne Christbaum«, stimmte Bär zu.

»Die Leute haben den Aufruf im Internet gesehen und diese rührende Geschichte vom Wolf, der ein Baby fand, in der Zeitung gelesen. Rotkäppchen und Isegrim, bei so einem Märchen gibt es kein Halten mehr.«

»Nur dass Isegrim diesmal keinen Appetit auf Kinderfleisch hatte und Rotkäppchen ein Junge ist«, stellte Bär richtig. »Es ist doch nett, wenn die Frankfurter so viel Anteil nehmen.«

»Frankfurter? Das Zeug kommt aus halb Hessen. Ach herrje, da ist schon die Nächste.«

Vor der Tür wartete eine Frau, vom Alter wie von der Statur her lag sie ziemlich genau zwischen Katja und Roberta. Mit ihrer schwarzen Mähne und dem dunklen Blick wirkte sie in ihrem coolen dunklen Kostüm wie eine entschärfte Version von »Lara Croft«. Der schneeweiße Teddy, den sie im Arm trug, erschien Bär unwesentlich kleiner als Amelie.

»Legen Sie ihn doch bitte dort drüben zu den anderen Sachen.« Die Krankenschwester ordnete ihren Pferdeschwanz und bedachte das XXL-Kuscheltier mit einem abschätzigen Blick. »Irgendwann ersticken wir noch in all den Geschenken. Am besten, wir geben einiges davon an die Kinderstation weiter. Die Mails von den Familien, die das Baby aufnehmen wollen, lassen sich nicht mehr zählen, die Zentrale leitet sie schon nicht mehr an uns weiter. Und wissen Sie, was das Verrückteste ist? Auf Facebook suchen die Leute nach einem Namen.«

»Na ja, einen Namen braucht jeder«, meinte Bär. »Welcher liegt vorn?«

»Elias. Was glauben Sie, wie lange Sie brauchen werden, um die Angehörigen zu finden, Herr Kommissar?«

Die Besucherin, die zwischen all den anderen Spielsachen einen Platz für den Teddy suchte, fuhr herum. »Sie bearbeiten den Fall?«

»Die Polizei tut ihr Bestes«, meinte Bär vage. Zu deutlich wollte er nicht werden. Die Krankenschwester brauchte nicht zu wissen, dass er nicht auf dem neusten Stand war, weil er das Präsidium derzeit nicht von innen sah.

Die Schöne setzte den weißen Teddy auf den Gabenhaufen, dort thronte er nun wie auf einem bunten Eisberg. »Wie liebevoll das alles eingepackt ist.« Sie inspizierte die Geschenke, hielt ein Tütchen hoch und lachte amüsiert auf. »Wer bringt dem Baby denn Studentenfutter?«

Die Krankenschwester nahm ihr das Tütchen mit spitzen Fingern ab. »Als wenn ein Säugling das essen könnte«, meinte sie empört. »Das Kind hat doch noch gar keine Zähne. Und die menschliche Speiseröhre ist so dick wie der kleine Finger.« Demonstrativ reckte sie ihren eigenen kleinen Finger hoch. »Können Sie sich vorstellen, welchen Durchmesser ein Babyfinger hat? Und nun überlegen Sie mal, wie dick auch nur eine Rosine ist.«

»Hm, ja.« Bär glaubte, seinen Chef reden zu hören, es war schon erstaunlich, wie viele Erklärbären es auf dieser Welt gab.

»Wir könnten uns opfern, um das Baby vor dem Schlimmsten zu bewahren.« Die Schöne nahm der Schwester das Tütchen wieder ab, riss es auf und reichte es herum. »Wer mag?«

Bär winkte ab, während sie schon probierte.

»Ich darf aber doch einen Blick auf das Baby werfen?« Ihr Augenaufschlag hatte echt was.

»Aber nur ganz kurz, durch die Scheibe in der Tür«, kam es streng von der Schwester. Eine Spur freundlicher wandte sie sich an Bär: »Ich werde hier noch zum Zerberus.«

»Werden?«, meinte er mit hochgezogener Braue.

»Na ja …« Sie hob abwehrend die Hände und lachte.

Bär zwinkerte ihr zum Abschied zu.

Weil ihm auf dem Weg nach draußen einfiel, dass er meist zu wenig Bewegung hatte, ließ er den Aufzug links liegen und nahm beschwingt die Treppe.

Im Parkhaus stand die Schöne am Automaten. »Hätten Sie

vielleicht einen Euro für mich? Ich hab zu wenig Kleingeld, nur Kreditkarten.«

Sie hatte ihn wohl abgepasst, und für einen Moment überkam ihn ein Anflug von Stolz. Er fischte ein paar Münzen aus seiner Hosentasche und sah sie abwartend an.

Sie warf das Geld ein. »Jetzt kriegt vielleicht ein fremdes Kind den Teddy«, meinte sie mit einem wehmütigen Lächeln. »Dabei hab ich den doch für das Findelkind gekauft.«

»Das braucht seine Eltern nötiger als Spielzeug«, versuchte er sie zu trösten.

»Da haben Sie auch wieder recht. Hat man denn bei der Polizei schon irgendeine Spur?«

»Über laufende Ermittlungen darf ich nichts ausplaudern.«

»Sorry, das hatte ich vergessen.« Sie räusperte sich, und ihr Räuspern ging in ein Husten über. Ihre Hand fuhr zum Hals. »Erdnüsse. Waren im Studentenfutter, hätte ich nicht essen dürfen«, brachte sie mühsam hervor. »Allergie.«

Bär wollte sie fragen, wieso zum Henker sie die Erdnüsse nicht aussortiert hatte, aber so, wie sie röchelte und nach Atem rang, hätte sie ihm eh nicht antworten können. Stattdessen hielt er sie einfach nur fest, damit sie ihm nicht auch noch umkippte.

VIER

Roberta ließ den Kofferraumdeckel zufallen und trug ihre Einkäufe ins Haus. Gestern Abend war sie dazu zu faul gewesen, zumal sie den Wagen weiter weg hatte abstellen müssen. Nun waren vor dem Haus zwei Parkplätze frei geworden, und sie hatte den Corsa direkt vor die Tür stellen können. Im Treppenhaus blieb sie auf der dritten Stufe stehen, warf einen Blick in ihren Korb. Gewürzgurken, Baked Beans, Eier, Würstchen im Glas, eine Dose Sauerkraut und Kartoffeln. Daraus konnte sie jederzeit eine Mahlzeit zaubern, und nichts wurde schlecht, falls sie doch nicht dazu kam. Hatte ihr Dieb auch einen Single-Haushalt? Wusste er, dass sie meist samstagmittags einkaufte, ihre Lebensmittel öfter mal im Flur stehen ließ, weil sie noch einen Parkplatz suchte? Womöglich konnte er von irgendeinem Fenster aus sehen, wann sie kam und ging.

Sie stellte den Korb auf der Treppe ab und lief noch einmal auf die Straße, so als habe sie etwas im Wagen vergessen. Setzte sich auf den Fahrersitz und durchsuchte, für den Fall, dass er sie bereits beobachtete, umständlich ihr Handschuhfach.

Abwarten, sagte sie sich.

Ganz langsam schlenderte sie zum Hauseingang zurück, sah ins Treppenhaus. Die rechte Wohnungstür im Parterre fiel hinter einem schmächtigen Jungen ins Schloss.

»He, he!« Roberta trommelte gegen die Tür und schellte Sturm, doch niemand machte ihr auf.

Sie lief durch den Hinterausgang in den Hof, überlegte, welches Fenster zur Wohnung gehörte. Die Spülung einer Toilette rauschte. Ein Maschinengewehr ratterte los, drittes Fenster links, es war gekippt. Roberta blickte hindurch, die Zehenspitzen auf dem Sandsteinsockel, die Finger ans Sims gekrallt. Drinnen schaute der Junge Filmchen auf YouTube, sie sah nur seinen Rücken und den Monitor, neben dem ihre Dose Sauerkraut stand.

Zurück in den Hausflur, ein Blick in den Korb. Er hatte auch die Würstchen mitgenommen, die Gewürzgurken und die Baked Beans. Nur die Kartoffeln und Eier hatte er ihr dagelassen.

Roberta nahm ihr Handy und lief wegen des besseren Empfangs zurück in den Hof. Sie wählte Bärs Nummer.

»Ja, bitte?« Irgendwie klang er angespannt.

»Bär, ich weiß jetzt, wer mir die Lebensmittel klaut. Ein Junge aus der Parterrewohnung, ich konnte ihn nur von hinten sehen.«

»Und? Hast du ihn zur Rede gestellt?«

»Ging nicht, er hat die Tür nicht aufgemacht. Kannst du mir nicht helfen, Herr Kommissar?«

Stille. Bär schien nachzudenken, und sie stellte sich sein Gesicht vor, die spöttisch hochgezogenen Brauen, wenn er sich über sie lustig machte.

»Danke, das hab ich jetzt gebraucht, du hast mich echt gerettet. Die Polizei, dein Freund und Helfer.«

Sie hörte eine dunkle Frauenstimme im Hintergrund.

»Bär?«, fragte Roberta zögernd.

Er räusperte sich kurz. »Versuch es doch einfach morgen noch mal«, schlug er vor. »Wenn der Junge bei dir im Haus wohnt, sollte es kein Problem sein, ihn zu erwischen.«

Roberta nickte, obwohl er das nicht sehen konnte. »Stimmt, bis bald. Ich wollte dich nicht stören.«

Sie ließ das Handy in die Tasche gleiten und stand eine Weile ganz still da. Schaute in das blaue Viereck von Himmel über dem Hof, das ein paar Schäfchenwolken zierten, und versuchte krampfhaft, an gar nichts zu denken.

***

»Noch einen Schluck Wasser?« Bär legte das Telefon zur Seite und beugte sich zu der aparten Frau an seinem Tisch hinüber. Die Kantine in den Unikliniken war menschenleer und sah nicht viel anders aus als im Polizeipräsidium. Große, helle Fenster.

Tische und Stühle waren Leichtgewichte. Und irgendwo gab es eine Essensausgabe.

Lucca Heisterkamp schob ihr Glas ein Stück von sich weg. »Alles okay, es geht schon wieder. So eine Allergie ist eine dumme Sache. Ich war in Gedanken bei dem Baby und habe gar nicht mehr daran gedacht, dass im Studentenfutter Erdnüsse sind. Herausgeschmeckt habe ich sie auch nicht sofort. Jedenfalls hätte ich nicht davon essen dürfen. Ist mir furchtbar peinlich, mein Erstickungsanfall vorhin.«

»Schon gut«, meinte Bär.

Ihr Verhalten war verdammt nachlässig, aber sie gefiel ihm, und es hatte ihm gefallen, sie in seinen Armen zu halten. Dabei war es nur ein Reflex gewesen, dass er sie festgehalten hatte. Er spürte für einen Moment dem Gefühl nach. Die Ambulanz war ihm als Nächstes eingefallen, aber Lucca hatte zwischen Husten und Luftschnappen abgewehrt. Ihre allergischen Anfälle würden nie lange dauern, hatte sie beteuert. Wenn sie sich nur irgendwo ausruhen und einen Schluck Wasser trinken könnte, käme alles wieder in Ordnung.

Bär hatte sie in die nächstgelegene Cafeteria auf dem Klinikgelände begleitet. Wenn man jemanden rettete, war man für ihn verantwortlich. So sagte man doch?

»Du bist so voller Verständnis«, sagte Lucca.

Nein, das Zitat lautete anders. »Du bist zeitlebens für das verantwortlich, was du dir vertraut gemacht hast.« Saint-Exupéry, »Der kleine Prinz«. Aber hatte er sich Lucca denn schon vertraut gemacht? Wollte er das überhaupt? Oder rasselte er da gerade in etwas hinein? So schnell wie mit ihr war er noch mit keiner beim Du gewesen. Sie war so unkompliziert, so frei. Es sei unmöglich, jemanden zu siezen, der einem gerade das Leben gerettet habe, hatte sie gemeint und gelacht. Seit ihre Kostümjacke über der Stuhllehne hing, fiel es ihm schwer, seine Blicke von ihr zu lassen. Das knappe Hemdchen, das sie jetzt nur noch trug, gab eine definierte Schulterpartie und durchtrainierte Arme frei.

»Sag mal, was für Sport machst du eigentlich? Bogenschießen?«

»Manchmal, ja.« Sie konnte mit der Stimme lächeln.

»Oder war die Frage jetzt zu frech?«, setzte er nach.

»Absolut nicht. Für gewöhnlich reite ich auf wilden Pferden durch den Wald, erlege mein Wildbret mit Pfeil und Bogen und sammle ein paar Beeren zum Nachtisch.«

Genauso siehst du aus, dachte Bär belustigt. Er glaubte ihr kein Wort. »Und was machst du im richtigen Leben?«

»Ich bin Freiberuflerin. IT-Consulting, Oracle, um genau zu sein.«

Das passte schon eher. »Und wie muss ich mir das so ganz genau vorstellen?«

»Ich gehe in die Firmen, wenn es ein Problem mit deren Datenbanken gibt.«

»Und hinterher schreibst du denen eine Rechnung?«

»So ähnlich.«

Er strich die megacoole Visitenkarte glatt, die sie vor ihn hingelegt hatte. Sie zeigte ein kleines Foto von ihr. »Lucca Heisterkamp«, stand in schlichter Schrift darunter, »IT-Consulting«. Und eine Handynummer.

»In deiner Freizeit spielst du also da draußen Indianer. Papa und Mama müssen es geahnt haben, sonst hätten sie dir keinen Jungennamen verpasst.« Er grinste, wollte sie ein bisschen necken.

»Was? Wie kommst du denn darauf?«

»In Italien ist Lucca ein Jungenname. Vielleicht hat der Pastor bei der Taufe vergessen, deine Eltern darauf hinzuweisen.« Herrje, nur nicht wie Becker klingen.

»Meine Eltern hätten mir doch keinen Männernamen verpasst.« Unglauben und Empörung lagen in ihrem Gesichtsausdruck.

»Na ja, womöglich hab ich da was falsch in Erinnerung«, lenkte er ein. Keinesfalls wollte er sie verletzen. »Ich muss auch los.«

Er hatte noch keinen Plan, was er mit Amelie unternehmen sollte. Im Internet hatte er einige Freizeitangebote für Kinder entdeckt, war aber noch nicht zufrieden damit. Wenn er kurz in der Bahnhofsbuchhandlung vorbeifuhr, fand er vielleicht einen passenden Touristenführer und für das kommende Wochenende eine Wanderkarte.

Er stand auf, die Stuhlbeine rutschten quietschend über den Boden.

»Ich gehe jede Wette mit dir ein, dass Lucca kein Männername ist.« Ihre dunkle Stimme hallte durch den Raum. Auch sie war aufgestanden und schlüpfte in ihre Kostümjacke. Die wohlgeformten Arme verschwanden im Stoff.

»Und wenn doch, wäre es keine Katastrophe«, beschwichtigte er sie. »Ich wollte dich nur aufziehen.«

»Worum wetten wir?«, beharrte sie. »Um ein Abendessen? Ich darf das Restaurant aussuchen, weil du sowieso verlierst.«

Ihm war nicht nach Wetten, und er fühlte sich in die Enge gedrängt. Dummerweise hatte er den Unsinn mit dem Namen selbst aufgebracht.

Er lächelte statt einer Antwort.

»Und deine Nummer?«, fragte sie.

»Wie jetzt?«

»Na, ich muss dir doch Bescheid geben können, sowie ich einen Beleg für meine gewonnene Wette gefunden habe.«

»Klar.« Er zog eine seiner privaten Visitenkarten aus dem Portemonnaie und reichte sie ihr. »Da bin ich ja mal gespannt.«

***

Roberta schob die Tür von Ben Bachs Büro auf. Die Müdigkeit, die der frühe Montagmorgen für sie mitbrachte, war ihr bestimmt anzusehen.

»Hallo«, murmelte sie verschlafen. »Und? Wie schaut's aus?«

»Hm. Ganz gut.« Der Sascha Lobo der Frankfurter Polizei ließ den aufgeklappten Laptop und die drei Monitore, die vor ihm auf dem Schreibtisch standen, nicht aus den Augen. »Willst du etwas Bestimmtes von mir?«

»Nur mal nachfragen, ob es was Neues über das Baby gibt.«

»Keine Hinweise auf irgendjemanden, der es ausgesetzt haben könnte, wenn du das meinst.«

»Zu schade.«

»Finde ich auch.«

Seit fünf Jahren beantwortete Ben Bach im Internet Fragen von Frankfurter Bürgern zur Polizeiarbeit, zu Unfällen, Festnahmen oder zur Terrorgefahr, klärte Omis über Enkeltricks auf und konterte die Beiträge frecher Trolle. Er hatte keinen so verrückten Irokesen auf dem Kopf wie der bekannte Blogger, sein Fassonschnitt stammte eher aus einem der Barbershops im Frankfurter Bahnhofsviertel. Aber in seinem schwarzen Kapuzenshirt wirkte er schon ein bisschen wie ein Nerd, und dass er eine komplette Polizeiausbildung durchlaufen hatte, sah man ihm nicht an. Rund zweihundertfünfzigtausend Follower hatte er auf Twitter, siebzigtausend auf Facebook.

»Dein YouTube-Filmchen vom Baby-Fundort ist übrigens ganz gut bei den Leuten angekommen. Hat jede Menge Likes gekriegt.« Endlich drehte er sich zu ihr um.

»Was kommt denn sonst so rein?« Roberta zog sich einen freien Stuhl heran.

»Adoptionsanfragen.« Ben lächelte ein wenig schief. »Das Findelkind weckt voll die Empathie.«

»Kann ich mir denken. Und weiter?«

»Auf Facebook ist die Namensfindung abgeschlossen. Der Kleine heißt nun Elias.«

»Elias, ist ja interessant. Ob die Eltern mit dem neuen Namen einverstanden sind?«

»Danach werden wir sie hoffentlich bald fragen können. Ich tue, was ich kann, damit sie rasch gefunden werden.«

»Ich weiß.« Roberta ließ ihren Blick über die Posts auf den Monitoren gleiten.

»Was noch reinkommt, sind Anfragen zu Wölfen.«

»Tatsächlich?«

»Magst du darüber was schreiben? Oder willst du dich nicht unbeliebt machen?«

»Unbeliebt?« Sie lachte auf. »Das Wolfsthema ist wirklich

heikel. Aber ich schreib gern was dazu.« Nach ihrem Besuch bei dem Schäfer hatte sie sich ein E-Book über Wölfe gekauft und vor dem Schlafengehen darin gelesen. »Die Umweltschützer lieben die Graupelze, sie sagen, mit ihnen kommt ein Stück Natur zurück. Wölfe sorgen für heilsame Unruhe im Wald, das Wild flüchtet vor ihnen, es bewegt sich wieder. Und das führt zu weniger Verbiss an den Bäumen. Auch Pflanzen können sich erholen, weil die Wölfe ihre Fressfeinde verscheuchen.«

»Siehst du, dein halber Artikel steht schon.« Ben grinste, dann tippte er rasch ein paar Zeilen Kommentar unter einen Facebook-Post.

»Ja, schon klar. Die andere Hälfte betrifft die Situation der Schäfer. Denen sagt man, dass sie sich Herdenschutzhunde anschaffen sollen. Das sind weiße gemütliche Hunde, die in der Herde leben und den Wolf verbellen sollen, wenn er anrückt. Sie sind teuer in der Anschaffung wie in der Haltung, fressen den Schäfern die Haare vom Kopf. Und die Wölfe bringen es trotzdem fertig, Lämmer zu reißen.«

»Hier.« Ben deutete mit dem Finger auf den Monitor, auf dem die Facebook-Seite der Polizei zu sehen war. »Schon wieder. Etliche Mütter sorgen sich, dass so ein Wolf auf einem Spielplatz auftauchen könnte. Was antworte ich denen?«

»Laut rufen und in die Hände klatschen reicht meist, um Wölfe zu verscheuchen«, sagte Roberta. »Wenn sie nicht gerade Tollwut haben. Ein, zwei Schritte auf sie zugehen, aber keinesfalls vor ihnen wegrennen.«

»Und die kommen wirklich bis auf die Spielplätze?«

»Nicht wenn Menschen dort sind, dazu sind sie zu scheu. Aber nachts vielleicht. Füchse, die kleinen Vettern vom Wolf, sind schon in Einkaufspassagen gesichtet worden, auch auf der Frankfurter Zeil.«

»Die Essenreste im Müll sind sicher leichtere Beute als die Kaninchen in den Parks.«

»Wilde Tiere sind schon immer in unsere Lebensbereiche eingedrungen. So kamen wir zu Hund und Katz. Deren Vorfahren waren Wildkatzen, Wölfe und Füchse, die die Nähe der menschlichen Siedlungen suchten und über Generationen hinweg domestiziert wurden.«

»Jepp, ich weiß. Wieso hat das Baby eigentlich in einer Feuerstelle gelegen? Um es warm zu halten?«

»Schon möglich. Schickst du mir eine Mail, wenn ihr eine Spur habt? Den Artikel über die Wölfe bekommst du, sowie ich ihn fertig habe.«

»Ich freu mich schon drauf.« Ben Lobo Bach sah auf seine Monitore, das soziale Netz hatte wieder seine ungeteilte Aufmerksamkeit.

Roberta stellte den Stuhl leise zurück und ging zur Tür. Dabei streifte ihr Blick den Text auf einer dieser kleinen beleuchteten Reklametafeln, wie es sie jetzt bei Kontrast in der Hanauer Landstraße zu kaufen gab. Sie thronte auf Bens Schreibtisch und war vermutlich ein Geschenk an ihn. »Gude«, stand da zu lesen und in der nächsten Zeile: »Polizei«. Man konnte das so oder so aus dem Hessischen übersetzen: »Guten Morgen, hier ist die Polizei.« Oder eben: »Gute Polizei.«

***

Roberta dachte an Lämmer und Wölfe, als sie nach ihrem Kurzbesuch in der Social-Media-Redaktion der Polizei die Treppen zu ihrer Wohnung hocheilte. Auf dem Absatz im ersten Stock blieb sie abrupt stehen. Im Parterre schlug eine Tür zu.

»Hallo?« Sie machte kehrt.

»Ja, bitte?« Die Frau, die gerade ihre Wohnung abschloss, klang genervt; wie es aussah, wollte sie das Haus rasch verlassen. Roberta erinnerte sich, sie ein paarmal im Flur gesehen zu haben. Mehr als ein knapper Gruß war unter den Mitbewohnern nicht üblich, man kannte sich kaum. Nur wenige waren tagsüber zu Hause, und es gab ständig Mieterwechsel. Von den meisten Leuten wusste Roberta nicht einmal den vollen Namen.

»Kann ich Sie bitte kurz sprechen?«, fragte sie höflich.

»Worum geht es denn?« Das Outfit ihrer Nachbarin bestand aus pinkfarbenen High-Heels, teuren Markenjeans voller

Schlitze und Löcher, einer eleganten weißen Bluse und mehreren Kilos Modeschmuck. Das blondierte Haar war zu einem lockeren Knoten geschlungen, der sich jeden Moment aufzulösen schien, und die Lippenstiftfarbe passte perfekt zur rotbraunen Handtasche.

»Wohnt bei Ihnen ein Junge, schmächtig, so etwa sechzehn?«, wollte Roberta wissen.

»Mein Sohn ist nicht schmächtig«, kam es pampig zurück. »Er ist sehr sportlich und schön schlank.« Ihre abschätzigen Blicke drückten aus, dass Roberta ihrer Ansicht nach keineswegs in diese erstrebenswerte Kategorie gehörte.

»Okay, und wie alt ist Ihr schlanker Sohn so in etwa?«

Nervöses Klappern mit dem Haustürschlüssel. »Marvin ist fünfzehn.«

»Das passt. Ich würde gern kurz ein paar Worte mit ihm wechseln.«

»Wie bitte, mit meinem Sohn?« Die rotbraunen Lippen kräuselten sich unschön. »Wozu soll das gut sein?«

»Ihr Sohn stiehlt mein Sauerkraut.«

»Nein.« Marvins Mutter schüttelte den Kopf so heftig, dass Roberta um ihre Frisur bangte. Tatsächlich löste sich bereits eine erste Strähne aus dem Knoten. »Marvin mag gar kein Sauerkraut, hat er als Kind schon nicht gemocht.«

»Wetten, dass wir in seinem Zimmer mein Sauerkraut finden? Lassen Sie uns einfach nachsehen.«

»Sie sind wohl verrückt! Was erlauben Sie sich?«

»Ich erstatte Anzeige wegen Diebstahls«, drohte Roberta. »Frau …«

»Waldschmidt.«

»Es sei denn, Sie helfen mir jetzt und lassen mich mit dem Jungen sprechen. Sie dürfen auch gern dabei sein.«

Marvins Mutter begann zu zittern. Roberta konnte nicht sagen, ob vor Wut oder weil sich ein paar Löcher zu viel in ihrer Jeans befanden und sie nun zu frieren begann. Hier unten im Hausflur war es ja doch eher kühl. Ganz ruhig blieb sie vor ihr stehen, trat sogar noch einen Schritt näher an sie heran.

Körperliche Präsenz konnte viel ausrichten, das hatte sie als Journalistin bei vielen Interviewgelegenheiten gelernt.

»Gut, wie Sie meinen. Bringen wir es hinter uns.«

Frau Waldschmidt steckte ihren Schlüssel wieder ins Schloss und sperrte auf. Sie hastete durch ihre Wohnung, Roberta lief hinterher und sah sich aus den Augenwinkeln um. Der Flur war in freundlichen Tönen gestrichen, die helle Garderobe lag im mittleren Preissegment, das Wohnzimmer hinter der offenen Tür war modern und modisch eingerichtet. Der Ausdruck »wohnlich« kam ihr in den Sinn.

»Maaarvin, bist du schon auf?«, rief Frau Waldschmidt lautstark. »Du hast Besuch.«

Die warnende Stimme einer fürsorglichen Mutter, dachte Roberta. Na prima.

In den Tiefen der Wohnung rumpelte es.

Frau Waldschmidt klopfte an eine Tür, und sie betraten den Raum, den Roberta tags zuvor vom Hof aus gesehen hatte. Die Maschinengewehrsalven aus den YouTube-Filmchen hatte sie noch im Ohr.

Das Zimmer war leer, das Fenster stand offen. Der schmächtig-schlanke Junge war getürmt.

Roberta zog die Brauen hoch.

»Na ja, er steigt schon mal zum Fenster raus. Die Wohnungstür ist ihm manchmal zu weit weg. Pubertät eben.« Frau Waldschmidt klang jetzt resigniert. »Schauen Sie sich ruhig kurz um.«

»Danke.«

»Sie werden eh nichts finden.«

Roberta wies kommentarlos auf die Dose Sauerkraut, die immer noch neben dem Monitor stand.

Marvins Mutter griff danach. »Das … Das kann einfach nicht Ihre Dose sein. Einer von Marvins Freunden …«

»… macht gerade eine Sauerkrautkur? Das soll ja sehr gesund sein.« Roberta entdeckte auf dem Kleiderschrank ein Glas Paprika. Kleine, rote gefüllte Paprikaschoten, wie sie sie gern bei Tegut kaufte. Wieso hatte sie die noch nicht vermisst? Sie schmeckten prima zu frischem Baguette, wenn man zum

Kochen zu müde war, und noch besser, wenn man ein Glas kühlen Weißwein dazu hatte. »Darf ich den Schrank mal aufmachen?«

»Nur zu.« Frau Waldschmidt saß auf dem Bett ihres Sohnes, die Knie in den löchrigen Jeans eng aneinandergedrückt. Sie hatte ihre Arme um sich geschlungen, und es schien, als wiegte sie sich hin und her. Fast bekam Roberta Mitleid mit ihr. Doch es half nichts.

Sie zog die Schranktür auf.

Auf der rechten Seite hing ein langer schwarzer Ledermantel, daneben ein Parka mit militärischem Tarnmuster. Die linke Seite, die Fächer hatte, war mit Konserven und Lebensmitteln vollgepackt. Mais, Würstchen, Knäckebrot. Passierte Tomaten, Chilibohnen. Etliche Dosen Mineralwasser und Cola. Linsensuppe und Corned Beef.

»Das kauft er sich selbst, oder er zweigt es von meinen Einkäufen ab«, sagte Frau Waldschmidt schrill. »Marvin muss nichts stehlen, er bekommt genug Taschengeld von seinem Vater. Vermutlich mopst er die Sachen aus Langeweile. Oder nur so zum Spaß.«

»Er klaut also quasi hobbymäßig?« Roberta sah Marvins Mutter verständnislos an. »Wo hat er denn die Klamotten aus dem Schrank hingeräumt?«

Frau Waldschmidt wedelte mit den Händen in Richtung Fußboden. »Die sind hier unten.«

Roberta schaute unter das Bett. Tatsächlich stapelten sich dort Jeans und Sweatshirts, in einer flachen Kiste steckten zusammengerollte Socken und bunte Boxershorts. Und da war noch etwas. Etwas, das aussah wie eine selbst gebaute Zwille. Roberta kannte diese Schleudern aus Kindertagen. Auf dem Bauernhof, auf dem sie aufgewachsen war, hatten die Buben der Erntehelfer damit Vögel erlegt. Man musste nur die Gabel gut festhalten und das Gummi kräftig spannen, dann wurde ein Stein oder ein Metallkrampen zu einem gefährlichen Geschoss. »Kann ich mal –«

»Nein, jetzt reicht es!« Marvins Mutter war aufgesprungen.

»Dazu haben Sie kein Recht. Sie sind schließlich nicht vom Jugendamt.«

»Vom Jugendamt?«, hakte Roberta nach.

Frau Waldschmidt winkte ab. »Gott, ja, mit denen haben wir ständig Ärger. Marvin … Ich weiß nicht mehr, was ich mit ihm machen soll. Sein Vater hat uns vor drei Monaten verlassen. Er schickt uns Geld, zahlt die Wohnung. Aber Marvin fehlt er. Der Junge hat sich seitdem komplett verändert. Und ich muss arbeiten. Ich muss ja an später denken, an meine Zukunft.«

»Ja, sicher. Aber was hat Ihr Sohn mit all den Lebensmitteln vor? Hat er Angst, dass Sie auch ausziehen und er sich allein ernähren muss?«

»Nein, ich ziehe nicht aus. Marvin weiß das.« Nun lachte Frau Waldschmidt ein wenig. »Ich muss jetzt auch los, Sie entschuldigen. Meine Boutique …«

»Sie haben eine Boutique?«

»Direkt hier am Schweizer Platz. Blusen und Schmuck. Genau genommen gehört sie Marvins Vater, aber er lässt mich das Geschäft trotz unserer Trennung weiterführen.«

»Tut mir leid«, murmelte Roberta. »Haben Sie schon mal daran gedacht, mit der Schulpsychologin zu sprechen?«

Sie schüttelte den Kopf. »Marvins Vater nimmt mir auf der Stelle die Boutique weg, wenn ich das mache. Sein Sohn braucht keinen Psychoklempner. Sein Sohn ist normal, sagt er.«

»Verstehe.«

Roberta folgte Frau Waldschmidt in den Hausflur und schenkte ihr zum Abschied ein aufmunterndes Lächeln. Mehr konnte sie im Moment nicht für Marvin und seine Mutter tun, aber vielleicht ergab sich ja später noch einmal eine Gelegenheit, um auf das Thema zurückzukommen.

FÜNF

Christian Bär stand am Ufer der Nidda und starrte auf das Eschersheimer Wehr. Er hatte so etwas noch nie gesehen. Das Wasser rauschte das Wehr herunter, als fiele es von einer hohen Mauer. Dort, wo es auf den tiefer gelegenen Fluss stieß, machte es quasi einen Salto rückwärts und bildete eine weiß aufschäumende Walze. In diesem Rücklauf hing ein menschlicher Körper. Mal streckte er einen Arm aus den Fluten, mal tauchte sein Kopf aus dem Wasser auf, dann wieder verschwand er ganz. Der Fluss ließ ihn immer wieder los, aber nur, um ihn sofort wieder zurückzuziehen. Er spielte mit ihm, ließ ihn tanzen.

»Da sinn mer früher mit der Luftmatratz runner.« Einer der Gaffer, die sich am Ufer versammelt hatten, kommentierte in Bärs Rücken lautstark das Geschehen. »Wenn mer schwimmen kann, kommt mer da raus. Des weiß isch genau.«

»Tja. Solange man noch lebt, jedenfalls.« Bär hatte sich zu dem älteren Mann umgedreht und schrie gegen das Rauschen des Wassers an. »Warum, glauben Sie, hat man wohl dieses Schild ans Wehr angeschlagen: ›Vorsicht, Lebensgefahr‹?«

Er hatte all diese Geschichten schon gehört. Dass das Wehr gar nicht so gefährlich sei, dass die Eschersheimer Kinder darin früher ihre Nachmittage verbracht hätten. Allerdings führte die Nidda nur selten so viel Wasser wie heute, der Starkregen der letzten Tage hatte sie anschwellen lassen und ließ das Wehr tosen. Der Mann im Rücklauf hatte zum Schwimmen keine Chance gehabt.

Wegen dieser Wasserleiche hatte Becker ihn aus dem Urlaub geholt, es gab zu viele Krankmeldungen in der Abteilung. Die freien Tage konnte Bär nachholen, aber Amelie hatte sich schon darauf gefreut, viel mit ihm zu unternehmen, und ab Freitagmittag wollten sie wandern. Das ganze gottverdammte Wochenende lang. Das konnte er nun vermutlich knicken.

Ein rotes Schlauchboot der Wasserschutzpolizei näherte sich

flussabwärts dem Wehr. Zwei Männer paddelten, ein dritter hielt eine lange Stange mit einem Haken daran bereit. Je näher das Boot dem tosenden Rücklauf kam, desto stärker vibrierte es. Ein Aufschrei ging durch die Menge der Schaulustigen, als Wasser ins Schlauchboot schwappte. Der Mann, der den menschlichen Körper einfangen wollte, hatte sich zu weit vorgebeugt. Erst nach ein paar Versuchen gelang es ihm, mit der Stange nach dem Toten zu fischen und ihn an seinen Kleidern aus dem Rücklauf zu ziehen. Nun dümpelte der Tote knapp unter der Wasseroberfläche neben dem Schlauchboot her, das Gesicht zum Flussgrund gerichtet. Würde er noch leben, hätte er die Fische zählen können. Und immer noch hielt ihn der Mann mit der Stange an seinen Kleidern fest.

Ganz langsam kam das Boot mit dem Leichnam an seiner Seite auf Bär und die Menschen am Ufer zu. Die Männer stiegen schweigend aus, sie hievten das Boot an Land und zogen den Toten auf den Gehweg.

»Wenn Sie bitte ein Stück zurücktreten würden«, sagte Bär zu den Umstehenden.

Einer der Wasserschutzpolizisten begann einen Sichtschutz aufzubauen.

»Und Handys aus, bitte!«, setzte Bär hinzu. »Wenn ich hier einen erwische, der filmt, nehme ich ihn fest.«

Jemand lachte. »Wer's glaubt!«

Vier Hände drehten die Leiche um, und ein Stöhnen ging durch die Menge.

Der tote Mann hatte kein Gesicht mehr. Wo es gewesen war, befand sich rohes, aufgequollenes Fleisch. Ihm waren nicht einmal die Augäpfel geblieben; wo sie gewesen waren, gab es nur noch zwei dunkle Höhlen.

Stille. Nichts als das Dröhnen des schäumenden Wehrs war zu hören.

»Üwwer die Stein geschrappt.« Der ältere Herr von vorhin fasste Bär leicht am Arm. »Der Fluss is nit tief, niddema wenn's so gegallert hat wie zuletzt.«

Bär fiel dazu ein, dass auch ein paar Fische nachgeholfen

haben könnten. Er begriff, dass der Tote ihn noch eine Weile beschäftigen würde.

***

»Kein Ausweis, kein Telefon.« Zimmer hob bedauernd die Hände.

Auf dem Sektionstisch, auf dem vor drei Tagen das farbenfrohe afrikanische Tuch Bärs Aufmerksamkeit auf sich gezogen hatte, lag nun der Mann ohne Gesicht. Dessen Konturen ließen sich noch gut erkennen, doch das Gewebe sah aus, als sei jemand mit einer Gemüseraspel darübergegangen. Die Kopfhaut war intakt, das Haar kurz und dunkel. Der Tote trug noch seine Kleider, eine Jeans und ein zerrissenes Hemd, beides total verdreckt. Weit war Zimmer mit seiner Leichenschau bisher nicht gekommen.

»Ohne Ausweis, verstehe ich ja noch«, versuchte Bär einen müden Scherz. »Aber ohne Handy, heutzutage?«

Zimmer blieb ernst. »Ich schätze den Mann auf Mitte, Ende fünfzig. Er gehört nicht zur Generation Smartphone.«

»Seine Klamotten passen ihm noch«, stellte Bär fest.

»Gut beobachtet«, lobte Zimmer. »Bis sich so viel Fäulnisgas bildet, dass der Körper aus der Form gerät, dauert es in kaltem Wasser eine Weile, ganz anders als in heißen Sommern und im Freien. In sehr kalten Gewässern tauchen Leichen manchmal gar nicht mehr auf. Dagegen spricht hier allerdings schon die mangelnde Flusstiefe. Vermutlich hat der Tote mehrere Tage bis eine Woche im Wasser verbracht.«

Bär rechnete im Stillen nach. Der Mann war irgendwo oberhalb des Wehrs in der Nidda gelandet. Deren Fließgeschwindigkeit schätzte er bei dem Starkregen der letzten Tage auf mäßiges Joggingtempo. Wenn der Unbekannte eine Woche den Fluss hinuntergeschwommen war, konnte er rein theoretisch im Vogelsberg hineingefallen sein. Oder irgendwo auf den gut neunzig Flusskilometern, die sich die Nidda durch die Wetterau wand. Doch wieso hatte man den Toten nicht eher entdeckt? Je länger die dahintreibende Leiche unterwegs gewesen war, desto eher hätte sie irgendeinem Angler oder Spaziergänger auffallen müssen.

»Wahrscheinlich ist er im Fluss öfter mal hängen geblieben«, fuhr Zimmer fort. »Im Totholz oder zwischen herabhängenden Ästen hat er Pause gemacht, so lange, bis das Wasser ihn wieder mitnahm.«

Das war's. Der Mann konnte vor Blicken geschützt im Gehölz festgehangen haben. »Womöglich ist er auch in einem der Nebenflüsschen ertrunken«, fügte Bär hinzu.

»Ertrunken ist er nicht. Ich bin mir ziemlich sicher, dass ich kein Wasser in seiner Lunge finden werde.«

»Was?« Bärs Handy klingelte, und er nahm den Anruf an. »Ja, bitte?«

»Hallo, Lucca Heisterkamp hier. Du hast deine Wette gewonnen.«

Bär war noch ganz bei der Leichenschau, er brauchte einen Moment, um umzuschalten. »Die Wette wegen deines Vornamens? Ach was.«

»Ja. Jetzt muss ich dich natürlich zum Essen einladen. Hast du heute Abend schon was vor?«

Sein Blick wanderte zu dem Toten auf dem Sektionstisch. Die sicherlich zähen Ermittlungen fingen gerade erst an, und der Tag konnte noch lang werden. Andererseits überraschte es ihn selbst, wie verlockend er die Aussicht auf ein Date mit Lucca fand. Er sah sie die Kostümjacke ausziehen, stellte sich ihren dunklen Blick vor.

»So zwischen einundzwanzig und zweiundzwanzig Uhr müsste ich eine Stunde Zeit für dich haben«, meinte er.

Sie lachte. »Das passt. Wo treffen wir uns?«

Ein vorwurfsvolles Hüsteln von Dr. Zimmer rief Bär an die Arbeit zurück. »Im Homburger Hof?«, schlug er rasch vor. Da war er mal mit Roberta gewesen, und er kam so schnell auf nichts anderes. So oft ging er schließlich nicht aus, sein Job ließ ihm nicht gerade viel Zeit für Apfelweinkneipen.

»Gut, ich bin pünktlich.« Lucca hatte das Gespräch auch schon beendet.

»Sorry.« Bär wandte sich wieder Zimmer und der Leiche zu.

»Es gibt eine Wunde am rechten Oberschenkel, schauen Sie hier.« Zimmer wies auf einen Riss in der Jeans des Toten, unter dem ein ausgewaschener blasser Wundrand zu erkennen war.

»Das ist keine Schusswunde, oder? Für ein Einschussloch ist sie zu länglich und auch zu groß.«

»Nein, die Wunde stammt eher von einem spitzen Gegenstand. Speer vielleicht oder ein größerer Pfeil.«

»Indianerwaffen? Na, dann ist ja alles ganz einfach«, scherzte Bär. Die Vorfreude auf das Date mit Lucca stimmte ihn albern wie einen Schuljungen.

Zimmer ging nachsichtig über den missratenen Witz hinweg. »Die Wunde könnte ebenso von einer spitzen Schere stammen, aber auch die Stichverletzung war nicht die Todesursache.« Er hob den Kopf der Leiche an und schob ihn vorsichtig hin und her. »Der Hals ist sehr beweglich, das deutet auf einen Genickbruch hin.«

»Ein Genickbruch beim Sturz in den Fluss?«

»Bei irgendeinem Sturz. Eher noch durch einen Schlag mit einem harten Gegenstand in den Nacken. Dort ist eine längliche Vertiefung zu sehen. Ich schaue mir das nachher genauer an.«

»Und wie ermitteln wir, wer er ist?«, fragte Bär.

»Das wird schwierig. Die Fingerabdrücke haben wir als Erstes abgeglichen, aber da war nichts in der Datei. Der Mann ist anscheinend noch nie erkennungsdienstlich behandelt worden.«

»Hilft uns sein Zahnstatus weiter?«

Zimmer kraulte sich den Bart. »Er hat zwei Kronen, die in Osteuropa gemacht worden sein könnten. Immer mehr Patienten lassen sich inzwischen in den Ostblockländern die Zähne richten, da ist es billiger. Es kann also dauern, seinen Zahnarzt zu finden.«

Bär sah instinktiv zu dem Regal hinüber, in dem Zimmer menschliche Schädel aus unterschiedlichen Jahrzehnten sammelte. Hellere und dunklere Totenköpfe lagen dort nach Farbton geordnet nebeneinander. Über die Färbung konnte man das Alter der Verstorbenen schätzen, je dunkler der Knochen, desto länger waren sie tot. Die tiefen Augenhöhlen, die riesige Nasenöffnung, vereinzelte wacklige Zähne, das alles war einmal mit Muskeln überspannt gewesen, mit Gewebe und Haut.

»Was, wenn wir ihm wieder ein Gesicht geben?«, schlug Bär vor. »Vielleicht finden wir dann über ein Foto Zeugen, die zur Klärung der Todesumstände beitragen können. Oder zumindest jemandem, der ihn identifizieren kann.«

»Eine Gesichtsrekonstruktion«, stimmte Zimmer zu. »Das wäre eine Möglichkeit.«

***

Im Apfelweingarten des Homburger Hofs warteten die schmalen langen Tische und Bänke auf die letzten Gäste des Spätsommers. Lucca saß in der Nähe des Eingangs. Der Wirt hatte eine brennende Kerze vor sie hingestellt, deren flackerndes Licht unruhige Schatten auf ihr Gesicht warf.

»Hallo!« Bär nahm ihr gegenüber Platz.

»Schön, dass du es geschafft hast.« Sie schob die Kerze ein wenig zur Seite.

»Ja, der Zeitpunkt war ungünstig. Wir hatten heute …« Eine Leiche, wollte er sagen. »Einen tödlichen Unfall zu bearbeiten«, schloss er schnell.

Sie reichte ihm die Speisekarte. »So was ist schlimm, nicht wahr?«

Bär schlug die Karte auf und blätterte lustlos darin herum. So richtigen Appetit verspürte er gar nicht, das Hungergefühl von vor zwei Stunden hatte er wohl überwunden. »Für den Betroffenen und seine Familie ist es das sicherlich«, sagte er. »Jemand ist in der Nidda ertrunken.«

»Ich weiß«, entgegnete Lucca leise.

»Wie? Du weißt das schon? Wir haben das noch gar nicht an die Presse gegeben.«

Lucca zog ihr Handy aus der Tasche und wischte ein paarmal über das Display. Dann hielt sie ihm ein Facebook-Foto entgegen. Darauf waren die Männer der Wasserschutzpolizei in ihrem roten Schlauchboot deutlich zu erkennen. Die Aufnahme zeigte auch denjenigen, der die Stange in den Fluss gehalten hatte. Und den Toten, der wie ein Fisch an der Angel an der Stange hing. Noch lag er auf dem Bauch im Wasser.

»Verdammte Hacke, wer hat das denn ins Netz gestellt?«

»Irgendjemand, der vor Ort war?«

»Und ich hab die Meute extra gebeten, keine Fotos zu machen.«

Es war stets das Gleiche. Irgendwelche Idioten posteten, was immer sie vor die Linse bekommen hatten. Verletzte, Blutende, Tote. Meist waren die Gaffer schon vor einem da, und man musste den Tatort erst einmal von ihnen befreien. Den Kollegen von der Feuerwehr erging es nicht besser. Statt den Unfallort abzusichern und den Rettern Platz zu machen, wurde fotografiert und gefilmt.

»Na ja, wenigstens man kann den Toten im Wasser nicht erkennen«, meinte Lucca.

»Ja, Gott sei Dank.« Bär sah das bis zur Unkenntlichkeit zerschundene Gesicht des Toten vor sich. »Wir wissen noch nicht, wer er ist.«

Lucca zog eine Braue hoch, sagte aber nichts.

»Sie haben schon gewählt?« Der Kellner stand vor ihrem Tisch.

»Nein«, gab Bär zu. »Was gibt's denn heute Besonderes?«

Der Kellner wies auf die große Schiefertafel an der Hauswand. »Frankfurter Kartoffelkloß, mit Leberwurst gefüllt, auf Sauerkraut und Specksoße. Für nur dreizehn Euro fünfundneunzig.«

»Prima, das nehme ich. Oh, Verzeihung. Lucca?«

»Ich auch bitte.«

»Und zu trinken?«, wollte der Kellner wissen.

»Von den Sortenreinen?«, schlug Bär vor. »Die musst du probieren, Lucca.« An den Kellner gewandt ergänzte er: »Boskoop für mich.«

Sie nickte nur.

»Gut, dann eine Flasche Boskoop.« Bär rückte die Kerze wieder näher zu ihr hin. »Die Flamme steht dir. Du siehst verdammt schön aus in dem flackernden Licht.«

Sie schob ihr Haar hinter die Ohren, knickte ein Eselsohr in die Speisekarte und bog es zurück. Er konnte nicht sagen, ob aus Verlegenheit oder Nervosität. »Gibt es schon etwas Neues über das Baby?«, wollte sie wissen.

»Außer dass dein Teddy demnächst an irgendein fremdes krankes Kind weitergereicht wird?« Bär zwinkerte ihr kurz zu, dann wurde er wieder ernst. »Nach demjenigen, der den Kleinen in der Feuerstelle abgelegt hat, wird weiterhin gesucht. Und nun genug von meinem Job. Wie war das mit deinem Namen?«

Sie beugte sich verschwörerisch vor. »Du hattest recht. Lucca ist die italienische Form von Lukas.«

Bär musste lächeln. »Na, dann werden wir gleich mal einen Schluck auf meine gewonnene Wette trinken.«

»Nein. Denn gleichzeitig hattest du unrecht. Lucca wird in seltenen Fällen auch als Mädchenname vergeben. Deutsche Standesbeamte wünschen sich dann aber meist einen zweiten, typisch weiblichen Vornamen dazu.««

»Aha, und wie lautet dein zweiter Vorname? Oder ist er dir peinlich?«

Sie biss sich auf die Unterlippe und blieb ihm die Antwort schuldig. Er ließ es dabei bewenden.

»Es gibt auch eine Stadt, die Lucca heißt«, sagte Bär. »Sie liegt in der Toskana. Da bin ich mal in den Puff geraten, sozusagen.«

»Du, im Puff?« Sie lehnte sich erheitert zurück, die schmale Bank unter ihr geriet kurz ins Wanken. »Hattest du als Jugendlicher so viele Pickel, dass du im Urlaub auf eine Professionelle zurückgreifen musstest?«

»He, he, Vorsicht!«

Der Kellner kam, und Bär wartete, bis er die Getränke serviert hatte und wieder ging. Er schnupperte an seinem Glas. »Na, riecht das nicht nach Apfel?«

Auch Lucca nahm ihr Glas und sog den Duft des Apfelweins ein. »Nach Boskoop, ganz unverkennbar.«

Für einen Moment musste Bär an Roberta denken. Vor drei Jahren hatte er sie hierhin ausgeführt und in das Geheimnis der sortenreinen Apfelweine eingeweiht. Im Laufe des Abends hatte sich ihre Unterhaltung so angeregt entwickelt, dass sie sich private Geheimnisse anvertraut hatten. Vermutlich waren sie sich nie näher gewesen.

»Erzählst du mir vom Puff?«, fragte Lucca.

»Du bist ja gar nicht neugierig, oder?«

»Neugier ist mein Lebenselixier.«

Das hätte von Roberta kommen können. Wenngleich es vermutlich die einzige Gemeinsamkeit war, die Lucca mit ihr hatte.

»Ich fuhr mit meinem Freund Kalle in dessen VW-Bus durch die Toskana«, begann er. »Wir hatten uns die Stadt angesehen, konnten in der Nähe aber keinen Campingplatz finden. Also haben wir unseren Bus vor die Stadtmauer gestellt und uns schlafen gelegt.« Bald war auf der Straße der Teufel losgewesen. Aufjaulende Motoren, Autohupen, Frauenlachen. Durch die Heckscheibe hatte er sehen können, wie leicht bekleidete Mädchen mit den Fahrern schwätzten und in deren Wagen stiegen. »Wir mussten leider feststellen, dass wir auf dem Straßenstrich standen.«

Die Kartoffelklöße wurden an ihren Tisch gebracht, der Kellner wünschte guten Appetit, und Bär bestellte eine Flasche Jonagold zur Gegenprobe.

»So viel zur Stadt Lucca«, schloss er seine Geschichte. »Lass es dir schmecken.«

Ihre Finger krabbelten auf dem Tisch auf seine Hand zu. »Meine Eltern wussten das mit dem Jungennamen. Aber es war ihnen egal.«

»Du hast mich also einfach so vorgeführt.«

»Ach, sei nicht böse.« Sie zog das Haar wieder hinter den Ohren hervor, schüttelte ihre Mähne. »Ich wollte dich näher kennenlernen. Die Idee mit der Wette war doch gut. Hat prima geklappt.«

Bär schwieg und nahm einen Schluck Wein. Und gleich darauf noch einen.

»Und? Was hältst du jetzt von mir?«, wollte sie wissen.

»Du bist eine kleine Betrügerin, stimmt's?«

»Wirst du mich jetzt einsperren?«

»Sollten wir die Rollen nicht tauschen? Du musst schließlich mich vernehmen, wenn du mich näher kennenlernen willst, und nicht ich dich.«

»Ja, schon.« Für einen Moment wirkte sie irritiert.

»Na also, fang an.«

Sie schaute in die Luft, als stünden dort die Fragen in Form von Feuermalen. »Hast du jemanden?«, fragte sie schließlich.

Er schüttelte den Kopf.

»Kinder?«

»Nur meine Nichte.« Die ich derzeit sträflich vernachlässige, dachte er. »Du?«

»Nichts Festes. Will ich auch nicht. Ich bin bindungsscheu.«

»Aber Kinder?«

»Um Himmels willen, nein.«

»Was heißt hier um Himmels willen? Das Findelkind hat dir offenbar am Herzen gelegen.«

»Ich mag Kinder, ja. Aber ich könnte nie welche haben.«

Er schaute sie abwartend an.

»Ich hätte einfach zu viel Angst um sie. Mein kleiner Bruder kam beim Hochwasser um. Grimma, August 2002. Meine Mutter und ihr neuer Mann hatten uns bei seinen Verwandten untergebracht, um ihre Flitterwochen nachzuholen. Kurz vor Pius' Geburt hatten sie geheiratet. Ich war dreizehn, mein Bruder drei Monate alt. Dann kam das Wasser. Mein Onkel ist raus auf den Balkon und von da hoch aufs Dach. Ich sollte ihm meinen Bruder reichen, aber ich war einen Moment lang abgelenkt. Der Schuppen im Garten krachte in sich zusammen, und ich sah entsetzt zu, wie das Tor und halbe Wände davonrauschten, dann wurde ich selbst gegen das Balkongeländer gepresst. Das Wasser hatte solche Wucht. Ich hab Pius an mich gedrückt, so fest ich konnte, aber die Strömung riss ihn mir weg. Ich hab mir nie vergeben, dass ich ihn nicht halten konnte. Dabei hat er nicht einmal geschrien. Er ist lautlos davongetrieben, starr vor Schreck.«

»Oh Mann, wie furchtbar«, stieß Bär hervor. »Das würde mir auch ein Leben lang nachgehen.«

»Manchmal schreie ich nachts an seiner Stelle«, gestand sie leise. »Dann wache ich auf und stelle fest, dass ich das Kopfkissen an mich presse.«

»Lucca, ich … Ich weiß nicht, was ich dazu sagen soll.«

»Sag einfach gar nichts. Es ist lange her, und niemand kann ihn mir zurückholen.« Sie lächelte traurig. »Lass uns lieber noch ein Glas Apfelwein trinken.«

Er zog ihre Hand an sich, betrachtete ihre Handfläche und fuhr gedankenverloren mit dem Finger darüber.

»Und, was siehst du?«, fragte sie.

»Nur Schönes.« Ihre Lebenslinie war mehrfach unterbrochen, aber was bedeutete das schon. Er glaubte an nichts Übersinnliches, die Handleserei war nur ein Spiel, das Amelie aufgebracht hatte.

»Dann darf ich mich auf eine tolle Zukunft freuen?«

»Egal, wie viel Schlimmes man erlebt, am Ende geht es immer darum, trotz allem etwas aus dem eigenen Dasein zu machen.«

Er nahm ihre Hand in seine beiden Hände. Sie fühlte sich fest und warm an.

SECHS

Die Sonne hatte sich durch den morgendlichen Dunst über der Stadt gekämpft, in der Ferne reckte sich der Messeturm aus dem Häusermeer. Christian Bär stand auf dem Balkon seines Ein-Zimmer-Apartments im Europaviertel. Hier draußen war es schattig und noch frisch.

Es ging ihm schlecht. Sein Kopf dröhnte. Sein Alkoholpegel war gestern eindeutig zu hoch gewesen, und der Schlaf war extrem zu kurz gekommen. Am schlimmsten war, dass er Amelie versetzt hatte. Sie wusste immer noch nicht, dass sein Urlaub gecancelt war, und freute sich auf Ausflugsziele wie die Keltenwelt am Glauberg, den Hessenpark und die Lochmühle. Ein derartiger Fauxpas war ihm, seit Amelie auf der Welt war, noch nicht passiert. Aber gestern war eben alles so verdammt schnell gegangen. Er sah den Toten im Wehr in seiner Erinnerung, die mutmaßliche Pfeilwunde in dessen Oberschenkel. Lucca hinter der flackernden Kerzenflamme in der Straußwirtschaft. Von dem, was danach geschehen war, hatte er nur noch einzelne verwaschene Bilder im Gedächtnis.

Gleichzeitig fühlte er sich wie im Himmel. Nur mit einer Jogginghose bekleidet, genoss er die kühle Morgenluft auf seiner Haut, reckte die Arme in die Luft und gähnte zufrieden. Lucca tat ihm so gut. Mit Roberta war alles kompliziert gewesen, sie war ein echter Kumpel, aber auch eine knallharte Konkurrentin, was die Arbeit anging. Sie hatte sich in ihn verliebt, als er weiterhin Katja nachtrauerte. Und als er sie endlich immer anziehender fand, hatte sie sich ihm entzogen. Roberta hatte ihn viel Energie gekostet. Lucca war anders. Sie war sportlich und verspielt. Neckte ihn. Ließ ihn endlos zappeln, nur um ihn dann doch zu erlösen. Vermutlich ist sie so frei, dachte er, weil sie keine feste Beziehung anstrebt. Sie will nur Spaß haben. Aber darüber würde er sich heute nicht mehr den Kopf zerbrechen.

Er musste Amelie anrufen.

Zurück in der Wohnung, griff er zu seinem Handy. Kaum hatte er die Nummer seiner Nichte gewählt, hörte er auch schon ihre kindliche Stimme.

»Chrissi? Wo warst du gestern? Wollten wir in deinen Ferien nicht jeden Nachmittag was zusammen machen?«

»Herrje, Kleines, ich hatte hier furchtbar viel zu tun. Und ich kann jetzt auch nicht weg. Die ganze Woche nicht, denke ich. Ein Mann ist gestorben, und wir wissen noch nicht, wie.«

»Der im Wehr?«

»Woher weißt du das denn schon wieder?«

»Das kam auf Facebook. Mama hat es gesehen und mir erzählt. Sie meinte, das sei der Grund, warum du dich nicht gemeldet hast.«

»Ja, genau, da hat sie recht.«

»Hattest du deshalb gestern Abend dein Handy abgeschaltet?«

»Pass mal auf, wir holen alles nach, okay? Sowie ich diesen Fall gelöst habe. Wo willst du denn zuerst hin? Auf den Dottenfelderhof? Da gibt es massenhaft Kühe, Schweinchen und Hühner. Ich glaube, die hatten da sogar mal zwei Esel.«

»Wölfe. Ich will mal einen echten Wolf sehen.«

»Kein Problem, dann fahren wir eben nach Klein-Auheim in die Alte Fasanerie, da leben Wölfe im Tiergehege.«

»Sicher? Du fährst wirklich mit mir dahin?« Zweifel und Misstrauen lagen in Amelies Stimme.

»Ja doch, ganz bestimmt«, versprach Bär.

Als Lucca aus dem Bad kam, beendete er rasch das Gespräch. Ihr schwarzes Haar war nass und glänzte, und ihre weiße Unterwäsche brachte die definierten Muskeln unter ihrem dunklen Teint zur Geltung. Er erkannte sein T-Shirt wieder, sie hatte sich an seinem Schrank bedient.

Leise seufzend ließ er das Handy aufs Bett fallen und zog sie in seine Arme. Seine Lippen fanden ihr nasses Haar, seine Hand wanderte unter das T-Shirt. Sie hielt es am Saum fest.

»Lass das bitte.«

»Das T-Shirt gehört mir«, flüsterte er in ihr Ohr, »damit kann ich machen, was ich will. Aufschneiden, zerreißen – was ist dir lieber?«

Jetzt hielt sie seine Hände fest. »Nein, nicht.«

Er lachte. Dachte kurz nach. Gestern hatte sie ihren BH angelassen, er hatte keinen Grund gesehen, ihr das superknappe schwarze Spitzenteil abzunehmen. Mann, hatte er getankt gehabt. Und sie hatte so viel mit ihm angestellt, dass er die Bilder gar nicht mehr sortieren konnte. Ihre Arme und Beine hatten ihm gefallen, ihr Waschbrettbauch, der stramme Hintern.

Seine Hände wanderten unter das T-Shirt, sie atmete schneller. Ihre Haut fühlte sich warm und glatt an, seine Linke strich über ihren Nippel. Er fuhr mit dem Finger darum herum, nahm seine Zunge zu Hilfe. Dann kam er am Gegenstück an.

»Die wirklich schönen Dinge hat die Natur oft doppelt geschaffen«, murmelte er zufrieden.

Doch seine Hand konnte nicht finden, was er suchte, statt einer zweiten Warze ertastete er eine tiefe Narbe. Luccas Körper war steif geworden, er konnte schwer ausmachen, ob sie böse auf ihn war oder sich schämte.

»Oh Mann, das tut mir leid. Ich wollte dich nicht bedrängen. Ich konnte ja nicht wissen …« Er zog das T-Shirt glatt und nahm sie in den Arm. Eine Weile hielt er sie einfach nur fest. »Du hattest Krebs, oder?«, fragte er heiser.

»Nein.« Sie schüttelte unmerklich den Kopf, ihre Tränen tropften auf seinen Arm. »Da war so ein blödes Tattoo. Eine Jugendsünde, ich hatte mich von einem Freund dazu überreden lassen. Ein Chirurg sollte es später wegmachen, aber er hat es komplett versaut.«

Bär ertappte sich dabei, dass er sich das Tattoo vorzustellen versuchte. Der Name des Freundes vielleicht. Die Liebe war irgendwann aus gewesen und das Tattoo immer noch da. Er atmete tief durch. Tausend Gedanken wollten in Worte gefasst werden. Dass er sie dennoch begehrte, dass sie sich nicht zu schämen brauchte, dass er sich an den Anblick gewöhnen würde. Dass er ihre Wunde liebkosen und ihren Schmerz wegküssen wolle, dass er den Chirurgen für sie verprügeln werde.

Aber da es so viele Gedanken waren, blockierten sie sich gegenseitig, und er blieb stumm.

***

»Die Kollegen haben das Babytuch mit dem afrikanischen Muster auf DNS-Spuren untersucht«, begann Becker. Dann rührte er in seinem Kaffee und schwieg. Anscheinend fiel es ihm schwer, weiterzusprechen.

»Ja und?«, drängte Bär. Er saß mit seinem Chef im Präsidium auf der Galerie der Kantine. Bei einem Blick über die Reling in die untere Etage stellte er besorgt fest, dass ihm nicht nur schwindlig war. Die roten Stühle dort unten erinnerten ihn an züngelnde Flammen. Das Phänomen war ihm neu, Halluzinationen hatte er nach einer Sauferei noch nie gehabt.

»Für den Abgleich haben die Kollegen natürlich auch eine genetische Untersuchung des Babys veranlasst«, fuhr Becker fort. »Das führte zu einem gründlichen Screening in der Kinderklinik.«

Bär sah ihn fest an, allein schon, um einen Fixpunkt gegen seinen Schwindel zu finden.

»Das Baby ist krank«, sagte Becker. »Schwer krank. Es hat einen Gendefekt.«

»Was?« Augenblicklich war Bär hellwach.

»Es wird sterben«, meinte Becker. »Zumindest wird es nicht alt werden. Es gibt Medikamente, die den Verlauf bei einem Säugling hinauszögern können. Aber das ist auch alles.«

»Das ist ja furchtbar.« Bär erinnerte sich, wie das Baby in seinem Klinikbettchen im Licht der Sonnenstrahlen mit den Ärmchen gezappelt hatte. Er hörte Amelies helle Stimme: Warum nehmen wir es nicht mit? Sah Lucca mit dem weißen Teddy ins Schwesternzimmer kommen. »Was wissen Sie noch über diese verdammte Krankheit, Chef?«

Becker schaute ihn über seine Kaffeetasse hinweg an. »Niemann-Pick ist eine sehr seltene Erbkrankheit. Im Säuglingsalter fällt oft eine Gelbsucht auf, im frühen Kindesalter stellt man motorische Entwicklungsverzögerungen und Muskelschwäche fest. Später gehen bereits erlangte geistige Fähigkeiten schrittweise wieder verloren.«

Aufhören, wollte Bär rufen, aber er schluckte nur.

»Die Funktion bestimmter Proteine ist gestört. Ihre Aufgabe ist es, den Transport der Fettmoleküle in den Zellen zu steuern, zum Beispiel im Zentralnervensystem, aber das tun sie nicht. Daher reichern sich die Fettmoleküle in toxischen Mengen an und zerstören die Zellen.«

»Verstehe«, sagte Bär leise.

»Na ja, bei den Fachleuten klingt das alles viel wissenschaftlicher, aber das sind wohl die nackten Fakten. Und wissen Sie, was das Verrückte an dieser Krankheit ist?«

»Nein, was denn?« Bär nahm einen Schluck aus seiner Tasse, der Kaffee schmeckte plötzlich bitter.

Becker ließ mit der Antwort nicht lange auf sich warten. »Bei einer bestimmten Form von Niemann-Pick sind die Betroffenen vor Ebola-Infektionen geschützt. Nur leider nützt ihnen das unterm Strich nicht viel.«

»Das ist wirklich verrückt«, gab Bär zu. »Ob die Eltern des Babys von dieser Erbkrankheit gewusst haben? Vielleicht kam sie schon einmal in der Familie vor, und sie wollten das nicht noch mal durchmachen.«

»Es ist nicht ausgeschlossen, dass sie bereits etwas geahnt haben und das Kind deshalb loswerden wollten. Die Staatsanwaltschaft macht nun Druck.« Becker hatte ein Stück Würfelzucker zerbröselt, mit dem Zeigefinger schob er die weißen Kristalle auf dem Tisch zu einem Muster zusammen. »Mensch, Bär, Sie hatten doch die Idee, beim Weltkulturen Museum herauszufinden, aus welchem afrikanischen Land das Babytuch kommt. Die Kollegen von der technischen Abteilung sind mit ihren Untersuchungen fertig, hätten Sie nicht Lust, Ihre Idee in die Tat umzusetzen? Vielleicht ergibt sich dadurch ein nützliches Puzzlestück für die Aufklärung.«

»Und unser Mann ohne Gesicht?«

Becker winkte ab. »Der wird gerade rekonstruiert, das

braucht seine Zeit. Bis wir das Ergebnis haben, waren Sie längst im Museum.«

Bär nickte nur.

»Ursprünglich war das ja das ›Museum für Völkerkunde‹«, fuhr Becker fort. »Dann hat man es in ›Museum der Weltkulturen‹ umgetauft, das klang wohl moderner. Der letzten Direktorin war das aber noch nicht cool genug, sie bestand auf ›Weltkulturen Museum‹. Es sollte auch mal einen großen Um- und Anbau geben, die Bäume im Park hätten dafür gefällt werden müssen. Es gab Protest, bis man schließlich alles wieder abblies. Das Verdienst des Museums liegt wohl darin, Exponate aus aller Welt mit einer lebendigen Philosophie über die diversen Weltkulturen und aktueller Kunst zu verbinden.«

»Ist gut«, stoppte Bär den Redefluss seines Chefs. »Ich bin schon weg.«

***

Am Museumsufer gönnte Bär sich ein Katerfrühstück. Das Dönerboot dümpelte gemütlich auf dem Main, die Bestellungen wurden den Gästen aus der Kombüse herausgereicht. Der schwimmende Kiosk hatte offiziell erst in einer Stunde geöffnet, aber das sah man hier nicht so eng. Damit ihm die Wartezeit auf sein Fischbrötchen nicht zu lang wurde, bekam Bär sogar ein Glas Ominade spendiert: türkische Zitronenlimonade, die der Wirt nach einem Rezept seiner Großmutter herstellte. Zwei Schwäne paddelten neben dem Boot im Wasser, sie verdrehten ihre langen Hälse und versuchten, ihre Schnäbel in die Kombüse zu schieben.

»Die wollen auch was«, meinte Bär.

»Die sind noch nicht dran«, entgegnete der Wirt.

Dann hatte Bär einen duftenden Sardinen-Döner in der Hand. Zwischen Tomaten und Zwiebeln ragten die kross gebratenen Fischschwänze appetitlich aus dem frischen Fladenbrot, und er biss herzhaft hinein. Den Döner in der Hand, ging er ein paar Schritte am Ufer entlang. Es tat gut, ein wenig auszulüften. Vom Boot wehte nun leise türkische Musik zu ihm herüber. Bär schaute dem Wellengang zu und glaubte sich am Bosporus. Bis sein Blick über das Wasser glitt und an der gegenüberliegenden Kaimauer hängen blieb. »Frankfurt«, stand da, »Stadt für alle.«

Er schluckte den letzten Bissen hinunter, erklomm die Treppe in der Kaimauer und lief über die Straße zum Weltkulturen Museum hinüber.

Das Museum war auf drei Bauten verteilt, alles Gründerzeitvillen ähnlich der, in der die Rechtsmedizin untergebracht war. Bär steuerte das linke Haus an, in dem sich die Ausstellungen befanden. Drinnen war es hell, die Einrichtung weiß und modern. Lediglich der Parkettfußboden und die Heizkörper erinnerten noch an den ursprünglichen Altbau. Die junge Ethnologin, die er vom Polizeipräsidium aus angerufen hatte, erwartete ihn am Empfang und entpuppte sich als blasse Blonde mit Brille und Doktortitel.

»Haben Sie es gleich gefunden?«, begrüßte sie ihn.

»Kein Problem.« Er verschwieg den kurzen Zwischenstopp an der schwimmenden Fischbude und hoffte, dass ihn sein Atem nicht verriet.

»Dann kommen Sie mal mit.«

Sie führte ihn ein Stockwerk höher in ein Lesezimmer. Vom Fenster aus sah man genau auf das Dönerboot, auf der anderen Mainseite türmte sich die Frankfurter Skyline mit ihren Bürohochhäusern auf.

»Nehmen Sie doch Platz.« Sie wies auf eine kleine Sitzgruppe.

Er ließ sich auf einen der Stühle fallen, zog das mitgebrachte Tuch aus seiner Umhängetasche und legte es vor sie auf den kleinen Tisch. Seltsam, eine Ecke des Tuchs war ausgefasert, das fiel ihm jetzt erst auf. Sollte das bei der technischen Analyse passiert sein?

»African Waxprints.« Die Ethnologin rückte ihre Brille zurecht. »Diese Muster werden mit Hilfe von Wachsschablonen hergestellt. Wenn man die Schablonen entfernt, bleibt das Muster zurück, und zwar auf beiden Stoffseiten gleich intensiv. Das ist das Besondere daran, nur ist das Ganze gar keine afrikanische Erfindung.«

»Und wieso nicht?« Er hob das Tuch leicht an. »Das Elefantenmuster, die Farben ... Auf mich als Laien wirkt das typisch afrikanisch.«

»Schon. Doch die Niederländer haben diese handgefertigten Batiken im späten 16. Jahrhundert aus Indonesien nach Europa gebracht und ab dem 19. Jahrhundert kopiert. Die Briten taten es ihnen nach, sie produzierten solche Stoffe maschinell und verkauften sie in Westafrika in ihren Kolonien. Schweizer, Belgier und Franzosen versuchten später ebenfalls, auf diesem Markt Fuß zu fassen. Es gab Umfragen unter den afrikanischen Frauen, um herauszufinden, welche Muster ihnen besonders gefielen. Die Designs haben in Afrika phantasievolle Namen, so heißt etwa ein Blumenmuster ›Die Frau, die mit Rosen beschenkt wurde‹. Eindeutige Interpretationen der Darstellungen gibt es aber nicht. Da geht es eher um ein Gefühl für Farbe und Rhythmus.«

»Schade«, meinte Bär.

Die Ethnologin strich vorsichtig mit der Hand über das Tuch. »Es passt nach Westafrika, könnte letztlich aber irgendwoher stammen. Die meisten Stoffe mit afrikanischen Mustern kommen inzwischen aus Asien.«

Obwohl seine Recherche nichts ergeben hatte, was den Fall vorangebracht hätte, ging es Bär schon viel besser, als er wieder am Main stand. Mochte sein, dass das der frischen Luft zu verdanken war. Er hatte das Gefühl, von den Ereignissen der letzten Tage durchgeschüttelt worden zu sein. Das Schicksal des Babys berührte ihn. Der Mann ohne Gesicht beschäftigte ihn. Und jeder zweite Gedanke galt Lucca. Ob sie nachher noch Zeit für ihn hatte?

Er zog sein Handy hervor und wählte ihre Nummer, doch sie ging nicht ran. Auf dem Display fand er ein Foto von ihr. Wann hatte er das gemacht? Gestern Nacht? Er rief die Datei auf und fand eine ganze Reihe von Aufnahmen. Selfies von Lucca und ihm. Mann, waren sie albern gewesen. Und wie volltrunken er dreinschaute, das musste er alles schnell löschen, bevor jemand versehentlich sein Handy in die Finger bekam. Auf den Fotos sah er richtig besoffen aus. Nur Lucca wirkte frisch und nicht einmal angeheitert. Man konnte glatt meinen, sie habe ihn abgefüllt und sei selbst bewusst nüchtern geblieben. Aber wozu wäre das gut gewesen?

Du siehst Gespenster, Bär, murmelte er vor sich hin.

Er wollte sein Handy wieder einstecken, als es summte. Rasch nahm er den Anruf an.

»Lucca?«

»Bär?« Robertas Stimme. »Was machst du, wo steckst du? Hast du Neuigkeiten über den Toten im Wehr?«

»Nein, noch nicht. Sein Gesicht lassen wir gerade rekonstruieren. Und um all deine anderen Fragen auch gleich zu beantworten: Ich war gerade im Weltkulturen Museum, um die Herkunft des Babytuchs mit dem afrikanischen Muster feststellen zu lassen, aber das ist verdammt schwierig. Ich stehe noch am Main.« Und ich bin durch den Wind, fügte er in Gedanken hinzu. Total verkatert und bis über beide Ohren verliebt.

»Aha. Dann gab es nichts weiter zu sagen über dieses Tuch, ich meine, über das Muster?«

»Westafrika, vielleicht«, fasste er die Meinung der Ethnologin zusammen. »Aber es könnte auch China sein.«

Sie lachte.

»Etwas anderes hat sich herausgestellt«, sagte Bär rasch. »Das Baby ist unheilbar krank. Es wird sterben.«

»Nein!« Ein paar Schrecksekunden lang war Roberta still.

»Bist du noch dran?«

»Hm. Was genau hat das Baby denn?«

»Einen Gendefekt. Nennt sich Niemann-Pick, wohl nach den Entdeckern der Krankheit. Aber das behältst du vorerst noch für dich, ja? Es ist noch nicht offiziell.«

»Natürlich.«

In knappen Worten wiederholte er, was Becker ihm erzählt

hatte. »Und weißt du, was schräg ist? Die Krankheit hat sogar einen kuriosen Vorteil, sie schützt nämlich vor Ebola-Viren.«

»Oh Gott. Das ist ja heftig.« Ihre Stimme kippte, und er hörte sie schniefen.

»Roberta? Weinst du etwa?«

Wieder eine längere Pause.

»Nur ein bisschen«, sagte sie endlich. »Ich finde das alles so unsagbar traurig.«

SIEBEN

Eine Außenwand des Virologischen Instituts der Universität Marburg war mit magischen Zeichen übersät, riesig und strahlend gelb leuchteten sie auf dem rostbraunen Putz. Roberta kam es im ersten Moment so vor, als hätten Außerirdische hier eine Nachricht hinterlassen, staunend stand sie davor. Bei näherem Hinsehen entpuppten sich die Hieroglyphen als lauter Stäbchen, die sich am Ende zu Ösen bogen. Einige vereinzelt, andere lagen übereinander.

»Das Marburg-Virus«, sagte jemand in ihrem Rücken.

Hinter ihr stand ein junger Mann, sie schätzte ihn auf Anfang dreißig. Ihr gefielen seine kurzen roten Haare, die in alle Himmelsrichtungen abstanden, schon allein, weil sie nicht oft auf Menschen traf, die die gleiche Haarfarbe hatten wie sie selbst.

»Das Virus hat die Form eines Fadens«, erzählte er, »aber es kringelt sich gern am Ende. Es wurde hier in Marburg entdeckt, deshalb heißt es auch so. Aber das wissen Sie natürlich schon.«

»Längst gegoogelt«, gab sie zu. »Ich weiß auch, dass das Virus nur deshalb in Marburg entdeckt werden konnte, weil es vor fünfzig Jahren hier ausbrach. Darf ich mich kurz vorstellen? Roberta Hennig, freie Journalistin. Ich möchte zu Dr. Tobias Salem.«

»Sie haben ihn gefunden. Sie sind mit mir verabredet.« Dr. Salem streckte ihr lachend die Hand entgegen. »Guten Morgen. Sie möchten etwas über Viren schreiben, nicht wahr?«

»Ja, unbedingt. Und natürlich über die erfolgreiche Arbeit Ihres Instituts.«

In Gedanken kreuzte Roberta zwei Finger hinter ihrem Rücken. Natürlich würde sie einen schicken Artikel über das anerkannte Institut verfassen, doch im Grunde wollte sie bei ihrer Recherche vor allem Näheres über die Krankheit des Babys erfahren. Wenn sein Gendefekt es tatsächlich gegen Ebola immun machte, wie Bär ihr gestern am Telefon erzählt hatte, würden die Marburger Virologen mehr darüber wissen, denn das Marburg-Virus war mit dem Ebola-Erreger verwandt und diesem nicht unähnlich.

Sie hatte das Findelkind nie im Krankenhaus besucht, hatte es nie lebendig vor sich gesehen. Doch der kleine Junge war über die Berichte und Bilder in den sozialen Medien zu etwas sehr Realem für sie geworden, und sein Schicksal erschien ihr so greifbar, dass sie ihm unbedingt helfen wollte. Vielleicht gab es ja doch noch etwas, was sie für das Baby tun konnte.

Dr. Salem machte eine Geste zum Gebäude hin. »Kommen Sie, wir gehen mal rein.«

Im ersten Stock war die gläserne Etagentür verriegelt, Dr. Salem musste einen Code eingeben, um sie zu öffnen.

»Unser Institut verfügt über ein BSL4-Labor«, erklärte er ein wenig stolz. »Das ist die vierte und höchste Sicherheitsstufe, um gefährliche Erreger ausbruchsicher erforschen zu können. Die Wissenschaftler tragen drei Paar Handschuhe übereinander, sie arbeiten in Vollschutzanzügen, und die Luft zum Atmen wird ihnen von außen in den Helm zugeführt.«

»Klingt beängstigend.« Roberta musste an Dustin Hoffman in dem Film »Outbreak« denken, der in Deutschland unter dem ergänzenden Titel »Der Ausbruch der Killer-Viren« bekannt geworden war.

Der Türsummer erklang, sie traten ein. Rechts und links vom Gang lagen Labore, die Türen standen halb offen. Roberta erspähte lange Theken, Abluftschläuche, Monitore, Pipetten und Glasbehälter. Was für lebensbedrohende Epidemien wurden hier erforscht? Und … war das alles wirklich nicht ansteckend für sie?

»Keine Angst, das BSL4-Labor liegt in einem eigenen Trakt«, sagte Salem ruhig. Er schien Roberta die zweifelnden Gedanken anzusehen. »Es befindet sich hinter der Wand mit der Darstellung des Marburg-Virus, vor der wir eben standen. BSL steht für ›Biosafety-Level‹, und vier ist die höchste biologische Schutzstufe. Weltweit gibt es nur knapp drei Dutzend davon.«

Er wies auf die Räume zu beiden Seiten des Flurs. »Dies hier sind ganz gewöhnliche Labore.«

Roberta ertappte sich dabei, dass sie unmerklich aufatmete.

Salem führte sie in einen hellen Konferenzraum und bot ihr einen Platz und einen Kaffee an. Sie setzte sich ans Fenster, das den Blick auf hohe Bäume freigab. Den Kaffee lehnte sie dankend ab. Sie war schon aufgedreht genug und konnte ihr Interview kaum erwarten.

»Sie arbeiten vermutlich auch im Hochsicherheitstrakt«, begann sie. »Wie fühlt man sich in so einem Raumanzug? Hatten Sie schon mal Angst, trotz des Schutzanzugs von tödlichen Viren angesteckt zu werden?«

Er schien kurz darüber nachzudenken. »Die ersten Male schon«, gestand er. »Aber man gewöhnt sich an diese Furcht und lernt, damit umzugehen. Fast unangenehmer sind die äußeren Umstände. Das Atmen hinter der Maske fällt schwer, lange hält man es darunter nicht aus. Und drei Paar Handschuhe können ganz schön hinderlich sein, was die Geschicklichkeit der Finger angeht. Aber irgendwann wird auch das zum Alltag.« Er lächelte. »Der Entdecker des Marburg-Virus hat hier vor fünfzig Jahren noch ganz ohne Schutzanzug und Atemmaske gearbeitet, nur mit Handschuhen und einfachem Mundschutz. Aber da er sehr sorgsam auf die Hygiene achtete, ging alles gut. Um niemanden zu gefährden, forschte er ganz allein, nachts, wenn das Institut menschenleer war. Dabei wusste er anfangs ja noch gar nicht, womit er es zu tun hatte. Aber ihm war bereits bewusst, wie gefährlich es war.«

»Und womit genau hatte er es zu tun?«

Ein weißer Schmetterling fand seinen Weg durch das gekippte Fenster. Er flog in gewundenen Bahnen durch den Raum und ließ sich schließlich auf einem schmalen Bücherbord vor ein paar Fachbüchern nieder, die Flügel brav zusammengeklappt.

»Das Marburg-Virus stammt ursprünglich von Flughunden, Verwandten der Fledermäuse. Zu uns kam es über infizierte Laboraffen.«

»Die Affen waren nicht der Ursprung? In den Zeitungen wurde damals über die ›Affenkrankheit‹ berichtet.«

»Nein, die Affen waren nur Überträger. Sie wurden von den Viren selbst krank und starben. Die Behringwerke hier in Marburg stellten damals Lebendimpfstoffe gegen Masern und Kinderlähmung her, dazu wurden importierten Affen die Nieren entnommen, um daraus Zellkulturen zu gewinnen.«

»Viren brauchen lebende Wirte, sie vermehren sich nicht in Petrischalen«, erinnerte sich Roberta.

»Richtig. Und eine Charge Affen aus Uganda, die wegen des Sechstagekriegs über London umgeleitet und dort mit anderen Tieren zusammen in Quarantäne gehalten worden war, hat das Virus eingeschleppt. Ob die Affen das Virus schon in Uganda in sich trugen oder ob sie sich in der Quarantäne bei den anderen Tieren angesteckt hatten, war nicht mehr herauszufinden. Später hat man die Laboraffen sicherheitshalber hier in Marburg gezüchtet und ihnen die Nieren unter Betäubung mit Medikamenten durchgespült, bevor man sie für die Zellkultur entnahm.«

»Puh, die armen Affen«, meinte Roberta betroffen. »Es waren grüne Meerkatzen, nicht wahr?«

»Ja. Tierschützer wehrten sich gegen die sogenannten Affenversuche, aber …« Dr. Salem hob entschuldigend die Hände. »Man muss auch die andere Seite sehen. Es galt, die schreckliche Kinderlähmung auszurotten, der Impfstoff war für viele ein Segen.«

»Damals starben Menschen am Marburg-Virus.«

»Stimmt, Tierpfleger und Labormitarbeiter. In den ersten Tagen sind die Symptome des Marburg-Virus mit Erbrechen, Durchfall und starken Schmerzen ähnlich wie bei Malaria oder Gelbfieber, nur dass sie viel intensiver sind. Das Fieber kann in Höhen steigen, bei denen die Erkrankten weggetreten sind. Es starben fünf Menschen in Marburg und zwei in Frankfurt, wo das Paul-Ehrlich-Institut die Impfstoffe prüfte. Jahre später erkrankten Menschen in Angola, Südafrika, Kenia und im Kongo, darunter vor allem Wanderer. Sie hatten Höhlen besucht, in denen Fledermäuse lebten.«

»Wie lange hat es gedauert, bis man das Virus entdeckte?«

»Erst Ende 1967, drei Monate nach Ausbruch des Fiebers, konnte man das Marburg-Virus mit dem Elektronenmikroskop abbilden. Seine Form haben Sie ja schon an unserer Hauswand gesehen, es ist die eines Fadens, daher zählen wir es wie auch das Ebola-Virus zu den Filoviren, von lateinisch ›filum‹ für ›Faden‹.«

»Ebola gehört zu den gefährlichsten Viren weltweit«, sagte Roberta, froh, dass das Gespräch nun endlich auf das Thema kam, das sie hergeführt hatte.

»Das Ebola-Virus löst bei den Infizierten hohes Fieber und innere Blutungen aus. Bisher gibt es keine vorbeugende Impfung und keine Therapie. Allerdings haben manche Menschen ein so gutes Immunsystem, dass sie die Krankheit überleben.«

»Und was passiert bei Niemann-Pick?«

Der weiße Schmetterling drehte eine zweite Runde durchs Zimmer, ganz knapp flatterte er an Robertas Gesicht vorbei.

»Bei Morbus Niemann-Pick Typ C1 fehlt den Betroffenen das NPC1-Protein«, erklärte Salem. »Normalerweise sorgt dieses Protein dafür, dass Cholesterin in die Zellen gelangt. Fällt es aus, wird der Cholesterintransport unterbunden – mit dem Nebeneffekt, dass auch kein Ebola-Virus in die Zellen eindringen kann. Allerdings ist Niemann-Pick Typ C eine schwere Erbkrankheit mit tödlichen Folgen. Es gibt noch keine Heilungsmethoden dafür.«

»Wirklich gar keine?« Robertas Hände lagen ineinandergefaltet auf dem Tisch, und sie presste die Finger gegeneinander, bis die Nägel weiß aussahen. Als Salem den Kopf schüttelte, erkannte sie, dass das Baby tatsächlich keine Chance hatte. »Könnte man mit diesem Wissen wenigstens einen Wirkstoff gegen Ebola entwickeln?«, fragte sie.

Salem nickte nachdenklich. »In den USA wurden bereits Wirkstoffe getestet, die das NPC1-Protein blockieren sollen. Aber natürlich hemmt so ein Wirkstoff dann auch den lebensnotwendigen Cholesterin-Transport in die Zellen. Man könnte so ein Mittel vermutlich nur für kurze Zeit verabreichen.«

Der weiße Falter flog gegen die Fensterscheibe an, er versuchte, nach draußen zu kommen.

»Es wird in Zukunft immer neue Viren-Epidemien geben«, fuhr Salem fort. »Der Mensch rückt mit seiner Zivilisation an Gebiete heran, in denen bislang nur Wildtiere lebten. Wo Regenwald war, entstehen Straßen, Siedlungen und Felder. Die wilden Tiere erobern die Äcker, fressen die Früchte und hinterlassen ihren Kot. Sie haben Viren, mit denen sie gut klarkommen, für die Menschen aber sind diese Viren neu, ihr Immunsystem ist nicht darauf vorbereitet. Aids, Lassafieber, Ebola … Es ist immer das gleiche Prinzip.«

Er stand auf und öffnete dem Falter den Fensterflügel. Roberta sah dem weißen Schmetterling nach, bis das Blau des Himmels ihn zu verschlucken schien.

Sie war in Gedanken, als Salem sie zum Ausgang begleitete. Wieder warf sie verstohlene Blicke durch die halb offenen Türen der Labore, in denen die Virologen mit Präparaten und Chemikalien beschäftigt waren. In einem Raum standen Forscher in weißen Kitteln beieinander und unterhielten sich leise, aber eindringlich. Die Bilder prägten sich Roberta tief ein. Die hellen Labormöbel, das gleißende Arbeitslicht. Und überall durchsichtige und dunkle Flaschen mit geheimnisvollem Inhalt.

Die Sicherheitstür öffnete sich, und sie trat ins Treppenhaus. Sie wollte eben die Stufen hinuntergehen, Dr. Salem hatte sich bereits verabschiedet, und die Tür fiel hinter ihm ins Schloss, da entdeckte sie einen Zeitungsartikel, den jemand mit Tesafilm an die Glaswand zum Labortrakt geklebt hatte. Sie stutzte, trat näher heran und überflog die fett gedruckten Zwischentitel. »Kompromissloser Kämpfer gegen Geißel der Menschheit«, las sie, »Unerschrockener junger Held«. Der Bericht war ein Porträt über einen Assistenten des Virologischen Instituts, ein großes Foto zeigte den jungen Wissenschaftler in einem afrikanischen Krankenhaus.

Genau diesem Mann hatte Roberta schon einmal gegenübergestanden.

»Dr. Salem! Halt!« Sie klopfte so lange gegen die Sicherheitstür, bis Salem zurückkam. »Entschuldigung. Aber der Artikel hier … Kennen Sie den Mann, um den es da geht?«

Salem warf einen Blick auf den Aushang. »Ach, das ist ein alter Artikel aus dem ›Stern‹. Marius Adam war 2014 tatsächlich unser Held. Er ist freiwillig nach Liberia gegangen, um dort in einem Ebola-Camp zu helfen.«

»Was wissen Sie noch über ihn?«

»Wie der Artikel berichtet, war er einer unserer Assistenten, sehr begabt, manche sagten ihm eine große Zukunft voraus. Doch nach seinem Aufenthalt in Liberia hat er hingeschmissen. Niemand wusste, warum. Man munkelte, dass ihm das ganze Elend in Afrika zu nahe gegangen war. Wir haben ihn hier nie mehr gesehen.« Er warf einen Blick auf seine Armbanduhr. »Ich muss jetzt leider an die Arbeit zurück, Frau Hennig.«

»Ja, ist gut. Und danke, dass Sie mir so viel Zeit geopfert haben.«

»Gern geschehen. Ich würde mich freuen, wenn Sie mir Ihren Artikel vorab mailen würden. Geht das?«

»Sicher, das versteht sich doch von selbst.«

Roberta blieb noch einen Moment vor dem Zeitungsausschnitt stehen. Sie konnte kaum es glauben. Aber der in dem Bericht gefeierte Marius Adam sah haargenau so aus wie Kevin Ott, der Blogger, der sich auf der Facebook-Seite der Frankfurter Polizei nach dem Findelkind erkundigt hatte.

***

Am Dorfrand von Erlenweil stellte Roberta ihren Wagen dort ab, wo sie ihn schon vor vier Tagen geparkt hatte. Sie überquerte die Straße und stand wieder vor dem lang gestreckten Bauernhaus mit der Schindelfront. Am Hauseingang betrachtete sie das Klingelschild. Auf einem schmalen Zettel, der über ein Messingschild mit Namensgravur geklebt worden war, stand: »Marius Adam«.

Himmel, was für ein Mist. Sie hatte nach Kevin Ott gesucht,

weil der im Impressum seines Blogs diese Adresse angegeben hatte. Auf das Klingelschild hatte sie nie geschaut, stattdessen hatte sie den Mann, der aus dem Haus kam, zwar nicht namentlich, aber doch als besagten Blogger angesprochen.

Und der hatte es nicht dementiert. Was nur eine Schlussfolgerung zuließ.

Sie drückte auf die Klingel. Nichts, sie schellte noch einmal.

Endlich streckte Marius Adam alias Kevin Ott seinen Kopf aus dem Fenster im ersten Stock. »Moment, ich komme runter.«

Das will ich dir auch geraten haben, dachte Roberta. Mach dich nicht unglücklich.

Die Haustür wurde geöffnet.

»Sie schon wieder?«, meinte er mit einem spöttischen Grinsen. »Hat Ihnen mein Blog dermaßen gut gefallen?«

»Wenn Sie so wollen. Ich würde Ihnen gern ein paar Fragen stellen.«

»Und wieso?«

»Bitte«, sagte Roberta. »Es ist wichtig für meine Arbeit als Journalistin. Und es geht auch weniger um Sie als um das Baby.«

Einen Moment lang stand er unentschlossen in der Tür.

»Okay«, meinte er dann. »Gehen wir ein paar Schritte?« Er klopfte seine Jeans ab, tastete nach dem Haustürschlüssel, dann zog er die Tür hinter sich ins Schloss. »Sie haben inzwischen herausgefunden, dass Kevin Ott ein Pseudonym ist, stimmt's?«

»Zumindest kenne ich nun einen zweiten Namen von Ihnen.«

»Ja, den hätte ich Ihnen bei Ihrem letzten Besuch gleich nennen sollen. Das war dumm von mir.«

Sie gingen den Feldweg entlang, über den Roberta beim letzten Mal hergefahren war. Wiesen und brachliegendes Land breiteten sich vor ihnen aus. Aus der nackten Ackererde hatten sich einzelne Pflanzen und Grasbüschel gekämpft.

»Hier soll überall gebaut werden.« Sein Arm beschrieb einen Bogen über die Landschaft. »Weizen, Brache, Bauland: die Dreifelderwirtschaft im Frankfurter Speckgürtel.«

»Was ist denn das dahinten?«, fragte Roberta. »Sieht fast aus wie ein verlassener Gutshof.«

In einiger Entfernung stand, ein wenig verdeckt von ein paar Bäumen, ein Gebäude. Es war Roberta beim letzten Mal nicht aufgefallen, ihre Gedanken waren ganz bei dem Baby gewesen, und sie hatte nicht auf die Landschaft geachtet. Das alte Haus musste einmal schön ausgesehen haben mit seinen tiefschwarzen Fachwerkbalken und dem sienafarbenen Putz. Nun konnte man schon von Weitem erkennen, wie vernachlässigt und verblichen es war. Das Dach hatte eine Delle, und an den regelmäßig angeordneten Fenstern fehlten die meisten Klappläden.

»Ach, nichts Besonderes.« Er winkte ab. »Der Besitzer lässt es wohl verfallen, um etwas Neues bauen zu dürfen.«

»So kann man den Denkmalschutz überzeugen.«

»Genau. Wenn die Renovierung teurer wird als ein Neubau, gibt die Behörde klein bei, und man darf abreißen und neu bauen.«

Sie nahmen ihren Spaziergang wieder auf, Adam ging nun schneller, und Roberta hatte Mühe, mit ihm Schritt zu halten. Schottersteine bohrten sich in ihre Schuhsohlen.

»Sie wollten die Geschichte von meinem Bloggernamen hören«, kam er aufs Thema zurück.

»Ja, richtig.«

»Mein Blog ist entstanden, als ich noch studierte. Ich hab darauf meinen Frust über das Studium abgelassen, über Missstände in der medizinischen Forschung. Das tat so richtig gut. Allerdings wollte ich es mir nicht mit meinen Profs verderben, deshalb das Pseudonym.« Sein Lachen war frisch und jungenhaft, und im Kinn zeigte sich ein Grübchen.

»Aber warum haben Sie sich bei der Polizei unter Ihrem Bloggernamen nach dem Baby erkundigt?«, wollte Roberta wissen.

»Da bin ich wohl in alte Gewohnheiten zurückgefallen. Der Blogger in mir heißt eben immer noch Kevin Ott.« Er seufzte schuldbewusst. »Geht es dem Baby gut? Es ist noch im Krankenhaus, oder?«

»Die Angehörigen haben sich immer noch nicht gemeldet«, wich Roberta aus. Sie hatte Bär versprochen, die Sache mit dem

Gendefekt noch nicht auszuplaudern, und daran wollte sie sich halten. »Wie sind Sie denn auf das Baby aufmerksam geworden? Durch den Unfallwagen?«

Er rieb sich das Kinn mit dem hübschen Grübchen und schien zu überlegen. »Ja, sicher. Ich bog um die Ecke und sah das Blaulicht. Da war das Baby schon halb im Wagen.«

»Und Ihnen ist nichts weiter aufgefallen? Neugierige, die Fragen stellten? Passanten, die sich seltsam benahmen?«

»Absolut nicht, das sagte ich Ihnen ja schon. Auf meiner Laufstrecke war ich allein, und an der Feuerstelle, in der man das Baby gefunden hatte, standen nur die Sanitäter und die Polizisten mit ihren Autos.«

»Und der Schäfer?«

»Ja, der war natürlich auch noch da, der blieb bis zuletzt.«

»Als Sie sich dann auf der Facebook-Seite der Frankfurter Polizei nach dem Verbleib des Babys erkundigten, schützte Sie Ihr Pseudonym da ein zweites Mal vor Ihren Unikollegen?«

»Jetzt machen Sie mich verlegen. Aber Sie liegen schon richtig. Dem Unibetrieb hab ich den Rücken gekehrt, die brauchen nicht zu wissen, was aus mir geworden ist.«

»Ein arbeitsloser Jogger? So haben Sie sich das letzte Mal ausgedrückt.«

»Stimmt so in etwa.«

»Sie waren 2014 in Afrika und haben freiwillig Ebola-Infizierte behandelt, für Ihre Unikollegen sind und bleiben Sie ein Held. Ein Spiegel-Artikel über Sie hängt noch immer im Treppenhaus des Virologischen Instituts.«

»Der Spiegel-Artikel über meine Zeit in Liberia.« Er nickte und kickte einen Schotterstein vom Weg. »Ein Held zu werden ist leicht. Mit einer ausweglosen Situation fertigzuwerden ist etwas anderes. Sie können sich das alles vermutlich nicht vorstellen. All den Staub und Dreck, die hilflosen Menschen, die im Zelt auf dem nackten Boden liegen, weil es keine Betten für sie gibt. Ständig kommen neue Kranke. Und Sie haben nichts, um ihnen zu helfen. Nur Ihre Hoffnung. Einige schaffen es, ihr Immunsystem ist stark, ihr Gesundheitszustand stabil genug.

Andere, die gar nicht so krank aussehen, sterben Ihnen unter den Händen weg. Sie wissen nicht, warum die einen sterben und die anderen am Leben bleiben. Es ist heiß, unerträglich heiß, und Sie stecken in diesem Schutzanzug. Ihre Patienten sehen Ihr Gesicht nicht. Ein Astronaut gibt ihnen zu essen, er wäscht sie, redet ihnen gut zu. Seine Stimme klingt dumpf hinter seiner Maske.«

Marius Adam rupfte einen vertrockneten Halm vom Wegesrand und begann, ihn in kleine Stücke zu zerfetzen.

»Ich hatte das alles so satt«, fuhr er fort. »Wenn man eine sinnvolle Agrar- und Siedlungspolitik betreiben würde, vernünftige Entwicklungshilfe ... Ein anderes Problem ist die Hygiene. So einfache Dinge wie Hände waschen. Oder dass sie bei den Mahlzeiten nicht mehr alle in ein und dieselbe Schüssel fassen. Das ist dort so üblich, sie tun das aus einem Gemeinschaftsgefühl heraus. Nun müssen sie ihre alten Traditionen aufgeben.«

Roberta war noch nie in Afrika gewesen, aber die Bilder, die er heraufbeschwor, standen ihr lebhaft vor Augen. Sie begann zu begreifen, was er erlebt hatte.

»Einige sind gesund geworden, und wir konnten sie entlassen. Aber als sie in ihr Dorf zurückkamen, wurden sie verstoßen. Dort wollte man ihnen nicht glauben, dass sie geheilt waren. Die anderen befürchteten, sie wären immer noch ansteckend.«

Ansteckend. Das Wort erinnerte Roberta wieder an das Baby. Eine grauenhafte Krankheit hatte es womöglich gegen eine scheußliche Epidemie immun gemacht. Was für ein makabres Drama.

»Ich konnte nicht so weitermachen«, sagte Marius Adam. »Ich wollte keine Todgeweihten füttern und waschen, wollte nicht nur hoffen und abwarten. Das Übel muss an der Wurzel gepackt werden.«

Ohne ein Wort der Erklärung machte er auf dem Weg kehrt. Roberta folgte ihm notgedrungen dorthin zurück, wo sie hergekommen waren.

»Aber es gibt doch Fortschritte in der Forschung«, meinte sie, als sie ihn eingeholt hatte.

»Schon, aber man könnte mehr tun. Leider wird immer nur dann in die Forschung investiert, wenn es auch was zu verdienen gibt. Auf dem Schönheitssektor zum Beispiel.«

»Sie haben wohl was gegen Faltenlifting?«

»Ts.« Er schob die Gesichtshaut über seinen Wangen in Richtung der Ohren und feixte. »Ich hab nichts gegen ältere Menschen, die sich wieder frisch machen lassen. Es geht mir um die Relationen. Die einen schmeißen Botox-Partys, und die anderen haben nichts zu fressen, geschweige denn wirksame Medikamente.«

»Mit Ihrem Rückzug in Omas Häuschen werden Sie die Welt nicht verbessern«, stichelte Roberta.

»Ich weiß. Und da will ich mich auch nicht ewig verkriechen.« Er lachte rau. »Ich suche schon länger nach einem neuen Ansatz.«

»Das klingt gut.« Roberta nickte zustimmend. Um ein Haar hätte sie ihm auf die Schulter geklopft.

Sie hatten das Bauernhaus erreicht, in dem er wohnte, für einen Moment blieben sie beide unschlüssig davor stehen. Im Garten gab es eine kleine afrikanische Statue, einen Krieger aus Stein. Rechts und links des Hauseingangs standen zwei schlanke Speere Spalier. Roberta musste an die Walfischzähne denken, die die Walfänger auf Sylt einst an ihren Gartentoren aufgestellt hatten.

»Geisterbeschwörung«, sagte Marius Adam, er hatte wohl ihren Blick gesehen. »Afrika ist voller Geheimnisse.«

ACHT

»Darf es wieder von dem Sortenreinen sein? Der Boskoop wie beim letzten Mal?« Im Apfelweingarten des Homburger Hofs wurde Roberta Zeugin, wie der Kellner Bär freundlich begrüßte, ihr galt nur ein leicht skeptischer Blick.

»Ja, gern«, murmelte Bär.

Sie bestellten Schneegestöber und Wetterauer Handkäs mit Zwiebelsenfsoße, dazu frisches Krustenbrot.

»Der erinnert sich noch an uns«, sagte Roberta beeindruckt, als sie wieder allein waren. »Weißt du noch, vor drei Jahren? Wir haben drinnen gesessen und uns durch die sortenreinen Apfelweine probiert.« Ihr Blick glitt über die Biergarnituren unter der belaubten Pergola zum Gastraum hinüber. »Es war das erste Mal, dass wir so richtig miteinander geredet haben.« Bis dahin war Bär ihr gegenüber unwirsch gewesen und hatte ihre Recherchen als Konkurrenz zu seinen Ermittlungen aufgefasst.

»Das ist lange her«, wiegelte er ab.

»Aber es sind doch schöne Erinnerungen«, meinte Roberta. »Szenen unseres Lebens. Gut, dass es nun endlich mal geklappt hat und ich dir meine geklauten Chilibohnen nachreichen kann. Auch wenn sie sich inzwischen in Handkäs verwandelt haben.« Sie streckte ihre Hand auf dem Tisch nach Bär aus, aber er griff nicht danach, und sie zog sie rasch zurück. »Du, der Junge in meinem Haus, der mir die Bohnen geklaut hat, ist echt ein Psycho. Der hortet Konservendosen im Kleiderschrank und bewahrt seine Klamotten unterm Bett auf. Die Mutter wird nicht mehr mit ihm fertig. Ob du dir den mal vornimmst? Du könntest ihm ein bisschen Sinn für Recht und Ordnung einbläuen, Herr Kommissar.«

»Wie denn das? Soll ich ihm meinen Dienstausweis unter die Nase halten und zu einer Standpauke ausholen?« Bär verzog mürrisch das Gesicht. »Lass den Jungen doch so viele Konserven sammeln, wie er will.«

»Aber er sammelt sie nicht nur, er klaut sie. Und er hat eine Zwille unter dem Bett liegen.«

»Roberta, ich bitte dich! Für solchen Kinderkram hab ich wirklich keine Zeit.« Sein Blick wanderte unruhig durch die Straußwirtschaft. »Wir stehen im Präsidium ganz schön unter Druck. Der Tote aus dem Wehr hat kein Gesicht, wir haben keine Ahnung, wer er ist. Und derjenige, der das Baby ausgesetzt hat, muss ein Geist gewesen sein, niemand hat ihn gesehen. Wir haben schon halb Erlenweil vernommen.«

»Kein Wunder, die Gegend da oben ist menschenleer«, sagte Roberta, »vor allem am Abend. Auch der Jogger, der zufällig vorbeikam, als die Sanitäter das Baby in den Unfallwagen luden, hat niemanden bemerkt.«

Bär schaute irritiert von seinem Teller auf. »Was denn für ein Jogger? Recherchierst du mal wieder neben mir her?«

»Nein, nein.« Roberta winkte ab. »Aber dein Hinweis auf den Gendefekt des Babys hat mich darauf gebracht, die Marburger Virologen aufzusuchen, um ein bisschen Hintergrundwissen auf Vorrat zu erhalten. Natürlich ohne jemandem zu verraten, dass das Baby krank ist und was es hat. Wenn ihr die Sperrfrist für die Presse aufhebt, bin ich als Erste am Start.« Sie fasste ihren Besuch in Marburg für Bär zusammen, erwähnte auch die zweite Begegnung mit Marius Adam.

Ihre Bestellung wurde an den Tisch gebracht, und sie machten sich über den Sortenreinen und den Handkäs her. Wie es sich gehörte, schnitt Bär ein Stück vom Käse ab, schob es auf den Rand einer Brotscheibe und biss ab. »Du könntest mir mal die Adresse von diesem Marius Adam geben«, meinte er kauend. »Den würde ich mir gern mal ansehen.«

»Wozu? Der Typ fliegt nach Afrika, um bei Seuchen-Epidemien zu helfen. So jemand setzt keine Kinder aus. Und gesehen hat er auch nichts. Er kam ja erst hinzu, als Polizei und Krankenwagen längst vor Ort waren. Oder meinst du etwa, du kriegst was anderes aus ihm heraus als ich?«

»Schon möglich.« Er fuhr mit dem Finger über sein beschlagenes Glas und wischte ein paar Kondenstropfen fort.

Der Sortenreine kam in klassischen Weingläsern an den Tisch, nicht im Gerippten, auch darüber hatten sie vor drei Jahren gefachsimpelt.

»Willst du etwa einen Zusammenhang konstruieren, nur weil er sich in Afrika engagiert hat und das Baby schwarz ist?«, stichelte sie.

Er lachte bitter auf. »Tja, wer weiß? Am Ende hat er es bei seinem letzten Besuch auf dem schwarzen Kontinent im Flieger mitgebracht.«

Roberta sah ihn besorgt an.

»Christian, du bist ganz anders als sonst. So zynisch und doch irgendwie abwesend.« Sie suchte nach Worten. »Du bist zwar immer angespannt, wenn du in einem Fall nicht weiterkommst. Aber heute bist du direkt unausstehlich.«

Er nahm einen Schluck von seinem Wein, dann sah er sie fest an.

»Roberta, ich habe jemanden kennengelernt.«

»Eine Frau?« Beinah hätte sie ihr Glas umgestoßen.

»Man sollte meinen, dass du meine sexuelle Orientierung inzwischen kennst.« Er lächelte matt. »Aber wir beide bleiben gute Freunde, oder?«

»Ja, sicher.«

Sie zog die Jeansjacke enger um sich, sah ein paar Blättern nach, die von der Pergola auf die Tische herabsegelten. Wie fühlte sich das jetzt an? Schon vor einiger Zeit hatten sie sich auf gute Freundschaft geeinigt, und ihr war bewusst, dass sie beide nicht ewig Singles bleiben würden. Doch jetzt, da es so weit war, fand sie es befremdlich. So als sei eine Tür zugefallen und eine Option verloren gegangen, die trotz allem immer bestanden und ihr beim Gedanken daran ein wenig Wärme vermittelt hatte.

»Läuft aber nicht so, oder? Sonst wärst du besser drauf.« Es sollte mitfühlend klingen, kam aber wie eine Spitze rüber. Kurz ärgerte sie sich über sich selbst.

»Seit gestern meldet sie sich nicht mehr«, gestand Bär und griff wieder zum Glas. »Keine Ahnung, was los ist. Vermutlich hat sie im Job viel zu tun.«

»Was macht sie denn beruflich?«

»IT-Consulting.«

»Ach so?« Roberta stellte sich eine blasse Person mit brünettem Kurzhaarschnitt vor. Hosenanzug, Aktentasche, dazu vielleicht eine Brille. Nun ja, Bär war eben flexibel. Katja, mit der er lange zusammen gewesen war, war eine blonde Barbie. Ein lebendes Klischee, aber wenn sie so darüber nachdachte, fand sie den Katja-Typ immer noch sympathischer als eine Software-Zicke im Business-Look.

Bär legte das Besteck ab und zog sein Portemonnaie hervor. »Wir sollten auch langsam mal heim. Ich will Amelie nicht so lange allein lassen.«

Roberta kniff den Mund zusammen. Bär hatte seine Nichte in die Straußwirtschaft mitnehmen wollen, zum Ausgleich für entgangene Abenteuer. Doch als die beiden Roberta am Schweizer Platz abgeholt hatten, hatte Amelie ihren neuen Laptop gesehen und darum gebettelt, darauf Computerspiele ausprobieren zu dürfen. Bär hatte nachgegeben und freimütig beigesteuert, dass er seinen Stress im Job früher selbst gern mal bei einem Ego-Shooter-Spiel abgeladen hatte.

»Auch wenn ich es okay finde, dass sie sich ab und an mit einem altersgerechten Computerspiel vergnügt, sollten wir es nicht übertreiben«, meinte er nun und gab dem Kellner ein Zeichen.

»Kein Grund, zu drängeln«, widersprach Roberta halbherzig. »So klein ist sie schließlich nicht mehr.«

Jetzt wurde sie auch noch nach Hause gescheucht. Den Abend mit Christian Bär in »ihrem« Lokal hatte sie sich anders vorgestellt.

Als sie die Stufen zu ihrer Dachkammer hochstiegen, ging Roberta müde voran. Vor der Eingangstür blieb sie abwartend stehen und lauschte. Drinnen war eine fremde Stimme zu hören, jung und männlich. Das klang nicht nach einem Computerspiel.

Sie drehte den Schlüssel im Schloss um, drückte die Tür auf.

Ihr kleines Apartment ließ sich leicht überschauen. Auf ihrem Sofa thronte ein schmächtiger Teenager, die Beine lässig im Schneidersitz untergeschlagen: Marvin Waldschmidt. Amelie hockte vor ihm auf dem Boden, den Blick starr auf ihn geheftet, den Mund vor Anspannung leicht geöffnet.

»Und, hast du jetzt alles geschnallt, du kleine Kröte?«, hörte Roberta Marvin gerade noch sagen.

»He, he, was gibt das denn hier?«, ging Bär den Jungen an. »Meine Nichte ist keine Kröte.«

»Marvin hat nur was zurückgebracht«, meinte Amelie und sprang auf. Sie schien den Jungen zu bewundern, aber auch eine Spur Angst vor ihm zu haben.

Roberta sah sich in ihrer Dachkammer um. Auf dem Couchtisch standen zwei Dosen Chilibohnen und weitere ihrer Konserven. Mais, passierte Tomaten, Sauerkraut. Sogar das Glas gefüllte Kirschpaprika, das sie gar nicht vermisst hatte, war dabei.

»Ach, wie schön, da können wir ja morgen was Leckeres kochen«, meinte sie mit einem Anflug von Ironie.

»Mach, dass du rauskommst!«, schrie Bär und packte den Jungen am Kragen. Roberta zuckte zusammen. Sie hatte ihn noch nie so zornig gesehen.

»Nun mal langsam«, versuchte sie ihn zu beschwichtigen.

Aber Bär hatte Marvin schon hochgezogen und zur Wohnungstür gezerrt.

»Nein, nicht!«, jammerte Amelie.

»Lass dich nur nie wieder hier blicken!«, herrschte Bär den Jungen wütend an. Die Tür fiel krachend hinter Marvin ins Schloss.

»Das war jetzt wirklich nicht nötig«, sagte Roberta.

»Nicht? Vorhin hast du mich noch darum gebeten, mir den Bengel mal vorzunehmen.«

»Aber doch mehr so väterlich.«

»Als Polizist solle ich ihm Angst einjagen, hast du gesagt.«

»Angst vor dem Gesetz, nicht vor dir. Du solltest vernünftig mit ihm reden, damit er in Zukunft nicht mehr klaut.«

Sie stritten wie ein altes Ehepaar.

»Wie könnt ihr nur so böse auf ihn sein?«, ging Amelie dazwischen. »Er hat doch alles zurückgebracht.«

»Kleine Dame, du bist gerade mal in die vierte Klasse versetzt worden, und der Typ sieht aus wie fünfzehn oder sechzehn.« Bär war noch immer aufgebracht.

»Na und? Was ist denn daran so schlimm?« Amelie hatte die Hände in die Hüften gestemmt, ihr blonder Pferdeschwanz wippte auf und ab. Einzelne Strähnen waren aus dem Haargummi gerutscht und klebten in ihrem verschwitzten Gesicht.

»Warum hat er das Zeug nicht einfach vor die Tür gestellt?«, wollte Bär wissen. »Was hatte er hier drinnen zu suchen? Und wieso hast du ihn überhaupt reingelassen? Predige ich nicht dauernd, dass man niemanden reinlässt, den man nicht kennt?«

»Er kennt Roberta, er wohnt im Haus.«

»Na schön, aber deshalb kennst *du* ihn noch lange nicht.« Bär ließ sich auf das Sofa fallen. Er seufzte resigniert. »Worüber habt ihr euch überhaupt unterhalten?«

»Darüber, was man bei einer Katastrophe macht.«

»Pff. Nicht dein Ernst.« Der Schlagabtausch zwischen Bär und Amelie drohte in die zweite Runde zu gehen.

»Marvin hat einen Vorrat an Konservendosen und Wasserflaschen für den Fall, dass er mal von der Versorgung abgeschnitten ist.«

»Daran siehst du, wie verrückt der Typ ist. Wie ich von Roberta höre, wird nicht mal seine Mutter mit ihm fertig. Konserven horten!«

»Wir sollten auch Wasser dahaben. Vierzehn Liter für jede Person, die in der Wohnung lebt.«

»Sagt wer?«

»Unsere Regierung. Guck doch einfach im Internet.« Amelie hielt Bär auffordernd ihr Handy hin.

»Hat dieser Junge dir das gerade eingetrichtert?«

»Schluss jetzt«, befahl Roberta. »Und bitte, Christian, das mit Marvins Mutter war im Vertrauen.«

»Ja, ja, schon kapiert.«

Er sprang auf, lief zur Tür, riss sie auf und stürmte ins Treppenhaus.

»Christian! Ja, was …?« Roberta sah ihm kopfschüttelnd hinterher.

»Bis später, Attentäter«, meinte Amelie und verdrehte die Augen.

***

Bär konnte gerade noch seinen Fuß in die Wohnungstür stellen, bevor Marvin sie zuschob. Er folgte ihm durch den Flur bis vor dessen Zimmer. Diesmal versuchte der Junge, die Tür zuzuhalten, aber Bär war stärker.

»Und jetzt zu dir, mein Freund.«

Marvin richtete sich zu voller Größe auf und starrte ihn feindselig an. »Ich weiß, dass Sie Polizist sind, Amelie hat es mir erzählt. Aber Sie haben kein Recht, mein Zimmer zu durchsuchen.«

»Stimmt. Ich möchte ja auch nur mit dir reden. Was wolltest du von Amelie?«

»Von Amelie? Gar nichts. Ich hab der Frau unterm Dach bloß die Konserven zurückgebracht, die ich aus ihrer Tasche gefilzt hatte.«

»Das war total nett von dir. Aber warum genau hast du sie überhaupt … gefilzt?«

»Die standen so griffbereit im Hausflur rum.«

»Und du meinst, wenn etwas griffbereit rumsteht, darf man es sich einfach so nehmen? Wie alt bist du eigentlich?«

»Fünfzehn.«

»So wörtlich hab ich's nicht gemeint.«

Bär bückte sich, schaute unter das Bett und schob die Kleiderstapel darunter ein wenig hin und her. Die Zwille, von der Roberta berichtet hatte, konnte er nirgends entdecken. Vermutlich hatte Marvin längst ein anderes Versteck dafür gefunden.

Er richtete sich wieder auf, ging zum Schrank hinüber. »Darf ich da mal reingucken?«

Der Junge zuckte mit den Schultern, und Bär zog die Tür auf. Roberta hatte nicht übertrieben. Dosenravioli, Ölsardinen, Schokolade, Cola und Kekse: Marvin hatte hier ein Vorrats-Arsenal angelegt, das einem Frankfurter Wasserhäuschen alle Ehre gemacht hätte. »Respekt, das ist ja ganz beachtlich. Für wie viele Wochen soll das reichen?«

»So zehn inzwischen. Ich arbeite dran.«

»Okay, und wozu der ganze Zirkus?«

Der Junge saß nun auf dem Bett. Seine Selbstherrlichkeit war verflogen, er wirkte blass und zitterte kaum merklich.

»Auf uns kommen Krisen zu«, begann er und räusperte sich erst einmal. »Auf dem Nordpol schmilzt das Eis, da gibt es demnächst einen Kampf um Land- und Wasserstraßen. In Afrika herrscht Dürre, in Asien säuft Land ab. Beides führt dazu, dass immer mehr Leute aus ihren Heimatländern fliehen. Auf der ganzen Welt wird es Verteilungskämpfe und bewaffnete Konflikte geben.«

»Aha. Und du meinst, wenn es so weit ist, bist du mit deinen paar Konserven fein raus?«

»Durch die Digitalisierung wird die Industrie empfindlicher, man kann sie leichter angreifen. Schon ein größerer Stromausfall kann zu gravierenden Versorgungsengpässen führen.« Marvin hatte aufgehört zu zittern, er sprach nun ganz ruhig und klar. »Wer dann noch was zum Überleben hat, wird es verteidigen müssen, weil die, die nichts mehr haben, es ihm sonst wegnehmen werden. Darauf müssen wir uns vorbereiten.«

»Und was ist, wenn ein Atomkrieg ausbricht?«, provozierte ihn Bär. »Dann ist hier ganz schnell zappenduster, und du hast strahlende Konserven.«

Marvin hob unschlüssig die Schultern. »Kommt auf die Entfernung zum Einschlag der Bombe an. Außerdem gibt es Bunker, aber die zu bauen ist teuer. Und wer will da schon über Jahre drinbleiben? Bis atomar verseuchtes Zeug wieder ungefährlich ist, kann es ewig dauern.«

»Das sehe ich auch so.«

»Eine Alternative wäre natürlich, sofort abzuhauen, wenn sich was zusammenbraut. Kanada oder Australien.«

»Ich nehme an, du hast die Tickets schon gekauft? Oder machst du das dann ganz fix im Internet?«

Der Junge hatte wohl beschlossen, seinen Spott zu überhören. »Warum nicht?«, meinte er. »Man muss halt schnell sein, bevor all die anderen Prepper auch auf die Idee kommen.«

»Prepper?«

»Das sind die, die sich vorbereiten. ›Be prepared‹, Mann.« Über so viel Unwissen konnte der Junge nur den Kopf schütteln.

»Bei den Pfadfindern hieß das früher schlicht ›allzeit bereit‹«, meinte Bär.

»Alter, verarschen kann ich mich selbst. Wenn Sie mir nicht glauben wollen, dann machen Sie sich doch einfach selbst mal schlau.«

»Das werde ich gern tun. Und du bleibst mit deinen Fingern von meiner Nichte weg. Ist das ein Deal?«

»Hallo? Das hört sich ja so an, als hätte ich ihr was getan!« Marvin war aufgesprungen.

»Finger weg!«, wiederholte Bär nur mahnend, die Türklinke schon in der Hand.

***

»Du hast sie nicht mehr alle, Christian! Amelie in Robertas Wohnung allein zu lassen!« Lara schäumte, erregt lief sie in ihrem Nagelstudio auf und ab. »Was hast du dir nur dabei gedacht?«

»Nichts«, gab Bär tonlos zurück. Gestern hatte er Amelie bei ihrer Rückkehr nur rasch in Laras Wohnung geschoben. Erst jetzt hatte seine Schwester Gelegenheit, Dampf abzulassen, nachdem Amelie ihr die Szene mit Marvin sicherlich in schillerndsten Farben geschildert hatte.

Er war müde. Den ganzen Tag hatte er Menschen zugehört, die sich mit Hinweisen bei der Polizei gemeldet hatten. Die meisten hatten den dringenden Wunsch gehabt, dem Baby zu helfen und irgendetwas zu den Ermittlungen beizutragen, ein paar wenige wollten sich interessant machen. Zu bieten hatten alle nur Vermutungen und Spekulationen.

»Nichts! Das hab ich mir gedacht.« Das Klappern von Nagelfeilen und Scheren ertönte, Lara war dazu übergegangen, den Behandlungstisch aufzuräumen. »Es ist eine Schande.«

»Tatsächlich hab ich mir sogar allerhand dabei gedacht«, fuhr Bär auf. »Und zwar dass Roberta und ich bald zurück sein würden, dass es noch früh am Abend war. Und dass Amelie ruhig mal eine Stunde allein mit einem kindgerechten Computerspiel verbringen kann.«

»Sie hat ihre Zeit nicht mit einem Computerspiel verbracht, sondern einen fremden Fünfzehnjährigen in die Wohnung gebeten. Das konnte nur passieren, weil du sie dort allein gelassen hast. Gott weiß, was für ein Typ das ist.«

Ein zu oft sich selbst überlassener Junge mit einer durchgeknallten Phantasie, dachte Bär. Einer, von dem Roberta behauptet, dass er eine Zwille unter dem Bett aufbewahrt und sich im Internet Videos anguckt, in denen Maschinengewehre abgefeuert werden.

»Wieso gibt sich dieser Halbwüchsige überhaupt mit einem so kleinen Mädchen ab?«, fuhr Lara fort. »Hat der keine Freunde in seinem Alter? Amelie hat mir erzählt, dass er sie vor bevorstehenden Katastrophen gewarnt und alles detailliert ausgemalt hat.«

»So schlimm war es nicht«, wiegelte Bär ab.

»Kannst *du* das beurteilen?«

»Ein bisschen. Ich hab hinterher noch mit dem Jungen gesprochen.«

In Gedanken sah er Marvin auf seinem Bett sitzen, und seine Gedanken schweiften ab. Hatte der Junge so unrecht? Es gab Reichsbürger, die sich bewaffneten und auf seine Kollegen schossen, wenn sie bei ihnen anklopften. Und es gab Volksgruppen, die es nach Macht gelüstete, und Machthaber, die ihren Einflussbereich auf die halbe Welt zu erweitern suchten. Aber er weigerte sich, sich Bange machen zu lassen. Er wollte nicht jeden Morgen seine Wasservorräte, Batterien und Gasflaschen überprüfen. Nicht ständig daran denken, was alles passieren könnte.

»Ein Mädchen in Amelies Alter muss doch mal eine Stunde allein zu Hause bleiben können«, meinte er fast trotzig.

»Das finde ich ja auch«, gab Lara zu. »Aber du siehst wohl selbst, dass es nicht ganz so einfach ist, wie es sich anhört.«

»Und wer passt in diesem Moment auf Amelie auf?«, fragte Bär. »Wo ist sie jetzt?«

»Oben, in der Wohnung. Sie macht Hausaufgaben«, erwiderte Lara kleinlaut. Sie schien seinen leicht spöttischen Blick aufgefangen zu haben und setzte rasch hinzu: »Ich geh gleich zu ihr hoch.«

Ein Mann im Anzug pochte mit den Fingerknöcheln gegen das Glas der Ladentür und gab Lara zu verstehen, dass er sie sprechen wolle, obwohl schon geschlossen war. Bär hielt ihn für einen der vielen Frankfurter Banker. Lara öffnete und redete auf der Türschwelle mit dem späten Kunden. Das Gespräch zog sich hin, und Bär machte es sich auf dem kleinen Stuhl vor dem Behandlungstisch bequem, zog sein Smartphone hervor und surfte durchs Netz.

Erstaunlich, wie viel er im Internet über Prepper fand. Nicht dass er nicht gewusst hätte, dass es sie gab. Aber er hatte sich noch nie besonders intensiv mit ihnen beschäftigt, und das Ausmaß, in dem die Gemeinschaft in Deutschland vertreten war, überraschte ihn schon. Es gab Seminare, in denen Notfallpläne erarbeitet wurden, Shops, die haltbare Nahrungsmittel und Gasmasken anboten. In Kursen für ärztliche Versorgung konnte man lernen, wie man gebrochene Beine schiente und Wunden nähte.

Er fand Webseiten, auf denen unter Berufung auf den Kampfmittelräumdienst diskutiert wurde, in welchen Waldarealen sich noch Waffen aus dem Zweiten Weltkrieg finden ließen. Siebzig Jahre nach Kriegsende suchten Prepper in deutschen Wäldern nach Panzerfäusten.

Über andere Webseiten konnte man Bunker kaufen. Angeblich schützten sie gegen herabfallende Trümmer, biologische und chemische Kampfstoffe und radioaktive Niederschläge. Bär dachte an die chemischen Waffen, die mehrfach im Syrienkrieg eingesetzt worden waren. Die Bilder der verzweifelten Helfer, die Betroffenen Wasser über den Kopf schütteten und ihnen die Augen ausspülten, hatte er noch lebhaft in Erinnerung.

Er schluckte, als er auf den Internetauftritt des Bundesamts für Bevölkerungsschutz und Katastrophenhilfe stieß. »Halten Sie pro Person circa vierzehn Liter Flüssigkeit je Woche vorrätig«, las er. Gaskocher wurden empfohlen, ebenso das Einlagern von längerfristig haltbaren Lebensmitteln. Tiefkühlkost wurde ebenfalls zum Notvorrat gezählt, sie könne man bei einem Stromausfall problemlos verzehren.

Bär spürte dem Geschmack einer aufgetauten Tiefkühlpizza Margherita nach. Der Teig labbrig und eiskalt. Okay, das war jetzt gemein, so hatten die Verfasser des Artikels das sicher nicht gemeint.

Er warf einen Blick zu Lara hinüber. Der Anzugmann vor der Tür hatte echt was auf dem Herzen. So lange, wie sie schon mit ihm sprach, musste er ein größeres Problem haben. Wenn er nur nicht Laras neuer Freund war. Einen wie ihn wollte Bär lieber nicht zum Schwager haben, nicht mit diesem nervösen Zucken um den Mund und dem Knabbern an seinen Nägeln.

Er lud sich seine »persönliche Checkliste« von der Seite des Bundesamtes für Bevölkerungsschutz herunter, dazu den »Ratgeber für Notfallvorsorge und richtiges Handeln in Notsituationen«. Neben einer wohlgeordneten Dokumentenmappe, einem batteriebetriebenen Radio und einem Campingklo empfahl das Amt auch eine Atemschutzmaske.

Bär besaß nichts davon. Eine Katastrophe würde er demnach niemals überleben.

Er ging wieder auf die Seite des Kampfmittelräumdienstes, auf der die typischen Kampfmittel dargestellt waren, die man in freier Natur immer noch finden konnte: Bomben, Minen, Granaten und Munition zur Panzerabwehr. »Achtung, Kampfmittel«, hieß es da. »Alter und Korrosion können ihre Gefährlichkeit noch erhöhen.«

Endlich trollte sich der Kunde, Lara schloss die Tür ab und kam zu ihm zurück.

»Geschenkgutschein?«, fragte er augenzwinkernd. Er nahm an, dass der Anzugmann seine Freundin zur Nagelpflege hatte schicken wollen.

»Nagelbeißer«, gab Lara knapp zurück. »Hat nächste Woche ein wichtiges Vorstellungsgespräch. Dem werde ich morgen neue Nägel aufbauen.«

»Wie jetzt? Du klebst dem Krallen auf?«

»Der Kunde hat ein so abgenagtes Nagelbett, dass ich keinen künstlichen Nagel mehr aufkleben kann, aber mit Gel wird es klappen. Leider sind seine Fingerkuppen schon extrem verhornt, bestimmt ist er es gar nicht mehr gewohnt, Nägel zu haben. Gott behüte, dass er mir an den neuen Gelnägeln rumknabbert ...«

»Klingt nach einer Herausforderung.«

»Ist es auch.« Sie lachte. »Du, das sollte ich dir alles gar nicht erzählen. Ist nicht die feine englische Art, Kundenbelange auszuplaudern.«

Bär schaute auf seine eigenen Nägel. Sie sahen ein bisschen ungepflegt aus, aber beruhigend normal.

»Wann gibt es was zu essen?« Die Tür zum Hausflur war aufgeflogen, und Amelie huschte herein. Sie trug ihre bunten Ringelstrumpfhosen, die ihr immer einen Hauch von Pippi Langstrumpf gaben.

»Gleich, Schatz«, antwortete Lara.

»Was guckst du da, Chrissi?« Amelie wies auf sein Smartphone, auf dem noch immer die Webseite des Kampfmittelräumdienstes zu sehen war. »Was ist das?«

»Das da? Das ist eine Panzerfaust. In den Wäldern gibt es immer noch Waffen aus dem letzten großen Krieg. Wenn Spaziergänger so was finden, müssen sie es der Polizei melden. Die Waffen werden dann von Spezialisten unschädlich gemacht.«

»Kann man damit noch schießen?«

»Nein. Aber angeblich sind sie leicht wieder so herzurichten, dass man sie gebrauchen kann.«

»Jetzt ist es aber gut«, ging Lara dazwischen. »Amelie braucht keine Nachhilfe in Waffenkunde. Sag mir lieber, ob du mitessen willst, Christian.«

»Ja, gern. Solange es nur keine Prepper-Nahrung ist.«

NEUN

Amelie streckte ihre Hände vergeblich zum Kioskfenster aus, um ihr Eis entgegenzunehmen. Es war einfach zu hoch. Ohne das kleine dreistufige Treppchen, das auf dem Bürgersteig stand, wäre es ihr nicht einmal gelungen, in die Eisdiele hineinzuschauen. »Das ist hier noch wie früher«, sagte Lara immer. Fenster und Theke waren aus braunem Holz. Das Eis gab es aus runden, silbernen Behältern, die in der Theke steckten. Jeder Behälter hatte einen großen runden Deckel, der hochgehoben werden musste, damit man mit dem Portionierer hineinfahren konnte, um das Eis rauszuholen. Und dann kam der Deckel auch sofort wieder drauf, damit das Eis nicht schmolz.

Der Eismann steckte Amelies Eis in den silbernen Ständer, in dem die Hörnchen warten mussten, bis die Kunden bezahlt hatten, und hielt die Hand auf. Geld. Sie kramte die passenden Münzen aus ihrem Portemonnaie und schob sie auf die hohe Theke.

»Du hast aber lustige Finger«, sagte der Eismann.

Amelie lächelte. Die kleinen Gesichter, die Lara ihr auf die Nägel gemalt hatte, blätterten langsam ab, aber sie waren immer noch gut zu erkennen.

Wieder kam sie nicht an das Hörnchen heran. Der Eismann bemerkte es, beugte sich aus dem Fenster und gab es ihr in die Hand. Vanille und Schoko. Früher hatte sie kein Eis bestellt, bei dem nicht auch Yogurette und Erdbeere dabei gewesen waren. Aber wenn sie es sich genau überlegte, hatte sie sich nur wegen der Farben in diese Sorten verliebt. Rosa hatte sie lange sehr schön gefunden. Doch jetzt, wo sie in die vierte Klasse gekommen war, passte Rosa nicht mehr. Es war einfach nur baby.

Ihre Zunge fuhr einmal um die Eiskugeln herum. Ein süßer, kühler Moment.

Eigentlich war sie zu jung für die vierte Klasse, das sagte

Chrissi immer. Ihre Mutter dagegen meinte, die vierte Klasse sei okay für sie, schlau genug sei sie ja. Und das stimmte. Sie hatte schon mit fünf ein wenig lesen können, weil sie immer gefragt hatte, was auf den Straßen- und Reklameschildern stand. Chrissi hatte ihr dann die Buchstaben erklärt. Lara hatte das nicht gefallen. Sie würde sich später in der Schule langweilen, hatte sie gesagt, weil sie dann schon alles wisse.

Die beiden waren immer so.

Mal war Mama netter, mal Chrissi. Vorgestern hatte Chrissi erlaubt, dass sie abends allein in Robertas Wohnung blieb. Da hatte Lara sich aufgeregt. Nun hatte ihre Mutter ihr Geld gegeben, damit sie sich bei »Mint« ein Eis holen konnte. Die lange Berger Straße war sie ganz allein hochgebummelt. Wenn das nicht komisch war. Chrissi mochte es nicht, wenn sie so unterwegs war. Zur Schule war okay, aber nicht in der Stadt rumhängen.

Dafür, dass sie keinen Vater hatte, war Chrissi kein schlechter Ersatz. Ihren Vater hatte Amelie noch nie gesehen, weil ihre Mutter ihn nicht sehen wollte. Manchmal fragte sie sich, ob es ihn überhaupt gab. Aber das musste ja wohl sein, einen Vater hatte schließlich jeder.

Das Eis tropfte an der Waffel entlang. Sie hob das Hörnchen hoch, suchte nach Eisspuren und schlürfte sie ab. Mit der Zunge bohrte sie ein Loch in die obere Kugel. Ihh, jetzt prickelte ihre Zungenspitze vor Kälte.

»Na du? Soll ich mal lecken?« Vor ihr stand Marvin, sein cooles Rennrad hielt er lässig mit einer Hand am Lenker fest.

»Oh, du bist es.« Sie machte vor Erstaunen einen Schritt rückwärts, das Hörnchen in ihrer Hand schwankte gefährlich.

»Dein Onkel ist ja krass drauf.«

»Chrissi? Wieso?«

»Hallo? Es muss dir doch aufgefallen sein, was das für ein Typ ist. Ein harter Hund.«

»Chrissi ist in Ordnung.« Sie stülpte ihre Lippen über das Eis und suckelte daran.

»Kleines, willst du mich scharf machen?«

»Wieso?« Warum guckte er gerade so komisch? »Ist deine Schule auch schon aus?«

Er wischte sein dunkles Haar aus der Stirn. »War langweilig, hab geschwänzt.«

»Na, ich geh jetzt Hausaufgaben machen. Für nächste Woche«, verkündete sie. Aber damit konnte sie ihm nicht imponieren.

»Lustig, du bist schon so spießig wie dein Onkel, der Bulle. Der macht nichts anderes als Leute ausfragen und in fremden Wohnungen rumschnüffeln.«

Amelie schaute Marvin lange an. Ganz locker stand er da, ein Bein eingeknickt, eine Hand auf der Hüfte, den Daumen in den Gürtel eingehakt. Seine Augen waren so schwarz wie sein langes glattes Haar, das ihm schon wieder ins Gesicht fiel, und am Hals hatte er ein kleines Tattoo: ein Herz, in das ein Messer hineinstach. Ein bisschen erinnerte er sie an Rodrick, Gregs großen Bruder aus dem Film »Gregs Tagebuch«. Wenn sie groß war, würde sie mal mit so einem Typen gehen. Nur etwas netter musste er sein. Und er durfte niemals so gemein über Chrissi reden.

»Mein Onkel fragt nicht nur Leute aus«, sagte sie. »Sie sagen ihm auch freiwillig was.«

»So, was denn?«

»Von Waffen im Wald aus dem letzten Krieg.«

»Interessant. Erzähl mal.«

Nun wurde Marvin netter. Viel netter.

Sie suchte nach den richtigen Begriffen. Was hatte Chrissi noch gesagt? »Panzerfäuste. Und wenn du nachsehen willst: Das steht alles auf der Webseite vom Räumdienst.«

»Vom Kampfmittelräumdienst?« Über sein Gesicht huschte ein Leuchten, das machte ihn richtig schön. »Aber die Waffen sind längst abgeräumt, oder?«

Amelie überlegte. Wenn sie weg waren, gab es nichts mehr über sie zu erzählen. Und sie hätte Marvin nichts Spannendes mehr zu bieten. »Ähem, nein«, brachte sie heraus. »Sie haben sie an der Stelle, die ihnen beschrieben wurde, nicht gefunden.

Chrissi meint, sie haben nur nicht richtig geguckt. Bestimmt sind sie noch da.« Geschafft. Nun hatte er eine Nuss zu knacken. Sie saugte den Rest Eis aus dem Hörnchen, begann, die Waffel abzuknabbern.

»Ich würde gern wissen, wo das Zeug liegt, verstehst du?«

Jetzt wurde ihr warm. Sie schwieg und nickte nur, um Zeit zu gewinnen.

»Kannst du ihn danach fragen? Kriegst du das raus?«

»Bestimmt.« Der Rest des Hörnchens verschwand in ihrem Mund. Sie kaute. Noch mal Zeit gewinnen. »Aber mein Onkel hat viel zu tun. Er muss ja auch noch die Mutter von dem Baby suchen.«

»Das hat sich erledigt«, meinte Marvin schroff.

»Nein, gar nicht. Er sucht sie immer noch, aber irgendwann findet er sie, ganz bestimmt.«

»Das Baby ist tot.« Marvin griff an sein Tattoo, so als wollte er fühlen, ob es noch da war.

Amelie starrte ihn an und schluckte.

»Da, schau.« Er zog sein Handy hervor, suchte einen Eintrag und hielt ihn ihr hin. Es war ein Foto von dem Baby, auf dem es in der Klinik in seinem Bettchen lag. Genau so hatte es ausgesehen, als sie es mit Chrissi durch die Glastür betrachtet hatte. Auch das Foto kannte sie schon. Chrissi hatte ihr erklärt, dass nur einmal ein Fotograf von der Polizei zu dem Baby ins Zimmer gedurft hatte. Der hatte drei Bilder gemacht, und die wurden nun überall verwendet. Schlimm war die Schlagzeile über dem Foto: »Frankfurt sucht die Mördermutter«.

»Wieso denn Mördermutter?«

»Na, wenn man so ein Baby einfach irgendwo liegen lässt, wird es wohl verhungern und verdursten. Und wenn man das extra macht, ist das Mord.«

Amelie seufzte tief. So hatte sie noch nie darüber nachgedacht. Sie hatte sich eingeredet, die Mutter hätte das Baby auf der Weide vergessen. Konnte doch sein, dass sie vergesslich war. Es gab schließlich Autofahrer, die vergaßen ihr Kind an der Tankstelle. Merkten einfach nicht, dass es zum Klo gegangen war, während sie tankten und zahlten. Sie spürte, wie ihre Augen sich mit Tränen füllten, und kämpfte dagegen an. Nur nicht vor Marvin weinen. Rasch sah sie weg und blickte die Straße hinunter. Immer noch standen sie in der Nähe vom »Mint« auf dem Bürgersteig. Es gab ein Möbelgeschäft auf der einen Straßenseite und genau das gleiche Möbelgeschäft auf der anderen. Wenn man nicht wusste, dass es ein und dasselbe Geschäft war, das einfach nur zwei Läden hatte, glaubte man, Gespenster zu sehen.

»Das Baby war schwer krank«, sagte Marvin. Seine Stimme klang nun weich, fast traurig. Bestimmt tat auch ihm das Baby leid, und er mochte es nur nicht so zugeben.

Sie schaute ihn wieder an. »Was hatte es denn?«

»Etwas Unheilbares, es wäre sowieso gestorben. Aber es war wohl auch nicht richtig fit, deshalb ging es schneller.«

Amelies Brustkorb hob und senkte sich, so heftig musste sie atmen. Marvin beugte sich zu ihr vor. »Und?«, fragte er. »Kriegst du nun für mich raus, wo die Waffen liegen sollen?«

»Erlenweil«, sagte sie. Den Namen hatte sie öfter gehört, wenn es um das Baby ging. Und da hatte der Schäfer den Wolf gesehen.

»Prima, dann fahren wir mit der S-Bahn raus. Ich nehme mein Rad für das letzte Stück mit.« Er hob sein Rennrad am Lenker in die Höhe, das Vorderrad machte ein paar kleine Hopser, als es wieder auf dem Bürgersteig landete.

»Pah. Auf so ein Rad passt doch nur einer drauf.« Wollte er sie jetzt veräppeln?

»Du setzt dich einfach auf die Stange, du kleines Paket.«

Sie versuchte nachzudenken. Aber das war so schwer. Zu viele Bilder stürzten auf sie ein. Da waren diese komischen Waffen auf Chrissis Handy. Das Baby im Krankenhaus. Der Wolf auf der Weide.

»Ich kann nicht«, sagte sie leise, und nun weinte sie doch noch. »Das Baby, es tut mir so leid. Ich bin zu traurig, um dir Waffen zu zeigen.« Sie schniefte.

Marvin lächelte schief. »Okay, dann lauf mal heim, deine

Hausaufgaben machen. Wohnst du eigentlich bei deinem Onkel?«

Zu ihrer Überraschung war er kein bisschen böse. »Nein, Chrissi wohnt im Europaviertel. Ich wohne mit meiner Mutter hier in der Berger Straße, sie hat weiter unten ein Nagelstudio.«

»Aha, deshalb hast du so schicke Fingernägel.« Er zwinkerte ihr zu. »Weißt du was? Wir sehn uns.«

***

»Na, wer bist du?« Bär beugte sich über den Schädel des Toten aus dem Wehr, der nun in Dr. Zimmers Atelier auf dem Arbeitstisch thronte. Zimmer hatte ihn auf eine Platte montiert und mit einer ersten Schicht Ton überzogen, die Rekonstruktion des Gesichts war schon so weit gediehen, dass Bär die groben Züge erahnen konnte: hohe Brauen, eine ausgeprägte Mundpartie.

»Die Form der Augenhöhlen und die hohen Wangenknochen sprechen für einen Osteuropäer«, erklärte Zimmer, der neben Bär vor dem Arbeitstisch stand. »Leider ist das alles, was ich bisher sagen kann. Aber Sie haben auch noch gar kein Ergebnis erwartet, oder? Sie sind nur vorbeigekommen, um zu sehen, wie weit ich bin.«

»Ja, stimmt.« Bärs Blick glitt über die vielen Materialien auf dem staubigen Tisch: Modellierstäbchen, Pinsel und Farben. Eine Kiste voller Glasaugen.

»Ich werde dann mal weitermachen.« Zimmer schob ihn sanft beiseite, zog einen Schemel herbei und widmete sich wieder der Gesichtsrekonstruktion.

Diesen Teil seines Berufs hatte der Rechtsmediziner in eine kleine private Werkstatt unweit der Kennedyallee verlegt. Hier konnte er die nötige Konzentration aufbringen, ohne dass ein Kollege ihn störte. Bär sah gespannt zu, wie er von einem größeren Klumpen Ton kleine Stücke abriss und das Modell damit geschickt weiter aufbaute.

Eine Nase begann zu entstehen.

Ihm wurde ganz anders, als er sich ins Bewusstsein rief, welche Arbeitsgänge bereits nötig gewesen waren. Zimmer hatte der Leiche nicht nur den Kopf abgenommen, er hatte ihn auch von den restlichen Weichteilen befreien müssen. Der Schädel, dessen Gesichtszüge er nun aus Ton neu erschuf, hatte einem Mann gehört, der gedacht, gelacht und geliebt hatte.

»Ich weiß, dass Sie rasche Ergebnisse brauchen«, sagte Zimmer, ohne von seiner Arbeit aufzuschauen. »Normalerweise benötige ich zwei bis drei Wochen für eine Rekonstruktion. Diesmal habe ich Ton anstelle von Plastilin genommen, damit ich es in einer Woche schaffen kann. Der Ton reißt zwar leichter, aber dafür trocknet er schneller.«

»Ja, danke«, sagte Bär. »Uns geht es ja vor allem um eine Darstellung des Unbekannten, mit der wir fahnden können.«

Danach konnte der Ton getrost zu Staub zerfallen. Erde zu Erde, Asche zu Asche.

»Und Sie werden das Modell auch nicht lange aufheben wollen, oder? Eine Replik vom Schädel mit dem 3D-Drucker hätte nämlich viel Zeit gekostet.«

»Nein, kein Problem.«

Wenn die Rechtslage unsicher war, musste die Rekonstruktion schon mal längere Zeit aufbewahrt werden. Dann konnte es sogar passieren, dass sie einbehalten wurde, wenn die Bestattung anstand. Wusste man das vorher und hatte genügend Zeit, konnte man eine Plastikversion des Schädels anfertigen lassen und diese aufbauen, damit der Tote seinen Kopf mit in den Sarg nehmen konnte. Die Hinterbliebenen wählten meist eine Feuerbestattung, die war preiswerter.

»Die letzten Dinge werden oft auf ganz profane Weise geregelt«, überlegte Bär laut.

Zimmer ließ nicht von seiner Skulptur ab. Geduldig brachte er immer mehr Tonstückchen auf, drückte sie an, strich sie glatt. Dabei halfen ihm kleine weiße Stifte in unterschiedlicher Länge, die er in die erste Tonschicht gesteckt hatte. Bär wusste, dass sie die Dicke des Gewebes an den jeweiligen Stellen markierten, für die Wissenschaftler einmal eine Formel gefunden hatten.

Auf diese Weise ließ sich ein Gesicht mit einer Modelliermasse authentisch nachbilden.

»Keine Ahnung, wie lange ich das hier noch selbst machen werde«, sagte Zimmer unvermittelt. »In England rechnen sie das alles schon. Da machen sie die Rekonstruktionen mit dem Computer.« Er blies etwas Tonstaub von seinem Werk. »Bald werden nur noch die Museen Kunsthandwerk haben wollen. Die lassen ja auch Gesichtsrekonstruktionen machen, etwa von Menschen, deren jahrhundertealte Körper im Moor oder im Watt auftauchen.«

Bär dachte an die Reliquien in all den Kirchengruften. Und an die Kelten. Manche Volksgruppen hatten die Schädel ihrer Feinde vergoldet und sie bei Tisch herumgereicht, um daraus zu trinken. Die Seele hatte ihrem Glauben nach im Kopf gesessen, und je mächtiger der Feind gewesen war, desto größer schätzten sie die Kraft ein, die von seinem Schädel ausging.

Sie schwiegen nun beide. Zimmer arbeitete konzentriert weiter, Bär sah ihm zu, und eine fast ehrfurchtsvolle Stille breitete sich zwischen ihnen aus.

***

»Schlamperei bei der Polizei! Wenn Sie die Mutter rechtzeitig gefunden hätten, würde das Baby noch leben.« Absender: »eine Frankfurter Bürgerin«.

Bär starrte auf den Monitor, auf die Mail, die von der Zentrale an ihn weitergeleitet worden war.

Er atmete tief durch.

Was für eine Verdrehung der Fakten. Klar wäre es besser, er hätte die Mutter oder die Angehörigen des Babys längst gefunden. Aber sein mangelnder Fahndungserfolg hatte den Tod des Babys nicht verursacht. Das Kind hatte eine unheilbare Krankheit gehabt, es hatte den Tod schon in sich getragen, und offensichtlich war es vom Ernährungszustand und Immunsystem her nicht so stabil gewesen, dass es länger hätte durchhalten können. Trotzdem war jede Minute, die man so ein kleines Leben verlängern konnte, wertvoll, und im Krankenhaus hatte man alles dafür getan. Aber es hatte eben nicht gereicht.

Er klickte die Mail weg und rief ein Foto des Babys im Internet auf. Da lag er, der niedliche kleine Kerl, und lachte ihn an. Seine dunkle Haut glänzte, die verschwitzten krausen Haare standen wirr vom Kopf ab, und die großen dunklen Augen schauten erstaunt in die Welt. Die Beerdigung würde ein Volksauflauf werden. All die Menschen, die sein Schicksal in den sozialen Medien verfolgt hatten, würden ihr Interesse und ihr Mitgefühl zeigen wollen.

Bär nahm sich vor, heute Abend in aller Ruhe mit Amelie zu sprechen. Auch im Fall, dass sie schon alles wusste, war es wichtig, mit ihr zu reden und ihren Kummer aufzufangen.

Und Lucca? Sie war so gerührt gewesen angesichts der vielen Geschenke für das Kind. Und so entsetzt über das Studentenfutter, das ihm jemand mitgebracht hatte.

Seit Dienstagmorgen hatte Lucca sich nicht mehr gemeldet, dreieinhalb Tage, und es kam ihm wie eine Ewigkeit vor. Auf ihrem Handy war sie nicht zu erreichen.

Vergiss sie, sagte er sich, sie hat nur mit dir gespielt.

Er stellte sich vor, wie sie in ihrem dunklen Kostüm am Computer saß, ihren Kollegen über die Schulter schaute, um deren Berechnungen zu korrigieren, und wie sie bei Besprechungen im Konferenzraum die Blicke anderer Männer auf sich zog. Wie würde sie sich fühlen, wenn sie vom Tod des Babys erfuhr?

Um Roberta machte er sich die wenigsten Sorgen. Sie war robust, geerdet. Der Tote im Apfelweintank, die Leiche im Gewitter auf dem Campingplatz – Roberta schien alles wegzustecken. Sie kam mit den Dingen klar, respektierte, dass der Kreislauf des Lebens aus Geburt, Leben und dem Tod bestand. Woher sie das nahm, konnte er nicht sagen.

Überhaupt, Roberta. Er dachte darüber nach, was sie ihm von dem jungen Wissenschaftler aus Marburg erzählt hatte. Der Kerl wohnte in Erlenweil, höchstens einen Kilometer von dem Schäfer und seiner Hausweide entfernt. Er hatte ein Faible für Afrika und war in Liberia gewesen. Westafrika also, wo vielleicht, ganz vielleicht das Tuch des Babys herstammte.

Er hob den Hörer auf und wählte Robertas Nummer.

»Ach, du? Wie schön«, erklang ihre warme Stimme.

»Sag mal, wir haben uns doch in der Straußwirtschaft über diesen jungen Wissenschaftler unterhalten …«

»Marius Adam?«

»Richtig. Du sagtest, er sei als Helfer in Afrika gewesen. Woher hast du das?«

Sie schien kurz zu überlegen. »Im Labortrakt der Marburger Uni hing ein Zeitungsartikel an der Wand, in dem stand, dass er Freiwilligenarbeit in einem Ebola-Camp geleistet hat. Und ein Wissenschaftler des Instituts, in dem er zuvor tätig war, bestätigte mir das.«

»Wann genau soll das gewesen sein?«

»2014. Keine Ahnung, wie lange er in dem Camp geblieben ist, aber als er zurückkam, hat er den Job an der Uni Marburg hingeschmissen, wohl weil die Forscher seiner Meinung nach zu wenig bewirken.«

»Kannst du dir vorstellen, dass er kürzlich noch mal dort war?«

Diesmal kam Robertas Antwort rasch. »Sicher. Das Leid in Afrika geht ihm ziemlich nach, und er scheint den Kontinent zu mögen. Vor seiner Haustür stehen afrikanische Speere und –«

»Weißt du was? Mein Scherz, dass er das Baby aus Afrika mitgebracht haben könnte – der ist gar nicht so spaßig.«

»Du meinst, es lohnt sich, das mal zu recherchieren?«

»Hm. Du sagtest, er hätte sich auf der Facebook-Seite der Polizei erkundigt, wohin das Baby gebracht worden sei, allerdings unter falschem Namen …«

»Unter seinem Bloggernamen Kevin Ott. Er war früher Blogger und meinte, es sei eine alte Gewohnheit, diesen Namen im Netz auch weiterhin zu benutzen.«

»Das sagt er? Was, wenn er etwas mit dem Baby zu tun hat und unter seinem Pseudonym rauskriegen wollte, in welche Klinik es kam?«

»Aber wieso? Du hast doch gesehen, wie wenig wasserdicht das Pseudonym war. Ich konnte ihn ganz leicht finden.«

»Ja, *du*!«

»War das jetzt ein Kompliment?«

Bär lachte. Das war typisch Roberta. »Wie du willst. Jedenfalls vielen Dank, ich muss hier mal weitermachen, bis später.«

Er legte auf.

Das Baby war am 13. September gefunden worden, einem Freitag. Machte es Sinn, auf gut Glück die Flüge in den Tagen davor zu checken? Doch wie viele Tage wollte er dafür zurückgehen? Wie viele Fluglinien flogen überhaupt nach Liberia? Wie viele Passagierlisten musste man durchgehen?

Vermutlich wäre das Ganze eine Sisyphusarbeit.

Dennoch: Einen Versuch war es wert.

Er rief seinen Kollegen Busse an und beschrieb ihm die Aufgabe. Wenn Busse etwas Verwertbares fand, konnte er dem netten Wissenschaftler aus Erlenweil ja mal auf die Füße treten. Vielleicht ergab sich etwas daraus.

Jemand klopfte an die Bürotür, und Becker schob seinen Kopf ins Zimmer. »Mensch, Bär, jetzt ist der kleine Wurm tatsächlich schon gestorben. Ich dachte, er hätte noch ein bisschen Zeit.«

Bär nickte. »Ja, heute Abend muss ich Amelie trösten.«

»Es wird um siebzehn Uhr eine PK zu dem Fall geben, die Presse will wissen, was wir zur Auffindung der Mutter – oder der Angehörigen – getan haben. Kriegen wir das hin?«

»Ich denke schon.« Bär lehnte sich auf dem Bürostuhl zurück, die Scharniere knarzten.

Da war die Fährte gewesen, die die Hunde nicht hatten aufnehmen können, weil die Schafe auf der Weide gegrast hatten und der Wolf dort herumgestrichen war. DNS-Spuren auf dem Tuch, zu dem sich niemand Passendes im Computer gefunden hatte. Das Tuch selbst, von dem die Mitarbeiterin des Weltkulturen Museums nicht sagen konnte, woher es kam. Und dieser junge Gutmensch, der nach Afrika geflogen war, um dort zu helfen. Dass er das Kind mit nach Deutschland gebracht haben könnte, war Bär eben noch vollkommen plausibel vorgekommen; jetzt, Minuten später, fand er die Vorstellung einfach nur abartig. Was hätte der junge Mann mit dem Baby anfangen sollen? Und was für einen Grund hätte er gehabt, es nach Deutschland zu holen, um es dann auf der Weide auszusetzen?

»Und unser Mann ohne Gesicht?«, fragte er seinen Chef. Er dachte an Zimmers Atelier und den abgetrennten Kopf, der dort auf einer Tischplatte stand, umhüllt von einer dünnen Schicht Ton.

»Ich denke, der Tote aus dem Wehr wird rekonstruiert, oder etwa nicht?« In Beckers Stimme schwangen Verwirrung und Ungeduld mit.

»Ja, schon, ich meine nur, falls die Presse danach fragt. Die Gesichtsrekonstruktion ist noch nicht fertig. Ich war vorhin bei Dr. Zimmer, er arbeitet noch daran.«

Becker strich seltsam vorsichtig über seine Glatze. Womöglich hatte er sich einen leichten Sonnenbrand geholt. »Dann teilen wir der Presse genau das mit. Hauptsache, wir haben etwas Beruhigendes zu dem Baby zu sagen.«

»Ist gut«, stimmte Bär zu.

Als Quelle dienten unzählige Vernehmungen. Der Schäfer. Die Sanitäter. Dörfler aus Erlenweil, die nichts gehört und gesehen hatten. Und Menschen aus Frankfurt, die alles Mögliche gesehen haben wollten: eine schwarze Frau mit einem Baby im Tragetuch, die S-Bahn fuhr. Einen weißen Mann mit einem weinenden schwarzen Baby auf der Zeil. Bei jedem Fall gab es Personen, die helfen wollten und irgendwelche Vorkommnisse meldeten, aber das Baby hatte alles getoppt.

»Ich kann zwar keine Ergebnisse vorweisen, aber ich habe mir auch nichts vorzuwerfen«, sagte er in den Raum hinein.

»Niemand wirft Ihnen etwas vor«, meinte Becker. »Machen Sie sich einfach ein paar Notizen, die von der Presse haben es immer gern genau.« Er nickte aufmunternd, dann zog er die Tür hinter sich ins Schloss, und Bär war wieder mit sich und den Verbrechen allein.

Er beugte sich über seine Tastatur und legte eine Liste der Vernehmungen an, die er durchgeführt hatte. Suchte die Fakten zu der seltsamen Krankheit des Babys heraus. Legte sich zurecht, was er den Reportern sagten wollte, wenn die Kameras liefen. Ob Roberta auch im Pulk der Journalisten sein würde? Verdammt, er hätte ein frisches Hemd dabeihaben sollen. Zum Heimfahren blieb keine Zeit mehr.

Er wollte sich eben in den Presseraum aufmachen, als sein Telefon schellte.

»Lucca?«

»Busse hier.«

Gott, ich Volltrottel, dachte Bär. »Ja?«

»Das sind verdammt viele Flüge, die ich da checken lassen muss«, klagte Busse. »Die Welt ist ein Dorf geworden, nach Liberia kommt man heutzutage so leicht wie mit der S-Bahn von Friedberg nach Frankfurt-Süd. Zwischenstopp ist meist in Casablanca, aber …«

Lass stecken, wollte Bär schon sagen. Doch dann überlegte er es sich anders. »Gib der Sache noch einen Versuch, Busse. Manchmal hat auch ein Fahnder einfach nur Glück.«

ZEHN

Am Montag hatte Amelie keine Lust, Hausaufgaben zu machen. Das Wochenende war langweilig gewesen, Chrissi hatte noch immer keine Zeit für sie gehabt, und Lara hatte eingekauft, gebügelt, Wohnung und Laden geputzt. Ausgerechnet für den Reli-Unterricht sollte Amelie nun aufschreiben, was sie einmal werden wollte. Woher sollte sie das jetzt schon wissen? Und wozu sollte sie es aufschreiben, wenn Gott doch alles wusste? Der Pfarrer musste einen schlechten Tag gehabt haben.

Mit Filzstift malte Amelie ein Auge in einem Dreieck in ihr Heft. Das Auge Gottes.

Ein Nagelstudio wie das ihrer Mutter wollte sie später nicht leiten. Zwar konnte man sich dann selbst immer schön die Fingernägel anmalen, aber den ganzen Tag im Laden zu verbringen war doch lästig. Viel lieber hätte sie einen Job, bei dem sie mal rauskam, hierhin und dorthin fahren konnte. Die Kundinnen waren auch so ein Problem. Die meisten waren ja ganz nett, aber ein paar konnten auch echt ätzend sein. Wollten sofort drankommen, auch wenn sie keinen Termin hatten. Machten Geschrei, wenn die Farbe auf den Nägeln mal ein bisschen anders aussah als vorher im Fläschchen. Und überhaupt fanden sie alles immer zu teuer. Aber Mama brauchte das Geld doch, wovon sonst sollten sie die Miete und das Essen bezahlen?

Chrissi hatte einen aufregenden Beruf und war viel unterwegs. Aber er hatte auch oft Bereitschaft, musste nachts und an Wochenenden arbeiten. Außerdem war es gefährlich, Mördern nachzujagen und sie festzunehmen. Und die vielen Toten waren auch nicht immer schön anzusehen.

Sie stand auf und zog vor dem hohen Spiegel neben der Eingangstür ihren Pferdeschwanz zurecht. Ihr blaues Cordkleid ließ das Blau ihrer Augen aufblitzen, und die bunt geringelte Strumpfhose darunter sah frech aus. Die hohen braunen Lederboots machten sie älter, so ähnliche hatte Mama schließlich auch. Doch, sie sah ziemlich cool aus und irgendwie sogar ein bisschen erwachsen. Vielleicht sollte sie doch mal über ihren späteren Beruf nachdenken. Vor dem Spiegel drehte sie sich ein wenig hin und her und erschrak, als sie einen Schatten vor der Eingangstür des Ladens bemerkte.

Auf dem Gehweg stand Marvin. Wie lange hatte er sie schon beobachtet? Sie spürte, wie sie rot wurde.

Er drückte die Tür auf. »He, Kleines, bist du allein?«

»Ja.« Ihr Gesicht begann zu glühen. »Aber meine Mutter ist nur mal eben hoch und kommt gleich wieder.«

Das war nicht gelogen. Lara wollte sich in der Wohnung einen Kaffee kochen, weil sie so müde war. Amelie sollte solange aufpassen, und falls eine Kundin käme, sollte sie sie bitten, einen Moment zu warten.

Marvins Blick hielt sie fest. »Wir wollten doch in den Wald, zu den Waffen. Schon vergessen?«

»Waffen«, wiederholte sie leise. »Ja, ja.«

Der Schäfer mit seinen Schafen und der Wolf, der das Baby entdeckt hatte, fielen ihr ein. Vielleicht konnte sie Marvin dazu bringen, ihr den Wolf zu zeigen, wenn Chrissi schon keine Zeit für sie hatte. Und Mama ja auch nicht wirklich.

»Was willst du später mal werden?«, fragte sie. Das war ihr so herausgerutscht.

»Na, was denkst du?« Er wischte sein dunkles Haar aus der Stirn, sie mochte diese Geste.

Unsicher hob sie die Schultern. »Ein Prepper?«

»Das sowieso«, sagte er. »Aber hey, Kleines. Kein Prepper ohne Waffen, capito?«

Der Wolf, dachte Amelie. Ob er sich streicheln ließ, so wie ein Hund? Vielleicht konnte sie ihn anlocken. Und wenn er sie mochte, könnte sie die Hand nach ihm ausstrecken, und er würde daran schnüffeln oder ihr sogar über die Finger lecken.

Auf der Treppe im Flur hörte sie Schritte.

»Ich glaube, meine Mutter kommt wieder runter«, sagte sie hastig. »Komm ein andermal wieder.«

Er hatte ein Lächeln im Gesicht, als sie die Tür hinter ihm ins Schloss drückte. Rasch drehte sie sich um.

»War irgendwas?«, wollte Mama wissen.

»Nö«, sagte Amelie. »Wieso?«

***

Die Rollläden im Atelier waren halb heruntergelassen, die späte Nachmittagssonne quälte sich durch die Ritzen und schnitt den Raum in längliche Querstreifen. Die Rekonstruktion des Gesichtslosen auf dem Arbeitstisch kam Bär in dem flirrenden Licht lebendig vor. Er hatte den Eindruck, dass ihn ein Kopf ohne Körper anstarrte. Johannes der Täufer, von Salome auf ein Tablett drapiert. Oder Holofernes' Kopf, von Judith mit dem Schwert abgeschlagen. Nur dass dieser Kopf zu atmen schien.

»Na, wie gefällt er Ihnen?« Zimmer hatte Bär in sein Atelier eingelassen und war hinter ihm in den Raum getreten.

»Ich bin beeindruckt«, gab Bär offen zu. »Er sieht unglaublich echt aus.«

Das Gesicht war das eines Mannes Ende fünfzig mit ebenmäßigen Zügen, hohen Wangenknochen, einem offenen Blick und einem breiten, entspannt lächelnden Mund. Die Gesichtsfarbe war eher blass, die Haarfarbe matt. Er trug die Haare etwas länger, dafür war seine Frisur unauffällig.

Die Holzkiste mit den Glasaugen, die auf dem Arbeitstisch stand, wurde von Zimmer herangezogen. Nach Farben sortiert ruhten sie in kleinen Fächern. Bär hatte sich noch nie bewusst gemacht, dass es hohle Halbkugeln waren und keine vollrunden Klicker.

»Für die Augen habe ich ein mattes Braun gewählt«, erklärte Zimmer. »Blau fand ich in seinem Fall unpassend.« Er wies auf die hohen Wangenknochen. »Von der Schädelstruktur her hat er wie schon gesagt einen leicht östlichen Einschlag, deshalb ist ein Braunton wahrscheinlicher. Doch bei den Augen spielt nicht nur die Farbe eine Rolle, sondern auch die Größe der Iris und ob sie eine Umrandung hat. Ein dunkler Rand verändert den Eindruck gleich gewaltig. Schauen Sie mal.« Er wies auf verschiedene Exemplare in der Kiste, und tatsächlich ähnelte keine braune Iris der anderen. »Solche Augen wie dieses habe ich für unseren Mann aus dem Wehr genommen.« Er fischte ein Glasauge aus dem Kasten und legte es auf die flach ausgetreckte Hand. Die Farbe erinnerte Bär an trockene Gartenerde. »Ich vermeide nach Möglichkeit eine markante Variante, damit die individuellen Merkmale nicht zu sehr herausstechen und vom Gesamteindruck ablenken.«

»Aha.« Bär räusperte sich. Die Luft im Atelier kam ihm trocken vor, und in den Lichtstrahlen, die durch die Jalousie fielen, tanzten winzige Staubkörner.

Zimmer strich seinem Modell mit dem Zeigefinger die Brauen in Form. »Der Tote war in den Fünfzigern und hatte dunkles Haar. Ich habe dennoch ein Grauschwarz gewählt, das lässt der Vorstellung viel mehr Raum.« Er schob die Kiste mit den Glasaugen geräuschvoll an ihren Platz zurück. »Es ist immer gut, wenn nicht zu viel von den Proportionen ablenkt, anhand der Proportionen prägen sich Menschen nämlich jemand anderen ein, sie sind bei der Wiedererkennung der Trigger. Schließlich erkennen Sie Ihre Exfreundin auch dann wieder, wenn sie eine Sonnenbrille trägt oder die Haare schwarz gefärbt hat.«

»Wieso meine Ex?« Und wieso verdammt noch mal schwarz?, dachte Bär, während er sich die blonde Katja mit dunklem Haar vorzustellen versuchte.

Zimmer zuckte mit den Schultern. »War nur so ein Beispiel.«

»Klar. Kann unser Fotograf die Rekonstruktion hier bei Ihnen im Atelier ablichten, am besten heute noch? Dann stellen wir die Bilder so rasch wie möglich ins Netz.«

»Kein Problem«, meinte Zimmer. »Schicken Sie ihn gern vorbei. Aber geben Sie mir vorher kurz Bescheid.«

»Machen wir.«

Der Rechtsmediziner ging zum Fenster und zog die Jalousie hoch. Tageslicht flutete das Atelier binnen Sekunden und raubte dem Kopf auf dem Arbeitstisch das mühsam eingehauchte Leben.

Es war eben doch nur ein Totenschädel, überzogen mit Tonerde.

***

»Ei, isch hab gleich gewusst, dass die was hat machen lassen!«

»Wer genau?« Bär schaute die Frau, die ihm gegenüber im Besprechungszimmer saß, abwartend an. Sie hatte sich als Lisbeth Hellmann vorgestellt und war hier, weil sie den Toten aus dem Wehr auf der Facebook-Seite der Polizei erkannt haben wollte.

»Na, mei Nachbarin, die Susan Bröll. Susan, schon allein der Name! Der ihr Hals, der war ja so was von faltisch. Und dann plötzlich ganz anderster, von einem Tag aufn annern. So glatt ebbes.« Sie strich sich über den eigenen Hals.

»Über wen genau sprechen wir, Frau Hellman? Ich dachte, Sie sind hergekommen, um mir zu sagen, wer der Tote aus dem Wehr ist.« Bär legte das von Zimmers Rekonstruktion veröffentlichte Foto auf den Tisch. Der Grafiker hatte noch etwas nachgeholfen, und der Mann, den es zu identifizieren galt, sah nun wieder vollends lebendig aus. Ein netter, gepflegter Herr Ende fünfzig.

Lisbeth Hellmann warf einen flüchtigen Blick auf das Foto. »Die Susan Bröll hat regelmäßig Botox-Partys gemacht. Wissen Sie, was das ist?«

»Ja, davon hab ich schon gehört.« Er fragte sich, ob er eine Frau lieben könnte, die zu solchen Partys ging. Er fand das unnatürlich. Die kosmetischen Aktivitäten in Laras Nagelstudio kamen ihm schon gruslig genug vor.

»Die konnt's gar net mehr lasse«, fuhr Lisbeth Hellmann fort. »Dauernd hat sie was gefunden, was noch zu korrigieren war, und ist in dem seine Schönheitspraxis gelaufen. Wissen Sie, man kann ja süchtig werden nach Operationen.«

»Ja sicher«, stimmte Bär zu. Vermutlich konnte man nach allem süchtig werden. »Was wollen Sie mir denn nun zu dem Gesuchten sagen?« Er schob das Foto ein paar Zentimeter näher zu ihr hin.

»Ei, des is doch der Schönheitschirurg, der sie behandelt hat. Der Dr. Adelsmann.«

»Der Tote war Schönheitschirurg?« Plastischer Chirurg, würde man in Fachkreisen wohl eher sagen.

»Das isses ja. Also, ich würd ja nie was machen lassen. Die Natur will das so, dass man älter wird. Und mit der Zeit sieht man dann ebbes weniger frisch aus. Ich hab nur einmal ... Also einmal hab ich an so einer Botox-Party bei der Susan teilgenommen. Wollt mal wissen, wie das so ist. Sie, da waren auch Männer. Die sind ja noch eitler als Frauen. Haben Sie das gewusst? Die lassen sich die Tränensäcke wegmachen und was weiß ich alles. Über meine Lider hab ich ja auch mal nachgedacht, die hängen so ein bisschen.« Ihre Zeigefinger fuhren an ihre Augen. »Schlupflider, sagt meine Tochter. Bös, gell? Aber als ich dann gehört hab, dass der Adelsmann gar net so gut sein soll, dass er auch schon mal was versaut hat, da hab ich die Finger davon gelassen.«

Bär tippte auf das Foto. »Das also ist Dr. Adelsmann aus ...?«

»Aus Nauheim isser, wie ich ja auch. Und halt die Susan Bröll. Ist ja meine Nachbarin.«

Bär zog das Foto wieder zu sich und betrachtete es. Der schön geschwungene Mund, die hohen Brauen. Wie ein Arzt sah Dr. Adelsmann gar nicht aus, eher wie ein Künstler, ein Schauspieler oder vielleicht auch ein gebildeter Geschäftsmann.

»Was wissen Sie sonst noch über den Mann?«

»Na, net viel, nur was die Leut halt so redde. Die eine findet ihn toll, die andere sagt, sie hätte nach seiner Behandlung schlimmer ausgesehen als vorher.« Sie winkte ab. »Persönlich hab ich ihn ja nur einmal getroffen, bei der Botox-Party von der Susan ebbes. Später bin ich nicht mehr hin, es wurd mir auch zu teuer. Man muss ja alle paar Monate nachspritzen.«

»Ist wohl nur was für Reiche«, murmelte Bär.

»Ei, Sie sagen es.«

Er zückte sein Handy und gab die entsprechenden Stichworte bei Google ein. Sofort ploppten Fotos der »Ästhetischen

Klinik Gregory Adelsmann« auf. Die Webseite war, wie offenbar auch die Praxis, in hellen Blautönen gehalten, was dem Ganzen ein sommerlich-frisches Ambiente verlieh. Eine lange Liste verkündete die Praxisangebote.

Er hielt Frau Hellmann das Handy hin. »Sieht fast aus wie eine kleine Privatklinik.«

»Na, ich war ja nie dort in Behandlung.« Sie stützte die Arme auf den Tisch und beugte sich etwas vor. »Nur einmal bin ich kurz reingegangen und hab nach einem Prospekt gefragt, wollte ja mal sehen, wo die Susan immer so hinrennt.«

Bär verkniff sich ein Grinsen und suchte auf der Webseite nach einem Foto des Chirurgen, um es ihr ebenfalls zu zeigen. Dabei sah er die Ähnlichkeit nun auch selbst.

»Ei freilisch, das isser.«

»Danke, Sie haben uns sehr geholfen.«

Er begleitete Frau Hellmann zum Ausgang und ging selbst zu Becker hinüber.

»Wir haben ihn«, begrüßte er seinen Chef. »Der Tote im Wehr ist ein gewisser Dr. Adelsmann, ein Schönheitschirurg. Hat Fett abgesaugt, Falten geliftet und Botox-Partys geschmissen.«

***

Roberta zog ein Tempotaschentuch aus der Handtasche und schniefte hinein. Sie hatte eine Woche lang fiebernd im Bett gelegen, eine böse Erkältung hatte sie erwischt. Das kam davon, wenn man sich an den ersten kühlen Herbsttagen weiterhin so anzog, als sei noch immer Hochsommer. Sie hatte es nicht anders verdient. Mit ihren Aufträgen war sie dadurch ins Hintertreffen geraten, und beinah hätte sie den Anschluss an die Kriminalfälle verloren. So hatte sie aus der Zeitung erfahren müssen, dass der Tote aus dem Wehr gestern identifiziert worden war. Ein Schönheitschirurg aus Bad Nauheim. Doch nun stand sie vor seiner Praxis und schob entschlossen die Eingangstür auf.

Gleich im Entree empfing sie eine Meereslandschaft. Sonne,

Sand und Wellen. Ganz in der Ferne ein Schiff. Das große Foto war auf eine Leinwand aufgezogen, der Anblick verlockend, und Roberta hätte in ihrem immer noch leicht angeschlagenen Zustand nichts lieber gewollt, als sich an genau diesen Strand zu legen. Aber sie hatte anderes zu tun. Sie sah sich um. Alles in der Praxis des verstorbenen Dr. Adelsmann war harmonisch aufeinander abgestimmt: die Blautöne der Tapeten und Sessel, die geometrischen weißen Fensterrahmen und die luftigen hellen Gardinen. Nicht nur die hohen Flügeltüren und der Stuck an Decken und Wänden versetzten Roberta in frühere Zeiten. Die Praxis lag ganz nah bei den Jugendstil-Badehäusern, die schon Kaiserin Sisi besucht hatte. Die Badewannen, in denen Adelige, Politiker und Künstler im Heilwasser gesessen hatten, waren dort noch erhalten.

»Sie wünschen?« Die Frau, die hinter dem Empfangstresen stand, war eine Mischung aus der späten Jane Fonda und Judi Denchs M. aus den James Bond-Filmen. Resolut, herrisch und, was das Äußere anging, beneidenswert gut erhalten. Alles stimmte: die Figur, die gepflegte Haut, das dezente Make-up. Dennoch erkannte man, dass man es mit einer älteren Frau zu tun hatte, allein die erhabenen Adern auf ihren Händen verrieten es.

»Ich wollte mir ein paar Leberflecke wegmachen lassen«, sagte Roberta. »Am Hals.«

»Waren Sie schon einmal hier?«

»Nein, noch nie.«

»Dann brauche ich bitte Ihr Kärtchen, Frau …«

»Hennig. Roberta Hennig.« Sie hatte beschlossen, sich als Patientin vorzustellen, so kam sie leichter an etwas intimere Informationen heran. Dass Dr. Adelsmann tot aus der Nidda geborgen worden war, war für die Presse keine Neuigkeit mehr, es galt, sein privates Umfeld zu erkunden und die persönlichen Hintergründe zu recherchieren. Doch Journalisten gegenüber war manch einer voreingenommen, und dass sie für die Zeitung arbeitete, konnte sie immer noch erzählen.

Die Sprechstundenhilfe nahm ihre Patientenkarte entgegen

und tippte ihre Daten in den Computer ein. »Nehmen Sie doch einen Moment im Wartezimmer Platz, bitte. Ich kümmere mich gleich um Sie.«

Mit Robertas Namen schien die Frau nichts zu verbinden. Ihre wenigen Fernsehauftritte hatte sie wohl verpasst, der letzte war auch schon etwas länger her, und ihr Journalistenkürzel kannte eh kaum jemand.

Das Wartezimmer war leer. Schade, dachte Roberta. Sie hatte gehofft, die eine oder andere Patientin anzutreffen, so hätte sie schon mal ein paar Statements über Gregory Adelsmann einholen können. Schließlich wollte sie ein glaubwürdiges Porträt über ihn schreiben.

»Wenn Sie mir bitte folgen wollen?« Die Sprechstundenhilfe war schon wieder da und führte sie in einen Praxisraum. Sie wurde gebeten, auf dem Behandlungsstuhl Platz zu nehmen, und M., wie Roberta sie nun im Stillen nannte, beugte sich mit einer Lupe über sie und begutachtete ihren Hals. »Ach, das ist kein Problem. Die Leberflecke kann ein Arzt mit dem Laser wegmachen. Und das kleine Fibrom, das Sie da außerdem haben, das entfernt man für gewöhnlich mit der Schere.«

»Wer wird die Laserbehandlung durchführen?«, wollte Roberta wissen.

Die Sprechstundenhilfe kniff nervös die Augen zusammen. »Dr. Adelsmann ist leider auf tragische Weise ums Leben gekommen. Sie haben vielleicht davon gehört. Übermorgen wird eine Vertretung hier sein. Bis dahin ist die Praxis nur stundenweise geöffnet, damit die Patienten ihre Termine verlegen können. Wir können also gleich einen Termin ausmachen.«

»Mein Beileid«, sagte Roberta rasch.

Nun musste sie sich auch noch eine Ausrede ausdenken, um keinen Termin festlegen zu müssen, das war die Strafe für ihre ehrgeizigen Recherchen. Hätte sie sich gleich als Journalistin vorgestellt, läge ein halbwegs entspanntes Interview bereits hinter ihr. »Haben Sie lange mit Dr. Adelsmann zusammengearbeitet?«, fragte sie.

Die Sprechstundenhilfe hielt immer noch die Lupe hoch,

ihr rechtes Auge sah durch das Glas hindurch verzerrt und bedrohlich groß aus. »Sechsunddreißig Jahre.«

»Das ist eine lange Zeit.«

M. nickte und ließ die Lupe sinken.

Roberta wusste nicht, wie sie es anstellte, aber die meisten Menschen erzählten ihr bereitwillig persönliche Dinge. Vielleicht, weil sie ihnen zuhörte, vielleicht, weil sie gern über sich sprachen und nun endlich jemanden zum Zuhören hatten. Und vielleicht auch, weil Roberta spürbar neugierig auf andere und deren Leben war. Außerdem konnte sie Gesprächspausen zulassen. Sie redete nicht weiter, wenn ihr Gegenüber schwieg. Das waren die Minuten, in denen das Vertrauen ihr gegenüber wachsen konnte.

»Mit vierunddreißig habe ich Adelsmann vom Fleck weg geheiratet, da war er zwanzig.« Ihre Gesprächspartnerin lächelte bei der Erinnerung daran. »Ich habe in Höchst gearbeitet, in einer pharmazeutischen Fabrik, und mit meinem Gehalt sein Medizinstudium in Frankfurt finanziert. Wir waren nach Deutschland gekommen, weil hier alles einfacher ist. Da unsere Vorfahren Deutsche sind, gab es keine Probleme.«

Roberta richtete sich im Behandlungsstuhl ein wenig auf. »Das deutsche Recht erkennt jeden als Deutschen an, der deutsche Eltern oder Großeltern nachweisen kann.«

»Na ja, was heißt schon ›anerkennen‹.« Jetzt klang sie ein bisschen pampig. »Wir sind Deutsche, egal ob man uns nun Russen, Aussiedler oder Russlanddeutsche nennt. Dennoch war es schwer, die Praxis aufzubauen, und Gregory hat meines Erachtens auch ein paar Fehler gemacht.«

Roberta wartete ab, bis sie weitersprach.

»Er hat Medikamente getestet, viele Ärzte machen das. Ein Präparat kommt neu auf den Markt, die Hersteller geben es den Ärzten, damit sie es geeigneten Patienten verabreichen. Die Patienten werden darüber aufgeklärt, es gibt ein Protokoll über die Wirkung und die Verträglichkeit, und am Ende bekommt der Arzt eine Prämie. Wie gesagt, das machen viele. Aber Gregory … Er wollte noch mehr erreichen, und gelegentlich hat er die Grenzen verschoben.«

Roberta fragte sich, welche Grenzen sie meinte. Ging es um klinische Tests? Um Medikamente aus dem Ostblock, die in Deutschland nicht zugelassen waren? »Denken Sie, dass sich jemand an ihm gerächt hat? Ein Hersteller? Oder eine Patientin?«

»Wegen der Medikamente? Nein, da ist immer alles gut gegangen. Nur eine Operation ist vielleicht mal nicht so ausgefallen, wie die Patientin sich das erträumt hatte. Hopp, hopp, auf den OP-Tisch und zwanzig Jahre jünger wieder runter, Sie verstehen. So was geht natürlich nicht, da sind die Erwartungen an den Arzt dann gelegentlich zu hoch.« Für einen Moment flackerte ein Feuer in ihrem Blick. Die Lupe hielt sie noch in den Händen, und sie umklammerte sie nun so fest, dass ihre Fingerknöchel weiß wurden. »Leider konnte Gregory manchmal ein Monster sein. Kalt und selbstsüchtig.«

Sie schwieg und wischte eine Fluse von ihrem hellblauen Kittel.

»Was meinen Sie damit?«, hakte Roberta nun doch nach.

Ein Schulterzucken. »Ach, was soll's. Über Tote nichts Schlechtes.«

Roberta fiel noch etwas anderes ein. »Haben Sie ihn in der Praxis eigentlich nicht vermisst, als er …?«

»Er hatte sich ein paar Tage freigenommen, wegen irgendwelcher Geschäfte. Worum es da ging, wollte ich gar nicht wissen. Wir sind schon seit Jahren kein Paar mehr und gehen getrennte Wege. Ich bin nur hiergeblieben, weil ich nicht aufgeben wollte, was ich jahrelang mit aufgebaut hatte. Aber zurück zu Ihren Muttermalen. Sie sind wirklich ganz leicht zu entfernen. Man kann sie mit dem Laser abtragen, das verschorft dann. Sie dürfen nur eine Weile weder baden noch schwimmen.«

»Ich muss mir das erst noch einmal überlegen.« Roberta befreite sich aus dem Behandlungsstuhl.

»Wie Sie möchten. Das Fibrom ist auch harmlos. Nur selten tritt ein einzelnes auf, sie entstehen durch Viren. Die Viren benutzen uns als Wirt, seit es uns Menschen gibt. Wie bei allen Wirbeltieren liegt unser Ursprung im Meer, und schon die Fische hatten Viren.«

Fische und Viren, dachte Roberta. Ob die Marburger Forscher sich auch mit dem Leben unter Wasser beschäftigten?

»Das ist alles sehr spannend«, meinte sie vieldeutig.

Auf der Straße stand eine ratlose Patientin vor dem Eingang. »Verzeihung, wissen Sie, ob die Praxis geöffnet ist? Ich meine, nach dem, was man so in der Zeitung liest ... Was Dr. Adelsmann zugestoßen ist.«

»Es ist jemand da, der Termine macht«, sagte Roberta, blieb aber so stehen, dass sie den Durchgang blockierte und die Frau nicht eintreten konnte. »Was war Dr. Adelsmann für ein Typ?«

Die Frau legte sich mit verschwörerischer Geste den Finger auf den Mund. »Der Doktor war sehr charmant«, erzählte sie leise, »aber er hat es wohl ausgenutzt, dass viele seiner Patientinnen ihn anhimmelten. Jede Woche eine andere, sagt man.«

»Sie wissen, dass die Sprechstundenhilfe seine Exfrau ist?« Roberta rief sich die Informationen aus der Presse ins Gedächtnis. Mutmaßlich ein Schlag in den Nacken, vor oder beim Sturz in den Fluss.

»Nein, das wusste ich nicht, ich dachte immer, sie sei seine Mutter. Na, dann hat sie vielleicht ungern mit angesehen, wie er all die schönen Frauen noch mehr verschönerte und anschließend vernaschte.«

»Ja, und Sie? Sie waren doch wohl auch seine Patientin. Bestand nie die Gefahr, dass Sie sich in ihn verliebten?«, meinte Roberta mit einem Lachen.

Sie lächelte zurück. »Ich stehe nicht auf Männer. Aber für die andere Hälfte der Menschheit will ich gut aussehen. Adelsmann war da sehr geschickt und tat sein Bestes.«

ELF

»Ich mag diesen Fluss ganz einfach«, stellte Bär fest.

Er war mit Lucca am Main angekommen, nachdem sie sich im Café an der Hauptwache getroffen, dort ein Glas Wein getrunken und sich dann zu einem Spaziergang aufgemacht hatten. Unterhalb des Eisernen Stegs standen sie nun zwischen Touristen und Bummlern an der Kaimauer und schauten zum Museumsufer rüber, das für echte Frankfurter »dribbdebach« lag: jenseits des Bachs.

Am Nachmittag hatte sie ihn tatsächlich angerufen und ihm erklärt, sie habe in den letzten Tagen beruflich sehr unter Druck gestanden, aber heute könne sie früh Schluss machen. Ob er sie nicht treffen wolle? Im ersten Moment hatte er innerlich gekocht. Verarschen kann ich mich selbst, hatte er spontan gedacht. Erst einfach so abtauchen, und dann …

Doch ohne es zu wollen, hatte er sich an ihr Gesicht hinter der brennenden Kerze in der Kneipe erinnert, an ihren dunklen Blick und ihr Lachen. Du kannst sie ja mal vernehmen, Bär, hatte er sich gesagt.

Der arme Busse musste nun Überstunden für ihn machen, die er irgendwann einmal ausgleichen würde.

Bär konnte seine Augen kaum von Lucca lassen. Sie musste während der letzten Tage genug Zeit gehabt haben, in der Sonne zu sitzen. Ihr Gesicht glühte, und ihr dunkler Teint hatte einen tiefen Bronzeton angenommen.

»Bei euch wird wohl viel im Freien gearbeitet?«, zog er sie auf.

Lucca schaute ihn offen an und nickte. »Die Firma, bei der ich gerade bin, hat eine schicke Sonnenterasse, dorthin verlegt man gern die eine oder andere Besprechung.«

»Aha.« Er wollte sie nicht länger anstarren, daher legte er die Arme auf die gusseiserne Reling und schaute in die kabbeligen Wellen. Es faszinierte ihn, wie wenig sich das Wasser von den

Menschen beeindrucken ließ. Sie befuhren es, zwängten es ein, warfen ihren Müll hinein, doch das Wasser verdunstete weiter, bildete Wolken, regnete ab, versickerte, entsprang wieder aus der Erde und fand stets seinen Weg ins Meer. Und obwohl er nie dasselbe Wasser führte, schien der Fluss immer der gleiche zu sein.

»Wie kommst du mit deinen Fällen voran?«, fragte Lucca.

»Geht so«, antwortete Bär vorsichtig. Nachdem die Botox-Kritikerin aus Bad Nauheim einen Namen zu dem Foto von Zimmers Gesichtsrekonstruktion geliefert hatte, war die Exfrau des Opfers, Ludmilla Adelsmann, rasch gefunden und hatte den Toten in der Rechtsmedizin mit bemerkenswerter Beherrschung anhand seiner Blinddarmnarbe identifiziert. Die Presse war informiert worden, damit sie namentlich über den Fall berichten und nach Zeugen suchen konnten. Brauchbare Hinweise waren bisher nicht eingegangen, Busse war noch mit diversen Anrufern beschäftigt gewesen, als er das Präsidium verlassen hatte. Auch diesmal wollten viele von ihnen nur ihr Entsetzen mitteilen oder mehr in Erfahrung bringen, ganz wie im Fall des bei Erlenweil ausgesetzten kleinen Jungen.

»Du weißt, dass das Baby gestorben ist?«, begann Bär und beobachtete Luccas Reaktion. Er malte sich aus, dass sie es bei all ihrer Arbeit vielleicht noch nicht mitbekommen hatte und nun erschrecken würde, aber sie blieb ganz ruhig.

»Ja, schlimm. Ich wäre gern zur Beerdigung gegangen.«

»Dann hätten wir uns dort gesehen«, sagte Bär, ehe ihm einfiel, dass die Beisetzung gar nicht öffentlich stattgefunden hatte. Es war eine schlichte Urnenbestattung in Rödelheim gewesen, die Asche des Babys lag nun auf dem Friedhof auf der grünen Wiese unter einem Stein. Ein Bestattungsunternehmen hatte die Organisation und die Kosten übernommen, aber darauf bestanden, dass die Beisetzung unter Ausschluss der Öffentlichkeit stattfand, um den Eindruck von Werbung zu vermeiden. So war das Baby von denjenigen verabschiedet worden, die auch mit ihm zu tun gehabt hatten: ein paar Kollegen von der Polizei, Klinikpersonal, die Sanitäter, die es geborgen hatten. Nur der Schäfer hatte gefehlt, er hatte seine Tiere wohl nicht allein lassen wollen. »Du weißt schon, dass die Beerdigung im kleinen privaten Kreis stattfand? Wer hatte dich eingeladen?«

»Niemand. Es war nur so ein Wunsch, das Kind auf seinem letzten Weg zu begleiten«, entgegnete Lucca mit einem melancholischen Lächeln. »Sein Schicksal ist mir sehr nahegegangen. Mein kleiner Bruder damals … du weißt ja, die Geschichte hatte ich dir erzählt.«

»Ja, ich erinnere mich. Tut mir alles sehr leid.« Bär zog sie an sich und küsste sie aufs Haar.

»Wie weit seid ihr mit der Suche nach der Mutter des Babys?«, fragte Lucca. »Wisst ihr inzwischen, wer es auf der Weide ausgesetzt hat? Oder wie der Mann ohne Gesicht in den Fluss geriet?«

»Der Mann ohne Gesicht«, diese Formulierung hatte er am Freitag auf der Pressekonferenz fallen lassen, und die anwesenden Journalisten hatten sie sogleich in ihren Blättern verbreitet.

»Polizeigeheimnis«, meinte er nun unbeholfen, »über laufende Ermittlungen darf ich nichts sagen.« Er hatte es noch nie leiden können, wenn man ihn mit der Nase auf seine Unzulänglichkeiten stieß. Er wusste ja selbst, dass er feststeckte, nicht weiterkam. Viel lieber hätte er Lucca berichtet, dass beide Fälle inzwischen gelöst waren. Oder wenigstens zum Teil gelöst.

Er fasste sie um die Taille. »Kommst du noch mit zu mir?«

Sie zog einen Schmollmund. »Du, ich muss morgen früh so zeitig aufstehen, wir haben da ein Problem in der Firma. Da muss ich einfach frisch sein.«

»Verstehe.« Er schluckte seine Enttäuschung nur mühsam hinunter. Dachte an die eine wilde Nacht mit ihr. An den Spaß, den sie miteinander gehabt hatten. Das wollte er wieder und wieder erleben. In letzter Zeit träumte er schon von Lucca. Sah sie auf wilden Pferden reiten, ihr Haar flatterte im Wind. Einmal hatte sie im Traum einen Pfeil aus dem Köcher gezogen, ihren Bogen gespannt und auf ihn angelegt. Das war der Moment gewesen, in dem er schweißgebadet wach geworden war. »Lucca, ich …«

Ich brauche dich, wollte er sagen, aber er kam sich zu albern vor. Er war nicht der Typ, der bettelte.

Er sah zum Eisernen Steg hoch, jener Fußgängerbrücke, die die Frankfurter Bürger vor hundertfünfzig Jahren gebaut hatten, um Sachsenhausen mit der Kernstadt zu verbinden. Für ihn hatte das blassgrüne Wahrzeichen der Stadt immer etwas von einem der Länge nach halbierten umgefallenen Eiffelturm. Am Geländer hingen Tausende von bunten Vorhängeschlössern mit den eingravierten Namen von Liebenden: Menschen, die zueinandergefunden hatten. Die Glücklichen hatten die Schlösser am Geländer befestigt und die Schlüssel ins Wasser geworfen. Er konnte sich so eine Geste mit Lucca nicht einmal vorstellen. Mit Lucca nicht und auch mit sonst keiner. Anscheinend waren seine Beziehungen so unromantisch wie sein Job.

»Komm, Lucca, ich lade dich noch auf ein Eis ein.«

Sie warf einen raschen Blick auf ihre Uhr. »Ja gern, so viel Zeit habe ich gerade noch.«

Er dachte daran, wie sehr er sich hatte durchringen müssen, sie überhaupt zu treffen. Und an Busse, den er überredet hatte, für ihn einzuspringen. Und das alles für einen so mauen Abend. Seine Stimmung sackte in den Keller.

Sie schlenderten am Historischen Museum vorbei, und als das Eiscafé in Sicht kam, hielt sie ihn zurück. »Nein lass mal, ich lade dich ein.«

Sie zog ihr Portemonnaie hervor, ging zum Schalter und bestellte zwei Wundertüten. »Hier, halt bitte mal eben.« Um die Hände zum Bezahlen frei zu haben, reichte sie ihm ihre Handtasche. Der Beutel von Louis Vuitton war bestimmt nicht billig gewesen, so viel konnte er einschätzen. Er betrachtete ihn interessiert. Was fanden die Frauen nur an so teuren Taschen? War das ein Prestigeobjekt wie Uhren für manche Männer? Vermutlich. Damit zeigte man, wie viel man verdiente und wie gut man daher im Job sein musste. Eine Tageszeitung lugte aus der Tasche heraus, Bär zog sie ein Stück hervor, damit er die Schlagzeile lesen konnte: »Polizei sucht immer noch nach Zeugen.«

Es war die »Neue Presse«, auf deren erster Seite das Foto vom rekonstruierten Gesicht des Schönheitschirurgen prangte. Lucca hatte nur den Mantel der Zeitung eingesteckt, die äußere Hülle. Der Innenteil fehlte.

***

Bär hatte noch nie eine Schönheitspraxis von innen gesehen, aber es gab für alles ein erstes Mal. Die noble Bad Nauheimer Villa flößte ihm Respekt ein. Seine Eltern hatten einen Malerbetrieb gehabt, in den Ferien hatte er ausgeholfen, und sein Vater hatte oft geflucht, wenn es galt, die hohen Fenster und Türen von Gründerzeitbauten zu streichen oder den Stuck in luftiger Höhe auszubessern. Um ein Haar hätte Bär selbst den Malerberuf erlernt, den elterlichen Betrieb hatte er jedenfalls übernehmen sollen, aber er hatte seinen Vater nur ausgelacht. Ihm war nach Abenteuer gewesen, nach Veränderung. Danach, etwas Sinnvolles zu tun und die Welt ein bisschen besser zu machen.

Heute tat Bär seine brüske Haltung leid. Sein Vater hatte es gut mit ihm gemeint, er hatte ihm sein Lebenswerk hinterlassen wollen und nicht verstanden, dass sein Sohn eine Polizeiwaffe Farbeimern und Pinseln vorzog. Aber so lief das halt, wenn man jung und rebellisch war. Jahre später besah er sich den Jugendstileingang der Praxis nun gewissermaßen mit Kennerblick, bevor er hineinging.

»Frau Adelsmann?« Die Exfrau des Chirurgen hatte den Namen ihres Mannes nach der Scheidung nicht abgelegt. Entweder klang ihr eigener Name weniger schön, oder sie verband mehr mit dem Verstorbenen, als sie bei ihrem Besuch in der Rechtsmedizin hatte durchblicken lassen.

»Hallo, Herr Kommissar. Gibt es noch etwas zu besprechen?«

»Ja, ich habe noch ein paar Fragen.« Mann, war das blöd, er kam sich schon vor wie dieser Columbo aus der TV-Serie.

Dabei wollte er doch nur wissen … Er musste diesen einen verdammten Verdacht loswerden, das war alles.

Er zückte seinen Ausweis und legte ihn auf die Theke, das machte es amtlicher. Zum Warmwerden erkundigte er sich erst einmal nach etwas anderem. »Haben Sie schon konkrete Vorstellungen, was die Beerdigung angeht?«

Dr. Zimmer würde den Schädel des Doktors vom Ton befreien und ihn zu den übrigen sterblichen Überresten in den Sarg legen. Am besten, der Bestatter schloss danach fest den Deckel.

»Ich dachte an eine Feuerbestattung.« Die resolute Dame wirkte nachdenklich. Bär schätzte sie auf Mitte fünfzig.

»Verstehe.« Hauptsache, niemand wollte den Toten noch einmal sehen. »Eine andere Frage: War eine Lucca Heisterkamp Patientin bei Ihrem Mann?« Er versuchte, es möglichst beiläufig klingen zu lassen.

Die Zeitungseite in Luccas Louis-Vuitton-Beutel, ihre grässlich verstümmelte linke Brust. Ihre Aussage, ein Chirurg habe es versaut, als sie ihr Tattoo wegmachen lassen wollte, all diese Bilder und Worte verfolgten ihn, seit er sich gestern Abend von ihr verabschiedet hatte, und ließen ihm keine Ruhe. Die Wunde auf Adelsmanns Oberschenkel könnte laut Zimmer zu einem Speer oder Pfeil passen. Hatte er Lucca nicht auf den Kopf zugesagt, sie würde Bogenschießen als Sport betreiben? Es war nur ein Spaß gewesen, aber sie hatte ihm nicht widersprochen.

»Lucca Heisterkamp?« Frau Adelsmann hob eine Braue. Aus der Nähe wirkte sie nun doch deutlich älter. Kleine Falten gingen wie Strahlen von ihren Augenwinkeln aus, andere kräuselten sich auf ihrer Oberlippe. Niemand konnte den Jahren entrinnen, nicht einmal in einer Schönheitspraxis.

»Ja.« Seine Stimme hörte sich vor Anspannung rau an. »Schauen Sie doch bitte einmal nach, wann Lucca Heisterkamp zuletzt hier war.« Und ob überhaupt, fügte er in Gedanken hinzu.

»Herr Kommissar! Sie wissen schon, dass das unter das Arztgeheimnis fällt? Ich werde Ihnen keine Daten herausgeben, unsere Patientinnen vertrauen fest auf unsere Diskretion.«

»Ich weiß, aber es ist verdammt wichtig. Und Sie sollen mir ja auch gar keine medizinischen Details verraten, ich will nur wissen, ob die Frau hier Patientin war. Sie würden mir meine Arbeit enorm erleichtern, wenn Sie –«

Sein Handy klingelte.

»Ja, hallo?«, meldete er sich.

»Mensch, Bär«, hörte er Becker sagen. »Sie werden es kaum glauben, aber der Schäfer hat da draußen noch einen Toten gefunden. Können Sie mal hochfahren?«

Bär wand sich innerlich. »Chef, ich bin hier gerade in der Praxis von Dr. Adelsmann und –«

»Fahren Sie rasch hoch, es eilt«, sagte Becker eine Nuance schärfer. »Erst das Baby und nun eine Leiche. Da draußen wird es langsam unheimlich.«

»Bin ja schon unterwegs.«

»Und noch was, Bär. Stellen Sie sich auf ein grässliches Szenario ein. Der Tote muss tagelang im Dickicht gelegen haben. Und der Wolf hat ihn vor dem Schäfer gefunden.«

ZWÖLF

»Im Krieg ham die Wölfe sich schon mal über Tote hergemacht. Über Gefallene, wenn sie nur leicht vergraben waren. Es blieb doch meist kaa Zeit für ein Grab, die Truppe musste weiterziehen. Da hatten ein paar Schaufeln Erde zu reichen.« Der Schäfer wischte sich mit dem Ärmel über die Augen und starrte in die Ferne. »Mein Vadder hat mir das erzählt. Er war in Russland gewesen im Krieg. Die Wölfe sind der Truppe hinterher, da fielen ja immer wieder Tote an. Sind ja Aasfresser, die Wölfe, ist halt ihre Natur.«

Bär atmete tief durch. Er hatte Robertas Feature im Netz überflogen. Darin hatte sie Ähnliches berichtet. Schon Napoleons Truppen hatten 1812 von ihrem Russlandfeldzug Wölfe mit nach Paris gebracht, die Tiere waren, aus dem Grund, den der Schäfer beschrieben hatte, den Soldaten gefolgt. In Frankreich hatte man sie dann erst einmal gründlich bejagt, und die Angst vor Wolfsrudeln hatte sich ins kollektive Bewusstsein der Bevölkerung eingegraben.

Zu Bärs Füßen lag der graue Leichensack mit dem Toten aus dem Dickicht. Viel war nicht mehr von ihm zu erkennen gewesen. Das Wetter war zwar inzwischen kühler geworden, aber der Mann hatte im Freien gelegen, er war auch der Wärme, dem Sauerstoff und nicht nur dem Wolf ausgeliefert gewesen. Einen dunklen Haarschopf hatte Bär ausmachen können und ein paar hohe braune Boots, nicht ganz unähnlich denen, die Lara und Amelie trugen.

»Wir nehmen ihn jetzt mit.« Dr. Zimmer kam auf sie zu. Er sah müde und abgespannt aus. »Die Jungs von der Kriminaltechnik haben ihren Job so weit gemacht, alles fotografiert, Madenpuppen und Wolfslosung eingesammelt. Ich weiß nicht, was die Obduktion bei dem Stadium der Verwesung noch bringen wird. Er muss so zwei, drei Wochen hier draußen gelegen haben. Wenn er an einer Verletzung im Unterleib starb, werde ich das nicht mehr genauer beschreiben können. Der Wolf hat das Gedärm –«

»Asta und Nielsen haben ihn gefunden«, unterbrach ihn der Schäfer, »meine beiden Hunde.«

Bär sah zu den Hunden hinüber. Sie standen auf der Weide und sollten wohl die Herde in Schach halten. Stattdessen behielten sie ihn im Blick, ihre hechelnden Zungen blitzten rot aus den schwarzen Gesichtern auf. Aber auch die Schafe sahen neugierig zu ihm herüber, nur wenige hatten sich von der Herde gelöst und zupften hier und da ein paar Gräser. Das übrige Viehzeug schien darauf zu warten, dass der Schäfer endlich mit ihnen weiterzog.

»Wie viele Schafe sind das überhaupt?«, fragte Bär.

»So zweihundert hier draußen. Auf 'ner andern Weide stehn noch welche und im Stall.«

»Und wieso haben einige von denen ganz schwarze Gesichter?«

»Rhönschafe«, kam es zurück.

Bär konnte mit der Information wenig anfangen, doch er beschloss, dem später nachzugehen. Noch einmal glitt sein Blick über die Herde und die Weide. Das zarte Grün des Grases ging in das satte Blattgrün der Bäume über, die in der Ferne standen. Mit seiner blassgrünen Jacke und seinen braungrünen Stiefeln versank der Schäfer fast in diesem Landschaftsbild.

Grüne Stille, dachte Bär.

Er wandte sich wieder dem Dickicht zu, in dem der Tote gelegen hatte, ein paar Fliegen schwirrten summend darüber. Offensichtlich gab es für sie noch etwas zu finden.

»Er war nur ganz leicht mit Erde bedeckt«, sagte der Schäfer. »Wie die Soldaten im Krieg.«

»Ist das Dickicht weit von der Feuerstelle entfernt, in der Sie das Baby gefunden haben?«, fragte Bär.

Der Schäfer stand ein wenig vorgebeugt da, beide Hände umfassten die Schäferschippe, die ihm als Stütze diente. »Noa, vielleicht so 'nen halben Kilometer.«

»Und auch diesmal ist Ihnen nichts aufgefallen?«

Der Schäfer schüttelte den Kopf. »Ich bin ja jeden Tag auf einer anderen Wiese, die müssen schließlich alle kurz gehalten werden. Das Baby lag in der Nähe meines Schäferwagens, da bring ich die Herde abends hin. Hierher komm ich nur selten.«

Die Hunde behielten Bär immer noch im Blick, nur die Schafe hatten inzwischen beschlossen, ihn langweilig zu finden, und sich dem Gras der Weide zugewandt.

»Die Schuhe«, sagte der Schäfer gedehnt. »Solche hatte der junge Russe, der immer die Schafsmilch bei mir abgeholt hat. Ich glaube, er war aus Frankfurt, aber er hat hier draußen hin und wieder geschafft.«

»Er hat hier gearbeitet? Wie muss ich mir das vorstellen?«

»So kleinere Sachen ebbes, Hilfsarbeiten, Botengänge. An die Schuhe kann ich mich gut erinnern. Die hat ja nicht jeder.«

Nur Lara und Amelie, dachte Bär. Und tausend andere modebewusste Mädels.

»Was wollte er denn mit der Schafsmilch?«, fragte er.

»Ach, die war für diesen Doktor in Bad Nauheim. Was weiß ich, was die damit gemacht haben. Vielleicht ham se die Fraue darin baden lassen.«

»Frauen?«

»Joa, die Patientinnen von dem Dr. Adelsmann, für die hat er sie doch geholt. Aber vielleicht ham die auch was anneres damit gemacht, Umschläge und Packungen oder so.«

»Aha.« Bär schwieg einen Moment. Er musste das alles erst einmal in Gedanken sortieren. »Aber Sie sind sicher, dass der junge Russe aus Frankfurt die Milch für Dr. Adelsmann geholt hat?«, hakte er nach.

»Des is doch giftisch«, meinte der Schäfer mehr zu sich selbst. Mit seiner Schippe stach er in aller Ruhe den kleinen Trieb einer Eibe aus und schnippte ihn beiseite, bevor er sich wieder Bär zuwandte. »Der Russe sah jedenfalls nit so aus, als hätt er Schafsmilch getrunken.«

***

Im Präsidium war es ungewöhnlich still. Die wenigen Kollegen, die nicht im Einsatz waren, waren in der Kantine beim Mittagessen. In seinem Büro beugte Bär sich über die Landkarte, die er auf dem Schreibtisch ausgebreitet hatte. Sie zeigte die nördlichen Frankfurter Stadtteile und einige Wetterauer Gemeinden, darunter Erlenweil.

Er hatte sich von Ludmilla Adelsmann die private Handynummer des Schönheitschirurgen geben lassen, und der zuständige Richter hatte die Auswertung der Daten genehmigt. Die Verbindung ins Mobilfunknetz war am 9. September abgebrochen, nachdem Adelsmanns Handy zuletzt in einer Funkzelle eingebucht war, die auch teilweise die Hausweide des Schäfers abdeckte. Bär griff zum Bleistift und markierte die Funkzelle auf der Karte, indem er sie grau schraffierte, dann kennzeichnete er das Dickicht, in dem die Männerleiche entdeckt worden war. Zum Schluss zeichnete er die Umrisse der Schäferweide, auf der das Baby gelegen hatte, nach.

Räumlich lag alles dicht beieinander. Was noch beachtlicher war: Innerhalb der Funkzelle gab es ein Flüsschen, das in die Nidda mündete. Möglich, dass Adelsmann irgendwo dort ins Wasser gefallen oder geworfen worden war.

Eine Landkarte des Todes, dachte Bär.

Die Ereignisse mussten irgendwie im Zusammenhang stehen. Bärs Gedanken schweiften ab zu Lucca. Er schämte sich nun, weil er ihr zugetraut hatte, den Schönheitschirurgen aus Rache über ihre misslungene OP mit Pfeilen beschossen und ins Wasser geworfen zu haben. Was für ein Unsinn. Er musste verrückt gewesen sein, verwirrt vor Verlangen.

Er wählte Luccas Handynummer. Womöglich konnte sie seinen Anruf nicht annehmen, weil sie gerade in einem Meeting war oder einen Vortrag hielt, aber das war ihm egal. Jetzt sofort wollte er ihr etwas Freundliches sagen oder ihr wenigstens auf den AB sprechen. Angespannt lauschte er dem Freizeichen und wartete auf die Ansage.

»Heisterkamp.« Sie klang, als habe sie geschlafen.

»Hast du frei?«

Ein leises Lachen. »Du kannst hellsehen. Sag mal, wegen gestern Abend ... Tut mir echt leid, dass ich schon so früh wegmusste.«

»Hm. Tat mir auch leid.«

»Wollen wir einen Neustart machen?«

»Ja, klar. Du zu mir oder ich zu dir?«

Für einen Moment entstand eine Pause. »Ich zu dir«, sagte sie dann. »Morgen. Morgen Abend.«

»Fein, ich hab noch Wein da. Soll ich uns was zum Knabbern besorgen?«

»Bloß nicht, ich muss abnehmen.«

»Du doch nicht.« Nun lachte er. »Aber okay, bis dann.«

Er drückte die Unterbrechungstaste und behielt den Hörer gleich in der Hand. Jetzt kam Zimmer dran.

»Wie sieht es aus, Dr. Zimmer, sind Sie schon weitergekommen mit der Leiche aus dem Dickicht?«

»Nein«, sagte Zimmer ruhig. »Aber ich arbeite dran.«

»Der Schäfer meinte, der Tote sei ein junger Russe aus Frankfurt. Er will ihn an seinen Schuhen erkannt haben.«

»So, an seinen Schuhen also.« Zimmer lachte trocken. »Na, wenn wir alle Leichen so leicht identifizieren könnten ... Papiere oder ein Handy hatte auch dieser Tote nicht bei sich, und die Kleidung könnte aus jedem Laden auf der Zeil stammen.«

»Wieder kein Handy?«, hakte Bär nach. »Was ist mit einem Schlüssel, dem Portemonnaie?«

»Nichts davon.«

»Lassen Sie mich raten, es war bestimmt wieder ein Zahnarzt aus Osteuropa am Werk.«

»Das ist noch nicht raus«, meinte Zimmer. »Zumindest konnte bei der röntgenologischen Untersuchung der Kiefer festgestellt werden, dass seine Weisheitszähne noch nicht alle durchgebrochen sind. Er war demnach so um die zwanzig Jahre alt. Das bestätigen auch die Röntgenaufnahmen der Handwurzelknochen.«

»Ein ganz junger Kerl also«, meinte Bär bedauernd. »Wir

kriegen raus, wer ihn auf dem Gewissen hat. Ist nur eine Frage der Zeit.«

***

Gegen achtzehn Uhr stand er wieder in der grünen Stille. Der Schäferwagen am Rand der Weide hatte Schieflage, am Horizont war ein Streifen orangefarbenes Licht zwischen dunklen Wolken und grüner Graslandschaft eingeklemmt. Bär versuchte, sich zu orientieren. Rechts vor ihm stand der Schäferwagen, vielleicht fünfzig Meter hinter ihm lag die Stelle, an der das Baby in der Asche gefunden worden war. Einen halben Kilometer links von seinem Standort hatten die Hunde des Schäfers die vom Wolf zerfledderte Leiche im Dickicht entdeckt, und einen halben Kilometer voraus mochte Adelsmann im Fluss gelandet sein.

Er hielt nach den nächstgelegenen Funkmasten Ausschau, konnte aber keinen einzigen sehen, vermutlich versperrten ihm Hügel oder Bäume die Sicht. Dennoch waren die Masten da, sie hatten ihm Adelsmanns Anwesenheit verraten.

»Mordsland«, fluchte er leise. »Eine trügerische Idylle.«

Hinter ihm auf dem Weg erklang Hufgetrappel.

»Nielsen, laaf!«, hörte er den Schäfer rufen. Da bog die Herde auch schon auf die Wiese ein. Ein weißer Rücken neben dem anderen, leuchteten die wolligen Leiber der Tiere im schwindenden Abendlicht auf.

»Hallo! Da sind ja auch wieder die schwarzen Gesichter«, meinte Bär zur Begrüßung. »Ich weiß inzwischen, dass diese Schafe zu den ältesten Nutztierrassen Deutschlands gehören.«

Napoleon hatte sie angeblich so schmackhaft gefunden, dass er sie nach Paris importierte und »moutons de la reine« taufte: königliche Schafe. Im deutschen Volksmund war, so hieß es, »Schafe aus der Rhön« daraus geworden.

»Joa, aber wegen meiner Rhönschafe sinn Sie nit hergekommen«, mutmaßte der Schäfer.

»Das stimmt«, gab Bär zu. »Sie haben mir gesagt, dass Sie den Toten aus dem Dickicht an seinen Schuhen erkannt hätten.«

»Die konnt mer tatsächlich noch erkennen.« Der Blick des Schäfers glitt über die Herde.

»Wie oft hat der junge Russe denn Schafsmilch bei Ihnen geholt?«, wollte Bär wissen.

Der Schäfer überlegte. »So einmal die Woch. Der hat alle möglichen Handlangerarbeiten für den Doktor gemacht, hat er mir erzählt. E Schwätzje ham wir uns immer gegönnt, der Fedor und ich.«

Bär horchte auf. »Kennen Sie auch seinen Nachnamen?«

Der Schäfer schüttelte nur den Kopf.

»Hat er erzählt, was für Arbeiten er sonst noch für den Doktor erledigt hat?«

»Moment.«

Die Hunde hatten die Herde unter eine Eiche gedrängt, und ein Schaf nach dem anderen legte sich bereitwillig nieder. Bär fiel auf, dass ihre Bäuche wie kleine Tonnen über den dürren Beinen standen.

»Die sinn jetzt vollgefressen und müssen verdauen.« Der Schäfer hatte seinen Blick wohl gesehen. »Zweimal am Tag sorg ich dafür, dass sie sich die Bäuche füllen, mittags und abends wird wiedergekäut.«

»Die Handlangerarbeiten für Adelsmann …«, kam Bär aufs Thema zurück.

»Gleich.«

Der Schäfer umstellte die Herde mit einem Elektrozaun, Bär sah ihm geduldig zu. Es war nur ein filigranes Netzwerk aus Drähten, gehalten von ein paar Metallpfählen, aber es schien seinen Zweck zu erfüllen.

»Der Dr. Adelsmann hat hier draußen so ein altes Haus gekauft.« Der Schäfer bückte sich schwerfällig, schaltete den Generator ein, kam hoch und hielt sich den Rücken. »Da drüben.« Er wies in Richtung des Dorfes.

Bär schaute in die angezeigte Richtung, konnte aber kein Gebäude sehen. »Ja, und weiter?«, wollte er wissen.

»Das is jetzt im Vertraue«, meinte der Schäfer und trat einen Schritt näher an ihn heran. »Der Dr. Adelsmann hat das Haus gekauft, um daraus 'ne Klinik zu machen. Und da wollt er einen Teil abreißen und neu aufbauen, damit alles schön modern wird. So, wie die Frauen sich das eben wünschen.«

Bär gab seiner Phantasie eine Chance. »Und weil das nicht erlaubt ist, hat der junge Russe das Haus ein bisschen demoliert, etwa Dachpfannen abgedeckt, damit es reinregnet. Überzeugungsarbeit für den Denkmalschutz.« Er kannte etliche alte Bauernhäuser in der Gegend, die kläglich vor sich hin gammelten, weil die Besitzer es so wollten. Waren die Gebäude nicht mehr zu retten, duften sie meist abgerissen werden, und man konnte das Grundstück mit lukrativen Mehrfamilienhäusern zupflastern.

»Joa, so is datt.« Der Schäfer nickte nachdenklich. Auf seinen Schäferstab gestützt, zerzauste er mit den Schuhen ein paar Pflanzen, die vor seinen Füßen standen, offenbar war er auf der Suche nach Gewächsen, die den Schafen schaden könnten. Ein leichter Wind kam auf und ließ die nahen Büsche erbeben, es roch nach Herbst und Gras. Ein kurzer Pfiff, und die Hunde trotteten mit gesenkten Köpfen herbei und wurden vor den Hütten angeleint, die in den Schäferwagen eingelassen waren. Der Schäfer warf jedem von ihnen einen Brocken Fleisch hin. »Dieses Lamm ist verloren gegangen«, meinte er lakonisch, »aber den Hunden schmeckt's.«

Bär musste zweimal hinsehen, bis er begriff, dass es sich bei dem Hundefutter um Teile eines Schafsfötus handelte. Der Kreislauf der Natur, dachte er, so wird halt alles verwertet. »Wissen Sie die Adresse von dem Gutshaus?«

»Ach, das steht ganz allein im Feld«, meinte der Schäfer fast gemütlich. »Immer den Feldweg lang, der am Ende vom Dorf beginnt. Dann laafe Se drauf zu. Is 'n altes Verwalterhaus. Die reichen Leut habbe früher in Frankfurt gewohnt, in Sachsenhausen war ihr Schlösschen oder ihr Herrenhaus, und hier draußen hatte se ihre Ländereien mit 'nem Verwalter un Leibeigene teilweise.«

»Tja, die feudalen Zeiten«, murmelte Bär.

»Wobei, die Verwalterhäuser waren auch schon herrschaftlich. Aber noch was. Ich hatt doch Sorgen wegen dem Wolf, dass er der Herde zu nah kommt. Deshalb hab ich die ganze Wiese noch mal nach Wolfslosung abgesucht. Und dahinten«, er zeigte nun in Richtung des Flüsschens, schwenkte den ausgestreckten Arm dann aber um fünfundvierzig Grad nach rechts, »hab ich auf der Wiese tatsächlich Kot vom Wolf entdeckt. Ich bin dem nach, und ...« Er atmete tief durch, nickte, drehte seinen Schäferstab in den Händen. »In dem Wäldchen dahinten, da stimmt was nit.«

»Was denn?« Das Wäldchen am Horizont wirkte auf Bär verdammt unschuldig und harmlos.

»Ich weiß es nit.« Der Schäfer richtete sich auf und drückte den Rücken durch, offenbar hielt er das Gespräch für beendet und wollte nach Hause. »Abber ebbes stimmt da nit. Da strolcht wer rum.«

DREIZEHN

Es stand tatsächlich im freien Feld, das alte Gutsverwalterhaus, ganz so, wie es der Schäfer ihm gestern beschrieben hatte. Der Putz war ausgeblichen, von den schwarzen Holzbalken blätterte die Farbe, und einige der dunkelgrünen Läden waren abgenommen und am Gebäude abgestellt worden, halb morsch lehnten sie an der Hauswand. Die Fensterscheiben waren von Staub und Schmutz getrübt, sodass man kaum hindurchschauen konnte, zwischen den Bodenplatten am Eingang kämpfte sich Unkraut empor. Eine alte Kastanie beschattete das Haus, und es gab ein niedriges Nebengebäude, das vermutlich einmal als Zehntscheune gedient hatte.

Bär trat ein paar Schritte zurück und stellte sich das Anwesen in renoviertem Zustand vor. Noch ein bisschen Gartenanlage darum herum, und es wäre ein Kleinod, dachte er. Der Doktor hatte keinen so schlechten Geschmack gehabt, bestimmt hätte eine nette Pension für renovierungsbedürftige Gattinnen daraus werden können.

Er umrundete das Gebäude und versuchte, in eins der unteren Fenster zu schauen. Soweit er es durch die trüben Scheiben erkennen konnte, hatte da drinnen noch vor Kurzem jemand gewohnt. Ein buntes Kleidungsstück hing über einem Korbsesel, schwer zu sagen, was für eins. Ein blaues Badehandtuch lag zerknüllt auf dem Boden. Dann entdeckte er die Flasche mit dem Schnuller auf dem Tisch. Hatte sich hier jemand mit dem Baby aufgehalten, das in der Feuerstelle abgelegt worden war?

Er ging die Koordinaten durch, die sich inzwischen in sein Hirn eingebrannt hatten. Der Mann ohne Gesicht, die Leiche im Dickicht, das Baby aus der Asche. Alle hatten Bezug zu einem kleinen Areal, das nur wenige hundert Meter von dem Haus entfernt lag, vor dem er gerade stand. Und womöglich hatte er soeben den letzten Aufenthaltsort des Babys gefunden.

Am Vormittag war er noch einmal in der Praxis gewesen und hatte Ludmilla Adelsmann über das alte Verwalterhaus befragt, das ihr geschiedener Mann angeblich gekauft hatte. Frau Adelsmann hatte erneut behauptet, kaum noch etwas von dessen Geschäften mitbekommen zu haben. Dass er ein altes Gebäude zu einem Schönheitsressort umrüsten wollte, wusste sie, auch wo es ungefähr lag. Doch seit ihrer Trennung habe sie sich in nichts mehr eingemischt. Was sie allerdings bestätigen konnte, war, dass ein junger russischer Kerl, ein Fedor Popow, die Praxis regelmäßig mit Schafsmilch belieferte, bei manchen Patienten lindere sie die Beschwerden von Neurodermitis. Der Gehalt von Orotsäure, einem Baustein des Vitamins B13, sei in Schafsmilch viermal so hoch wie in Kuhmilch, unter Experten diskutiere man bereits deren krebshemmende Wirkung. Bär hatte darauf verzichtet, die Erfolgsquote abzufragen. Stattdessen hatte er Ludmilla Adelsmann ein Foto des Toten gezeigt, der im Dickicht gefunden worden war. Nach einer eingehenden digitalen Bearbeitung konnte man es betrachten, ohne dass einem übel wurde, und Frau Adelsmann hatte den jungen Russen darauf erkannt.

Bär rüttelte noch einmal vergeblich an der Haustür des Gutshauses, bevor er sich entschied, das Gebäude lieber nicht zu betreten. Er griff zum Handy, wählte Busses Nummer und beschrieb ihm kurz die Lage.

»Kannst du beim Richter einen Durchsuchungsbeschluss erwirken und die Kollegen von der Kriminaltechnik hier herausschicken?«, bat er.

Busse grummelte etwas von arger Auslastung. Bär sah ihn vor sich, wie er den Kopf mit dem strubbeligen blonden Haar in eine Hand stützte und den Hörer mit der anderen ans Ohr presste. »So schnell geht das nicht, Bär«, verkündete er. »Die KTU hat vermutlich erst am späten Nachmittag Zeit dafür. Aber die Kollegen können sich ja bei dir melden, wenn sie so weit sind. Den Durchsuchungsbeschluss hast du im Nullkommanichts erwirkt, noch bevor die anfangen.«

»Einverstanden.« Das hieß wohl, dass er sich selbst darum

kümmern sollte. »Aber check doch schon mal beim Kataster-amt, ob der Kerl das Haus tatsächlich gekauft hat.«

»Du redest von diesem Schönheitschirurgen. Wie hieß er noch? Adelsmann?«

»Ja, genau.«

Wieder brummte Busse etwas vor sich hin. »Ist gut«, meinte er dann.

Bär warf einen letzten Blick durch das Fenster in das verlassene alte Haus. Ganz nah ging er an die Scheibe ran, wobei er seine Augen mit der Hand vor der sich spiegelnden Sonne abschirmte. Es juckte ihn, in das Gebäude einzudringen, richterliche Anordnung hin oder her, doch das würde nur Ärger geben, und er rief sich zur Ordnung. Im Präsidium konnte er sich schon mal um den Papierkram kümmern. Auf jeden Fall wollte er heute früh Schluss machen, schließlich erwartete er Lucca am Abend.

***

Als seine Wohnungsklingel ertönte, hastete Bär zur Tür. Den Wein hatte er kalt gestellt; was das Knabberzeug anging, hatten ihn in letzter Minute Zweifel befallen. Wollte eine Frau wirklich nichts naschen, wenn sie behauptete, dass sie abnehmen müsse? Oder war das nur Fishing for Compliments, und sie war beleidigt, wenn er nichts hinstellte? Lara hätte es ihm sagen können, nun war es zu spät. Er riss die Tür auf.

Lucca war noch schöner, als er sie in Erinnerung hatte. Jeans, Trägerhemdchen, ein Blazer und aufgesteckte Haare, registrierte er schnell. Ein paar glitzernde Hängeohrringe baumelten unter dem schwarzen Haarschopf auf der gebräunten Haut.

»Komm rein«, bat er und zog sie auch schon in seine Arme.

»He, langsam«, protestierte sie, »ich krieg ja kaum noch Luft.« Sie löste sich von ihm und stellte ihren Louis-Vuitton-Beutel vor seiner Garderobe ab. Auch diesmal steckte eine Tageszeitung darin, Bär kam es vor wie ein Déjà-vu.

Sie folgte seinem Blick. »Ihr habt mächtig zu tun, gell? In der

Zeitung steht alles über den Toten aus dem Dickicht.« Sie stieg aus ihren High Heels und nestelte eine Strähne in ihrer Frisur fest. »Na ja, ›alles‹ ist vermutlich übertrieben, das kannst du sicher besser beurteilen als ich. Ich fand es jedenfalls gruselig, mir vorzustellen, dass ein Wolf eine halb verweste Leiche –«

»Scht. Komm her.« Bär zog sie erneut an sich und verschloss ihr den Mund mit einem Kuss. Er hatte keine Lust, über Tote und Leichen nachzudenken, nicht heute Abend. »Magst du ein Glas Wein? Ist schon gekühlt. Wie gewünscht, habe ich nichts zum Knabbern besorgt, keine Ahnung, wie ernst du das gemeint hast. Falls du doch noch Hunger bekommst, können wir nachher irgendwo einkehren.«

»Nachher?« Ihr Blick war sanft, ein bisschen traurig vielleicht, und für einen Moment konnte er sich in ihrer Iris sehen wie in einem Spiegel: ein winziges Abbild seiner selbst. Er hielt sie noch fester im Arm, spürte ihren Atem an seinem Hals, ihre warmen Lippen. Nie war er in der Tanzschule gewesen, aber nun tanzte er Tango mit ihr, durchquerte rückwärts den Flur und stieß die Schlafzimmertür mit der Ferse auf.

Als Lucca später aus dem Bad trat, trug sie nur einen Slip. Zum ersten Mal schien sie keine Angst zu haben, sich vor ihm zu zeigen. Sein Blick fiel auf ihre vernarbte Brust, und eine Welle von Scham, Mitleid und Betroffenheit überkam ihn. Und Zweifel. Nicht einmal der größte Stümper von Arzt hätte eine Frau so zugerichtet, nur um ein Tattoo zu entfernen. Und ein Schönheitschirurg wäre mit so einem Kunstfehler schon gar nicht durchgekommen, ohne seine Praxis zu gefährden. Was hatte ihn nur geritten, Adelsmann zu verdächtigen?

Er klopfte mit der Hand auf die Matratze. »Komm her, setz dich.« Sie kam seiner Bitte nach, und er strich ihr über das Haar. »Woher hast du diese Verletzung wirklich, hm?«

Sie saß ganz gerade da, schaute vor sich hin. »Mein Stiefvater«, sagte sie leise. »Ich hab mich geschämt, es dir zu sagen. Aber jetzt, wo ich Vertrauen gefasst habe …« Sie versuchte ein Lächeln.

Einen Moment lang sagten sie beide nichts. Dann sprach Lucca weiter.

»Nachdem ich meinen kleinen Bruder beim Hochwasser nicht festhalten konnte, wusste er vor Wut nicht mehr, wohin mit sich. Der Kleine war sein einziger Sohn, sein einziges Kind überhaupt. Er hatte sich nicht mehr unter Kontrolle und hat mich in der Küche mit Mutters Tranchiermesser bedroht. Das konnte ich doch nicht zulassen, also habe ich mir geschnappt, was mir in die Hände fiel, Teller, Besteck, Pfannen, und damit nach ihm geworfen. Das hat ihn erst recht wütend gemacht. Stell dir die Szene so unschön vor, wie du kannst, und dann noch ein bisschen schlimmer. Es gab einen Kampf, und am Ende ist ihm das Messer ... irgendwie abgerutscht.«

»Es war also kein Tattoo.«

Sie schüttelte den Kopf. »Ich konnte dir die Wahrheit einfach noch nicht erzählen.«

»Das muss dich alles furchtbar mitgenommen haben.« Er stellte sich die Hochwasserfluten vor, Wassermassen, die Autos und halbe Hausdächer mit sich rissen. Mittendrin ein Teenager mit einem Baby auf dem Arm. Wie viel Kraft musste sie das gekostet haben, wie viel Angst hatte sie wohl gehabt? Die Not, den Bruder nicht halten zu können, der Schrecken, als der Fluss ihn fortriss und mitnahm. Und dann ein Stiefvater, der einem so etwas antat. Er streichelte und küsste ihre Narbe, schlang die Arme um sie. »Komm, wir gehen was trinken«, meinte er nach einer Weile.

In Massenheim kannte Bär ein preiswertes Apfelweinlokal. Lucca gefiel der Spruch, der außen auf die Hauswand gemalt war: »A mal in de Woch nix koche, ess und drink beim Knoche«. Früher war das Lokal ein Waidmannstreff gewesen und hatte »Zur Jägersruh« geheißen, doch dem Dorfgeschwätz nach übermalten böse Jungs eines Nachts das Kneipenschild und verpassten der Gaststätte mit »Zum Knoche« den Uz-Namen des Wirts, dem nachgesagt wurde, ein geiziger Knochen zu sein.

Im Gastraum hing tatsächlich ein großer Rinderknochen unter der Decke, und sie nahmen an einem der Tische mit den grün-weiß karierten Deckchen Platz. Wenig später hatten sie einen Krug selbst gekelterten Apfelwein vor sich stehen. Bär bestellte pflichtschuldig die Spezialität des Hauses, ein großes Kotelett mit Kartoffelsalat. Lucca hob abwehrend die Hände, als es an die Essensbestellung ging.

»Danke, für mich nichts.«

»Hat es dir vorhin den Appetit verschlagen?«, fragte Bär in gespielter Besorgnis.

»Im Gegenteil«, beteuerte sie. »Was das angeht, nehme ich glatt noch einen Nachtisch.«

Er ergriff ihre Hand und drückte sie fest.

»Was habt ihr denn nun über den Toten im Dickicht herausgefunden?«, fragte sie. »Wisst ihr schon, wer es ist?«

»Nein, noch nicht.«

»Dass der Mann aus dem Wehr ein Schönheitschirurg war, konnte man ja überall lesen. Ist schon geklärt, wie er ins Wasser kam?«

»Keine Ahnung«, gestand Bär. »Aber ich habe vielleicht rausgefunden, wo. Er hatte wohl bei Erlenweil ein Haus gekauft, das er teils renovieren, teils abreißen und umbauen wollte. Dort war ich heute Morgen.«

»Und?«, drängte sie.

Sein Kotelett kam an den Tisch, mit Appetit machte er sich darüber her. »Ich bin nicht rein, hab's den Kriminaltechnikern überlassen, dort nach dem Rechten zu sehen.« Er beugte sich zu ihr hinüber und flüsterte, um es spannender zu machen: »Durchs Fenster konnte ich im Haus eine Babyflasche auf dem Tisch stehen sehen. Ich denke …«, er säbelte ein Stück Fleisch ab, kaute, ließ sie warten, »dass dieses Haus wahrscheinlich der Ort ist, an dem das Baby zuletzt war, bevor es, warum auch immer, in der Asche abgelegt wurde.«

»Oje.« Ihre Augen weiteten sich. »Das ist ja eine Entdeckung. Dann habt ihr sicher auch bald denjenigen, der …« Sie sprach nicht weiter.

»Die Fälle scheinen alle irgendwie zusammenzuhängen«, verriet Bär, »ich weiß nur noch nicht, wie.«

Sie schwieg einen Moment, dann legte sie ihre Hand auf seine. »Christian, was immer passiert, ich mag dich.«

Beruht auf Gegenseitigkeit, wollte er flapsig erwidern, aber etwas an ihrer Formulierung oder am Klang ihrer Stimme hatte ihn irritiert.

Sie nahm einen Schuck Apfelwein, schaute ihn über das Glas hinweg an. »Du hast lauter Fälle, die einen das Fürchten lehren können, fast schlimmer als bei Edgar Allan Poe. Kennst du ›Das Fass Amontillado‹? Da wird jemand hinter einer Wand eingemauert, auch nicht schlecht, das hattest du bestimmt noch nicht.«

»Schön, dass du dich über meine Arbeit lustig machen kannst«, meinte Bär. »Aber du hast gar nicht so unrecht, manchmal begegnen mir kuriose Dinge. Neulich hab ich es mit einem Fünfzehnjährigen zu tun bekommen, der Konserven klaut. Die brauche er für den Ernstfall, hat er gesagt. Stell dir das mal vor. Vom Klauen mal abgesehen hat mich das mächtig an meine Oma erinnert, die hat noch zwanzig Jahre nach dem Krieg gemeint, die Russen kämen. Während der Kubakrise hat sie Paletten von Palmin im Keller gehortet.« Er lachte.

»Was ist daran so komisch?«, fragte Lucca. »Denkst du, es gibt keine Ernstfälle?«

»Doch, schon«, lenkte er ein, »aber dieses Konservensammeln, wozu soll das gut sein?«

»Damit man im Krisenfall was zu essen hat?«

»Ach, Lucca, ich bitte dich, der nächste Krieg wird nicht so schnell ausbrechen. Höchstens ein Handelskrieg.«

»Da hast du es. Ein weltweiter Handelskrieg könnte zu einer Wirtschaftskrise führen. Bestimmte Konsumgüter gäbe es dann nicht mehr zu kaufen. Oder eben nur für horrendes Geld. Ein Schwarzmarkt würde sich etablieren, möglicherweise entstünden mafiaähnliche Vertriebsstrukturen. Außerdem haben wir momentan überall auf der Welt Krisenherde und bewaffnete Konflikte. Im Nahen Osten, in Asien und Afrika. Islamisten haben in Frankreich und Belgien, aber auch bei uns bereits grauenhafte Attentate verübt.«

»Ja, ja, schon gut. Das haben wir hier doch alles im Griff.«

Luccas dunkle Augen sahen ihn eindringlich an. »Und was, wenn in einem unserer Nachbarländer ein Atomreaktor durchbrennt? Ich bringe das Beispiel ›Nachbarland‹ nur, weil es immer heißt, die deutschen Atomkraftwerke wären absolut sicher, wenngleich das so auch nicht stimmt. Ein einzelner Düsenjet könnte die Mauern der meisten unserer Atomkraftwerke durchschlagen, aber davon mal abgesehen: Solange du weit genug vom GAU-Reaktor weg bist, kannst du fliehen, bevor der Fallout dich erwischt. Aber wie willst du das anstellen, wenn du nicht vorbereitet bist? Wenn du Schlafsack und warme Klamotten, Lebensmittel und Wasser erst kaufen musst? Wie lange brauchst du, um deine wichtigsten Papiere zusammenzusuchen, Ausweise, Zeugnisse, Kreditkarten? Und wie kommst du mit deinem Auto weg, wenn Chaos und Panik in den Straßen herrschen und die Tankstellen verstopft sind, weil einfach jeder tanken und abhauen will? Denn wer wird sich in so einer Situation nicht auf die Flucht begeben? Und falls du deine Siebensachen doch noch rechtzeitig zusammenkramen kannst, wirst du sie verteidigen müssen, weil andere sie dir sonst wegnehmen.«

»Lucca, jetzt hör aber auf.« Der Apfelwein drückte auf seine Blase, und er sah sich unauffällig nach der Herrentoilette um. »Wir wollten es uns nett machen, und du malst hier die Apokalypse an die Wand.« Der Rindernocken unter der Decke war womöglich ein schlechtes Omen. Dieser Abend hatte eine makabre Wendung genommen.

Sein Handy klingelte, und er zog es hervor. Es war Busse.

»Bär, Sie hatten mit allem recht. Das alte Verwalterhaus da draußen hat Adelsmann gehört. Und die Kollegen von der KTU sagen, es war ein Baby im Haus. Die DNS konnten sie noch nicht abgleichen, aber sie haben nicht nur eine Babyflasche gefunden, sondern auch ein angebrochenes Paket Windeln. Außerdem eine Jeansjacke in Herrengröße fünfzig.«

»War ein Ausweis darin?«

»Kein Ausweis, nein, aber ein Brief auf Russisch, der an eine Frankfurter Adresse gegangen ist.«

»Ein russischer Brief? Na, immer noch besser als Russisch Brot, in unserem Fall«, witzelte Bär. »Schick mir die Adresse, an die er gegangen ist, doch bitte aufs Handy.«

Er wartete noch ab, bis Busse Namen und Adresse gemailt hatte: Sergej Kusnezow, wohnhaft im Frankfurter Bahnhofsviertel. Vermutlich ein Kumpel von Fedor Popow. Bär legte das Handy neben seinen leer gegessenen Teller und stand auf. »Bin gleich zurück«, erklärte er mit Blick in Richtung Toiletten und strebte dem Örtchen zu.

Als er zurückkam, hatte er einen Entschluss gefasst. »Lass uns heimgehen«, bat er Lucca, »du wolltest doch noch einen Nachtisch.« Diese sinnlose Diskussion um anstehende Krisen hatte ihn ermüdet und seine Laune getrübt.

»Heute nicht mehr, Christian, ich fahr lieber zu mir nach Hause.«

»Musst du schon wieder so früh raus?«

Sie nickte. »Sei mir nicht böse.«

Vor dem Lokal versuchten drei Jugendliche, in einer gusseisernen Feuerschale Holz anzuzünden. Sie mochten vielleicht dreizehn oder vierzehn sein. Ein blondes Mädel blies in die Glut, wobei sie ihr langes Haar mit beiden Händen zurückhielt, zwei junge Burschen sahen ihr dabei zu und witzelten herum. Dann pusteten auch sie abwechselnd in die Flammen, doch das Holz wollte einfach nicht brennen, es qualmte nur vor sich hin und stank.

Lucca blieb vor den jungen Leuten stehen. »Wo habt ihr denn das Holz her?«

»Auf der Wiese aufgesammelt.« Der kleinere der beiden Jungen deutete mit einer Kopfbewegung hinter das Haus.

»Ihr müsst die vertrockneten Äste von den Bäumen abbrechen«, riet ihm Lucca. »Holz, das auf der Erde lag, ist viel zu nass. Die abgestorbenen Äste an den Bäumen sind quasi luftgetrocknet.«

Die drei unterbrachen ihre Bemühungen und bedankten sich mit stummem Nicken bei Lucca. Bär fasste sie um die Taille und zog sie mit sich fort.

»Woher weißt du so was nur?«, neckte er sie.

»Ja, woher weiß man so was nur«, äffte sie ihn lachend nach.

Bis zum Auto liefen sie schweigend nebeneinanderher.

VIERZEHN

Das Waldstück war nicht groß, aber offenbar vergessenes Land. Hier schien seit Jahren niemand mehr gewesen zu sein, schon gar nicht, um Wege instand zu halten, Bäume zu fällen oder Totholz herauszuziehen. Moos wucherte auf umgefallenen Stämmen, junges Grün hatte sich aus dem Unterholz emporgekämpft.

Bär kam nur langsam voran. Morsche Äste knackten unter seinen Schuhen, mehr als einmal blieb er im Gestrüpp hängen. Wenn er Becker bei sich hätte, müsste er sich sicherlich einen Vortrag über Urwälder und ökologische Forstwirtschaft anhören. Die Natur mochte es, wenn man sie in Ruhe ließ, für einen Fahnder war so ein vernachlässigtes Waldstück die Pest.

Da strolcht wer rum, hatte der Schäfer gesagt.

Bär wusste nicht, wonach genau er suchte, und er hätte es nie gefunden, wenn er nicht über eine knorrige Baumwurzel gestolpert wäre. Als er sich abfangen wollte, stieß er auf Holz, und es ertönte ein hohler Klang, der ihn stutzig machte. Er brauchte einen Moment, um zu verstehen, was es war. Ihm fiel ein Kinofilm ein, den er vor Jahren gesehen hatte, »The Homesman«. Das Drehbuch basierte auf einem Roman, der realistisch beschrieb, wie die meisten Siedlerfamilien im Wilden Westen gelebt hatten: in Erdhäusern. Sie hatten sich kleine Anhöhen gesucht und seitlich Höhlen hineingegraben. Der Zugang war mit Wänden aus getrockneten Grassoden oder auch mit Holz verschlossen worden.

Und vor so einem Gebilde stand er jetzt.

Es war nur mannshoch und größtenteils von Brombeeren überwuchert. Solange man bis auf wenige Meter herankam, hielt man es für ein Dickicht. Aber es gab eine schmale Stelle, an der keine dornigen Beeren standen, stattdessen hingen hier Waldreben und Efeu von oben herab, ihre Wurzeln mussten sich auf dem Dach des Konstrukts befinden. Die herabhängenden

Pflanzen verbargen eine kleine, niedrige Holztür. Den Rahmen bildeten zwei Pfosten, die in die Erde eingegraben waren.

Wohnte hier jemand?

Bär pochte mit den Fingerknöcheln gegen das Holz und erzeugte damit wie erwartet erneut einen hohlen Klang. Ein stabiles Vorhängeschloss sicherte den Eingang.

Bär warf sich gegen den Rahmen, bis er nachgab und zwischen Erdwand und Holzbohlen eine Lücke entstand, durch die er sich zwängen konnte. Mehrere Anläufe waren nötig, und vor Schmerz hätte er beinah laut aufgestöhnt. Als es geschafft war, stand er einen Moment lang ganz ruhig da und lauschte in das Wäldchen hinein, aber es war nichts Alarmierendes zu hören. Nur der Wind rauschte in den Baumkronen, und ein paar Vögel schienen sich etwas zuzurufen. Noch einmal sah er sich sichernd um, dann stieg er in die Höhle ein.

Drinnen empfing ihn der Geruch nach feuchter Erde. Durch die enge Öffnung zwischen Holm und Tür fiel nur ein schmaler Streifen Tageslicht. Ein Grab, dachte er. Er rieb sich die schmerzende Schulter und wartete, bis seine Augen sich an das Halbdunkel gewöhnt hatten.

Der Raum war in etwa so groß wie drei nebeneinanderplatzierte Särge, auf die jeweils drei weitere aufgestapelt worden waren. Er war leer bis auf vier Zarges-Boxen, wasserdicht verschließbare Blechkisten, wie sie von Campern und Outdoor-Sportlern gern benutzt wurden. Becker hatte sich auch mal so eine gekauft, damals, als er mit seiner Frau auf der Ardèche paddeln wollte. Bär hatte nie zu fragen gewagt, was aus dem Plan geworden war. Und aus seiner französischen Frau, mit der er seinerzeit bereits über Kreuz gelegen hatte. Sie hatte nach Paris zurückgewollt, an die Sorbonne, wo sie als Assistentin eines Professors unterrichten konnte. Becker hingegen hatte ein Frankfurter Bulle bleiben wollen.

Er kroch bis zur nächststehenden Kiste, löste die Klappverschlüsse, hob den Deckel an und tastete mit der Hand hinein. Obenauf lagen mehrere Plastikkapseln, rund und schmal und vielleicht so lang wie seine Hand. Darunter winzige vakuumverschweißte Päckchen, nicht größer als diese Zuckertütchen, die man im Café bekam. Er griff sich ein halbes Dutzend, nahm auch ein paar der Plastikkapseln mit und robbte zum Eingang zurück, um besser sehen zu können. Die kleinen länglichen Päckchen waren mit Filzstift beschriftet. »Zucker«, las er zu seinem Erstaunen, »Kaffee«, »Salz«. In einem mit »Nähstick« bezeichneten Päckchen befanden sich Nadeln und Garn, in einem anderen, auf dem »Angelstick« stand, schienen ein Angelhaken und eine Schnur zu stecken. Er riss das Tütchen mit der Aufschrift »Feuerstick« auf, und es quoll Watte heraus. Irgendwie war sie klebrig und fettig. Woher kannte er das Zeug? Er roch an seinen Fingern. Vaseline. Vermutlich diente der Feuerstick dazu, im Nu etwas anzuzünden. Die trockene Watte musste brennen wie Hölle, die Vaseline hatte wohl dabei geholfen, sie in die winzige Plastikhülle zu stopfen.

Erde und Feuer, dachte Bär. Das Kind aus der Asche.

Zwei Plastikpäckchen waren deutlich größer als die anderen; als er sie öffnete, fiel ihm getrocknetes Obst entgegen. Apfelringe und Aprikosen. Er besah sich die Kapseln näher. Die kleinen gelben Patronen waren Wasserfilter, mit denen man Fluss- oder Seewasser filtern konnte, damit es trinkbar wurde.

Bär spürte, wie sein Lebensmotor einen Gang runterschaltete, um gleich darauf Vollgas zu geben. Seine Müdigkeit war verflogen, er war hellwach und konzentriert. Was er hier entdeckt hatte, war eine Prepper-Höhle.

Er robbte wieder zu den Zarges-Boxen.

Da er nun wusste, woran er war, fiel ihm die Identifikation der übrigen Dinge in der Kiste leichter. Streichhölzer, Pflaster und Verbandszeug, Schmerz- und Desinfektionsmittel, alles portionsweise eingeschweißt. Zwei mittelgroße Plastikplanen, zwei Seile, zwei handliche Taschenlampen, zwei Stirnlampen, zwei Scheren. Alles zur Sicherheit doppelt. Mehrere Packungen Kondome.

Er ließ den Deckel der Kiste zufallen und erstarrte. Dahinter lehnte ein Bogen an der Wand. Er robbte noch näher heran, fasste vorsichtig danach. Es war ein Compoundbogen, silberfarben-schwarz mit Zielfernrohr. Bär kannte die Hightech-Waffe aus einer Fortbildung. Das Verrückte war, dass sie, wie jeder andere Bogen auch, in Deutschland nicht unter das Waffengesetz fiel. Es gab zwei Rollen mit unterschiedlichem Durchmesser an jedem Ende des Bogens, die »Cams«. Im ungespannten Zustand war die Sehne auf den größeren Rollen aufgerollt. Spannte man den Bogen, rollte die Sehne von der großen Rolle ab, während auf der kleinen Rolle das am gegenüberliegenden Wurfarm befestigte Kabel aufgerollt wurde. Durch diesen Trick hatte der Schütze bei voll ausgezogenem Bogen nur einen Bruchteil des Zuggewichts auf der Hand.

Bär atmete schneller. Noch immer starrte er die Waffe an.

Adelsmann war eine Stichwunde im Oberschenkel beigebracht worden. Zimmer hatte an einen Speer gedacht, aber es konnte auch ein Pfeil gewesen sein. Bei Popow, dem Mann im Dickicht, hatte der Rechtsmediziner nicht sagen können, was ihn in den Leib getroffen hatte. War auch er durch einen Pfeil gestorben?

Verdammt, er musste aufhören, hier herumzuwühlen, er versaute gerade alle Spuren. Bär legte die Sticks und die Filterpatronen zurück, schloss den Deckel der Box. Auf allen vieren kroch er wieder zum Ausgang.

Die Sonne blendete ihn, als er sich durch den engen Spalt zwischen Erdwand und Türpfosten nach draußen zwängte. Um seine Augen abzuschirmen, hob er den rechten Arm, mit der linken Hand suchte er Halt am Holzbalken, der als Holm diente. Mist, jetzt hatte er sich auch noch einen Holzsplitter unter die Haut gejagt. Verärgert betrachtete er den Türpfosten näher, suchte nach der aufgesplitterten Stelle. Hier war schon vor ihm jemand hängen geblieben und hatte einen winzigen Fetzen Stoff dagelassen. Himmelblau und Wüstengelb, mit einem schwarzen Muster. Elefanten? Das Stückchen Stoff sah verdammt nach dem Tuch aus, das er ins Weltkulturen Museum getragen hatte. Das, worin das Baby eingewickelt gewesen war, als der Schäfer es fand.

Er zog sich den Splitter mit den Zähnen aus der Haut und

drückte etwas Blut aus der Wunde, damit keine Keime einsickerten. Dann rupfte er ein paar große Blätter vom nächsten Baum und benutzte sie wie ein Papiertaschentuch, um den Stofffetzen vom Holz abzunehmen und einzustecken. Er suchte nach einem schweren Stein und richtete den Türpfosten mit vorsichtigen Schlägen wieder gerade. Mit seinen Schuhsohlen drückte er die Erde vor dem Pfosten an und verwischte mit einem Zweig seine Fußtritte. Zu guter Letzt zog er die Brombeerranken wieder vor den Eingang. Er war nass geschwitzt, als er aus dem Wäldchen trat und über die Weide auf das Dorf zulief, wo er seinen Wagen geparkt hatte.

Nach ein paar hundert Metern blieb er kurz stehen, atmete durch und schaute noch einmal zurück. Wie ein stummer Schatten hob sich das Waldstück vor dem klaren Herbsthimmel ab. Von hier aus wirkte es wieder unscheinbar: ein harmloser kleiner Forst.

***

Im Präsidium eilte Bär in die Asservatenkammer und bat die Kollegin an der Theke, ihm das Babytuch herauszugeben. Es dauerte einen Moment, bis sie den richtigen Stahlschrank geöffnet hatte, weil er die Nummer nicht auswendig wusste. Dann reichte sie ihm das in Folie verpackte Asservat über die Theke.

In seinem Büro zog er Handschuhe an, faltete das Tuch auseinander und sah nach, wo der kleine Fetzen fehlte, den er am Eingang der Höhle entdeckt hatte. Wie erwartet war eine Ecke ausgerissen, und das Indiz aus dem Wäldchen passte in die Lücke wie ein fehlendes Puzzlestück.

Er wollte gerade in der Kantine einen Kaffee trinken, als die Pforte ihm eine Besucherin ankündigte. Roberta. Er holte sie im Foyer ab und nahm sie der Einfachheit halber gleich mit in die Kantine. Sie fanden einen Platz an der großen Glasfront, von wo aus man in den Hof sehen konnte. Die Perspektive war allerdings eine ganz andere als von Beckers Büro aus. Obwohl es derselbe Hof war, wirkte er viel lebendiger, vielleicht, weil man aus diesem Blickwinkel schräg über die Holzplanken und Betonplatten am Boden hinwegsah statt genau auf sie drauf. Von oben betrachtet hatte das Bild immer etwas sehr Grafisches.

»Magst du was trinken?«, fragte Bär. »Kaffee oder Wasser?«

Roberta winkte ab.

»Ich brauche einen Kaffee, ich muss endlich aus meinem Mittagstief herauskommen.« Er stand auch schon auf. »Bin gleich zurück.«

Am Tresen sah er die schmalen, langen Zuckertütchen, die dort kostenlos auslagen, mit ganz anderen Augen.

»Was führt dich her?«, fragte er Roberta, als er wieder am Tisch saß. Sein Ausflug ins Wäldchen ging ihm nach, in Gedanken kroch er durch die enge Höhle.

Roberta warf ihre rotbraunen Locken zurück. »Ich habe doch so eine kleine private Rentenversicherung«, begann sie. »Ist nicht viel, aber man tut ja, was man kann, um nicht irgendwann in die Altersarmut zu rutschen. Na, und wie ich gestern so bei meinem Berater bin, geraten wir ins Schwätzen. Da stellt sich auf einmal heraus: Die Ex vom Adelsmann ist auch seine Kundin. Und mehr noch, Adelsmann hat eine Lebensversicherung abgeschlossen, bei der sie im Falle seines Todes die Begünstigte ist.«

»Das hat der Berater dir erzählt?«, fragte Bär, leisen Spott in der Stimme. »Wo bleibt denn da der Datenschutz?«

»Na ja, nicht so wörtlich.« Roberta rutschte auf ihrem Stuhl herum. »Er will ja seinen Job nicht verlieren. Ich hab ihm halt Fragen gestellt und Vermutungen formuliert, und er hat die entsprechende Miene dazu gezogen. Aber was er mir tatsächlich gesagt hat, ist, dass Adelsmann und seine Frau sich nie offiziell haben scheiden lassen. Sie lebten nur getrennt.«

»Und warum sagt sie dann, sie sei geschieden?«

Roberta legte den Kopf schief, offensichtlich musste sie erst einmal nachdenken. »Vielleicht hat sie das Wort nicht als juristischen Begriff benutzt, sondern wollte bloß besonders deutlich machen, dass sie geschiedene Leute sind und sie nichts mehr mit ihm zu tun hat. Ist wohl auch so, sie arbeitet zwar noch in der Praxis, wohnt aber in Friedberg zur Untermiete bei einer alten Dame.«

»Du warst ja direkt fleißig.« Bär riss den Zuckerstick auf und ließ den Inhalt in seinen Kaffee rieseln.

»Bin ich immer«, gab Roberta schnippisch zurück. »Aber denk doch mal nach. Das heißt im Klartext, dass Ludmilla Adelsmann womöglich sein ganzes Vermögen erbt, als da wären: die Praxis oder zumindest Anteile davon und vermutlich auch ein altes Haus, das Adelsmann angeblich zur kleinen privaten Schönheitsklinik ausbauen wollte. Unser gemeinsamer Agent hat ihm eine Rohbauversicherung dafür verkauft. Na, was sagst du jetzt?« Sie reckte das Kinn vor und sah ihn erwartungsvoll an.

»Das Verwalterhaus«, sagte Bär. »Jemand hat dort mit dem Baby gewohnt. Die Kollegen von der KTU haben Windeln und eine Babyflasche gefunden. Der DNS-Abgleich steht noch aus, aber ich bin sicher, das gibt einen Treffer.«

»Ja, aber Ludmilla ...«

»Ludmilla Adelsmann mag erben oder nicht, der Fall ist komplexer.«

Sein Telefon klingelte, und er nahm das Gespräch an. Roberta zog fragend die Brauen hoch.

Bär stillte ihre Neugierde: »Es ist Busse«, sagte er und widmete sich wieder dem Anruf.

»Ich habe den Flug gefunden«, begann Busse. Dann herrschte Schweigen in der Leitung.

»Mach es nicht so spannend, bitte.«

»Marius Adam ist am 9. September von Monrovia nach Frankfurt geflogen. Kenya Airways ab Roberts International Airport. Der Flughafen wurde nach Joseph Jenkins Roberts benannt, dem ersten Präsidenten Liberias.«

»Ist gut, Busse. Spar dir dein Weltwissen, Becker färbt schon auf dich ab. War ein Baby an Bord?«

»Etliche Kleinkinder aller Hautfarben. Die konnte ich noch nicht alle checken. Aber ...« Er schwieg einen Moment, wohl um ihn weiter auf die Folter zu spannen. »Neben Marius Adam saß eine junge Frau mit einem Säugling, ein Junge, etwa zwei Monate alt.«

»Bingo. Und weiter?«

»Wieso weiter? Allein für diesen Output habe ich schon ein fettes Lob verdient. Du glaubst nicht, was für einen Behördenkram ich bewältigen musste, um an die Daten zu kommen.«

»Der Name, Busse!«

»Emine Schneider, sechsundzwanzig. Schwarze Hautfarbe, deutscher Pass. Wohnt in Frankfurt in der Adlerflychtstraße. Das Baby, das sie bei sich hatte, ist in Liberia geboren, jedenfalls seinem Geburtsschein nach.«

»Eine deutsche Schwarze also?«, hakte Bär nach.

Roberta beugte sich vor und zog die Stirn kraus. Vermutlich wollte sie endlich wissen, was los war. Er stellte das Gespräch auf Lautsprecher.

»Ich habe direkt jemanden zu Emine Schneiders Wohnung geschickt«, fuhr Busse fort. »Sie wurde dort aber nicht angetroffen. Der Post und den Werbeblättchen nach zu urteilen, die aus ihrem Briefkasten quollen, war sie seit Wochen nicht mehr zu Hause.«

»Danke, Busse, gute Arbeit.«

»Soll ich an Emine Schneider dranbleiben?«

»Nein, lass mal, nach der können wir später fahnden. Ich habe eine andere Idee.«

Bär legte auf und gab an Roberta die Informationen weiter, die ihr noch fehlten. »Dein junger Wissenschaftler könnte das Baby tatsächlich aus Afrika hierhergebracht haben. Gemeinsam mit dieser deutschen Schwarzen.«

»Das klingt, als glaubtest du an eine Entführung«, meinte Roberta vorwurfsvoll. »Was, wenn Marius Adam sich ganz einfach in diese Emine verliebt hat und mit ihr gemeinsam in Deutschland leben wollte? Das Kind mag sie von jemandem haben, mit dem sie vorher in Afrika zusammen war. Viele Männer heiraten Frauen, die von einem anderem schwanger sind, es macht ihnen nichts aus, Vater eines fremden Kindes zu sein.«

»Ach ja? Und wieso legen die beiden das Kind dann auf der Weide ab und setzen es dem sicheren Tod aus?« Bärs Stimme klang scharf, und er gab sich die Antwort gleich selbst. »Weil sie wussten, dass es krank war, und es loswerden wollten. Passt das vielleicht zu deinem Bild von einem idealistischen Menschenfreund?«

Roberta schaute nun still vor sich hin. Er begriff, dass sie sich so ein Szenario nicht ausmalen wollte, sie mochte Adam und hielt ihn immer noch für einen Helden.

»Das Baby ist auch in einer Prepper-Höhle gewesen«, setzte er nach. »Zumindest hatte es jemand dabei, der dort war.«

Sie hob den Kopf. »Sagtest du Prepper? Mein Nachbar Marvin hat sich als Prepper bezeichnet.«

»Marvin!« Bär zog eine abfällige Grimasse. »Das ist ein netter Zu-Hause-Prepper. Die Hardliner beschaffen sich Generatoren für den Fall, dass der Strom ausfällt. Sie legen Wasserreservoire an und arbeiten Fluchtrouten aus, bauen Unterstände für Lebensmittel, Fluchtmaterial und Waffen, zur Verteidigung ihrer Vorräte. Das machen echte Prepper. Genau so eine Höhle habe ich nämlich in einem kleinen Waldstück bei Erlenweil entdeckt.«

»Ja, aber das heißt doch –«

»Ich weiß noch nicht, was es heißt. Dein heldenhafter Wissenschaftler steckt jedenfalls ganz schön mit drin. In der Höhle habe ich einen Bogen gefunden, keinen Kinderflitzebogen, sondern ein ganz modernes Ding. Damit könnte auf Adelsmann geschossen worden sein und ebenso auf den Mann, der tot im Dickicht gefunden wurde, diesen Fedor Popow, der Besorgungen für Adelsmann gemacht hat.«

»Das Kürzel stand heute in der Zeitung, ›Fedor P.‹. Aber dass er für Adelsmann gearbeitet hat?«

»Botengänge zumindest. Jedenfalls hat derjenige, der in der Prepper-Höhle ein und aus geht, das Baby in seiner Obhut gehabt. Ich habe einen winzigen Fetzen Stoff gefunden, der am Eingang hängen geblieben ist und exakt zu dem Babytuch passt.« Unwillkürlich blickte er auf seine Hand. Dort, wo er sich den Holzsplitter mit den Zähnen herausgezogen hatte, verlief ein lila Streifen unter der Haut.

»Aber das bedeutet doch nicht, dass Marius Adam der Erbauer der Höhle ist.« Roberta blieb stur, so kannte er sie.

»Nein, er wohnt ja auch nur gleich nebenan.« Bär hatte eine gehörige Portion Zynismus in seine Stimme gelegt. »Meiner Meinung nach gibt es ganz klar eine Verbindung zwischen Adam und dem Baby. Und über das Verwalterhaus existieren Berührungspunkte zu Adelsmann. Was können die beiden mit dem Kind vorgehabt haben?«

»Dafür sorgen, dass es geheilt wird«, meinte Roberta.

»Die Hartnäckigkeit, mit der du den Jungen verteidigst, ist rührend. Aber wenn es nur darum gegangen wäre, dem Kind zu helfen, hätten sie mit ihm ins nächste Krankenhaus spazieren können. Genau das haben sie nicht getan. Und das bringt mich auf die Idee, dass dein Marius Adam nicht nur Gutes tut.«

»Bär, bitte ...«

Er griff zu seiner Kaffeetasse, der letzte Schluck war kalt geworden und schmeckte trotz des Zuckers bitter. »Wir könnten einfach mal die Würfel rollen lassen. Du gehst unter einem Vorwand zu Marius Adam und erwähnst wie nebenbei, dass dein guter Freund, der Kommissar Bär, in dem nahe gelegenen Waldstück eine Prepper-Höhle entdeckt hat. Und morgen früh, sagst du, werden seine Kollegen von der Kriminaltechnik dort anrücken und das Versteck filzen.«

»Oh Bär, du willst dich doch nicht etwa in der Höhle auf die Lauer legen? So, wie du diese Prepper beschreibst, könnte das ziemlich gefährlich für dich werden.« Roberta griff über den Tisch hinweg nach seiner Hand. Er entzog sie ihr sanft und lehnte sich auf seinem Stuhl zurück.

»Er wird die Höhle checken wollen, um sicherzugehen, dass sich keine Spuren des Babys mehr dort finden lassen. Denn das Baby war dort, und das weiß er. Wenn du deine Sache gut machst, wird er mir in die Falle gehen.«

Er musste nur auf ihn warten.

***

Sein Gesicht tauchte ganz plötzlich hinter der gläsernen Ladentür des Nagelstudios auf. Im ersten Moment erschrak sie, dann machte ihr Herz einen kleinen Sprung. Er hatte seine Haare kurz geschnitten und sah dem Rodrick aus »Gregs Tagebuch« noch viel ähnlicher als sonst. Fast zum Verwechseln.

»Hallo.« Sie zog die Tür für ihn auf.

»Hey, Kleines«, begrüßte er sie. »Denkst du noch an den Wolf? Du wolltest den Wolf sehen.«

»Ja, stimmt.«

»Und mir die Waffen zeigen. Die Stelle, wo die Panzerfäuste liegen sollen. Weißt du ganz sicher, wo das ist?«

Sie nickte. Alles andere hätte ihn verscheucht.

»Und wo genau? Sag schon!«

»Am Schäferwagen.« Von dem redeten die Erwachsenen die ganze Zeit. Und da war auch der Wolf gesehen worden.

»Wie viele Waffen sollen es sein? Wie sieht es da aus, wo sie liegen sollen?«

Ihr Gesicht begann zu glühen, und sie legte die Hände auf die Wangen. Manno, ihr ganzer Kopf war heiß. Jetzt nur nichts verpatzen. Wenn sie nicht wusste, wie die Stelle aussah, gab es keinen Wolf und nie mehr einen Rodrick, der sie heimlich besuchte. Sie kramte in ihrer Erinnerung. Wie hatte das Foto ausgesehen, das sie auf Chrissis Handy betrachtet hatte? Und was hatte Chrissi ihr dazu erzählt?

»Die liegen da irgendwo auf der Weide in einem Loch«, sagte sie. »Wie viele, weiß ich nicht. Da ist ja Erde drüber, deshalb hat Chrissi sie auch nicht gleich gefunden.«

Nun lächelte er. »Deine Mutter ist einkaufen gegangen«, stellte er fest. »Ich hab sie weggehen sehen.«

»Die holt uns nur ein Eis bei ›Mint‹.« Diesmal war Mama selbst losgelaufen, sie hatte keinen Kunden im Terminkalender stehen. Bald würde sie zurück sein.

»Na also, dann lass uns fahren.« Wie beim letzten Mal hielt er sein Rennrad mit einer Hand am Lenker fest, und wie beim letzten Mal hob er es ein wenig an und ließ das Vorderrad tanzen.

Sie schluckte. Wollte. Wollte nicht.

»Nun mach schon«, drängte er, »bevor sie wieder hier ist und dumme Fragen stellt.«

In Gedanken sah Amelie ihre Mutter zurückkommen, in jeder Hand einen Becher Eis. Sie hatte sich auf das Eis gefreut.

»Was gibt es da zu überlegen?«, fragte Marvin. »Eis oder Wolf?« Er ließ seine Zunge aus dem Mund hängen und tat so, als ob er hechelte.

Sie gab sich einen Ruck.

»Der Wolf«, sagte sie. Er würde auf der Weide stehen, sie ganz ruhig ansehen, die Ohren spitzen. Und vielleicht … »Haben Wölfe jetzt Junge, um diese Jahreszeit?«

»Na klar.« Marvins Gesicht begann zu leuchten, das hatte sie schon einmal an ihm gesehen, und sie fand es echt schön.

»Wird es lange dauern?«

»Wir sind zurück, bevor das Eis schmilzt, das deine Mutter gerade holt.«

»Echt?« Amelie schlüpfte durch die Ladentür.

Er lachte laut. »Vorausgesetzt natürlich, sie stellt es ins Gefrierfach.«

FÜNFZEHN

»Ich schreibe eine Reportage über das Baby, das auf der Weide abgelegt wurde«, sagte Roberta. »Wären Sie so nett, mir noch ein paar Fragen dazu zu beantworten? Sie waren doch als Erster am Fundort.«

Marius Adam sah sie nachdenklich an. Er hatte in der Haustür gestanden, kaum dass sie geschellt hatte. Den Blick aus dem Fenster im ersten Stock hatte er sich diesmal gespart. Seine Hand umklammerte den Türknauf. »Was wollen Sie denn noch wissen?«

»Das Baby soll krank gewesen sein, laut Auskunft der Frankfurter Uni-Klinik litt es an Morbus Niemann-Pick, wobei ausgerechnet diese tödliche Krankheit es vor Ebola-Viren geschützt hätte. Sie haben im Virologischen Institut über diese Themen geforscht, Sie wissen bestimmt noch mehr darüber.«

»Ja, schon. Ist auch alles richtig, was Sie sagen.« Wieder schien er einen Moment nachzudenken. »Kommen Sie mal mit«, meinte er dann.

Roberta folgte ihm in das schmale, lang gestreckte Haus. Im Flur war es schummrig, die Zimmertüren waren fast alle verschlossen, und die Fenster im Wohn- und Arbeitszimmer, das sie als einziges einsehen konnte, waren, wie sie schon von außen erkannt hatte, sehr klein. Der ockerfarbene Wandanstrich schluckte zusätzlich Licht. Im Vorbeigehen erhaschte sie einen Blick auf ein Sideboard mit zwei afrikanischen Skulpturen. Es waren aus Ebenholz geschnitzte Köpfe, ein Mann und eine Frau. An der Wand lehnten zahlreiche Speere, Marius Adam hatte nicht nur die Haustür mit afrikanischen Waffen dekoriert.

Als es in den Keller hinunterging, gab er ihr ein Zeichen, dass sie sich dicht bei ihm halten sollte. Unten angekommen, zog er eine Stahltür auf.

»Nur hinein.« Jetzt ließ er ihr den Vortritt. Der Raum, in den er sie, weil sie zögerte, mit sanftem Druck hineinschob, war dämmrig. Nur durch ein kleines Kellerfenster drang fades Licht. Instinktiv streckte sie ihrem Arm aus und tastete in der Nähe der Tür nach einem Lichtschalter, konnte aber keinen entdecken. Sekunden später flackerte eine Leuchtröhre auf. Marius Adam kannte seinen Keller und fand den Schalter auch im Dunkeln.

Roberta blinzelte.

Sie befanden sich in einem Labor. Es war nicht so modern, so hell und aufgeräumt wie das in der Marburger Uni, hatte aber dennoch eine gewisse Ähnlichkeit. Auch hier standen Laborflaschen und Petrischalen, auf einem Arbeitstisch lagen Pipetten und mehrere Paar Handschuhe. Ein sperriger dunkelgrauer Schutzanzug hing an einem Haken an der Wand, daneben eine Art Gasmaske, die mit einem Schlauch verbunden war. Roberta versuchte zu erspähen, wo der Schlauch endete: in einem kleinen Kasten unter der Decke. Hier im Keller gab es also ein Abluftsystem.

Wozu zur Hölle brauchte er das, womit experimentierte er?

»Na, wollen Sie mal in den Anzug steigen?« Sie hatte sich nicht unauffällig genug umgesehen. »So ein Schutzanzug besteht aus nichts weiter als Autoplane. Er lässt sich leicht selbst schneidern. Man sollte nur wissen, wie man eine Kappnaht macht, damit nichts durch die feinen Löcher dringt, die eine Nähmaschinennadel bei einer einfachen Naht hinterlässt.«

»Der Entdecker des Marburg-Virus benutzte nur einen einfachen Mundschutz«, sagte Roberta. Vielleicht konnte sie ihn beeindrucken, wenn sie sich nicht einschüchtern ließ. Dennoch klang ihre Stimme heiser vor Angst.

»Respekt. Sie sind gut informiert.«

»Das gehört zu meinem Job.« Sie zwang sich, all die Laborutensilien, die Behälter und Röhrchen nicht länger anzustarren. Ob er hier auch mit Viren arbeitete und Zellkulturen anlegte? Sie lauschte in die Stille des Kellers, darauf gefasst, aus einem der Nebenräume das Keckern von Laboraffen zu hören.

»Wir wussten, was das Baby hatte«, sagte Marius Adam ruhig. »Ich sah eine Chance darin, seine Immunabwehr gegen Ebola, die ja tragischerweise nur durch das Niemann-Pick-Syndrom entstanden war, näher erforschen zu lassen. Darum haben wir es hergebracht. Wenn man eines Tages mehr über die Zusammenhänge weiß, wird man Medikamente entwickeln können, die gegen Ebola und andere Vireninfektionen helfen.«

»In den USA hat man das doch schon versucht.«

»Bravo, schon wieder ein Punkt für Sie. Aber wie Sie selbst sagen, hat man es nur versucht, was nicht heißt, dass es gelungen ist. Und womöglich wären die Russen ja noch auf eine ganz andere Idee gekommen.«

»Die Russen?«

Er nickte. »Leider hat Adelsmann mich ausgetrickst.«

»Er hat für russische Pharmakologen Medikamente getestet«, sagte Roberta und spähte zum Fenster. Es war ziemlich weit oben und eng. Und eine Armlänge von der Tür entfernt stand Marius Adam. Wenn sie versuchte, in den Flur zu gelangen, musste er nur nach ihr greifen.

»Ja, das stimmt.« Adam stützte sich mit einer Hand auf der Theke des Labors ab, mit der anderen fuhr er sich durchs Haar. Es war so zerzaust wie bei ihrem ersten Zusammentreffen, als sie ihn vom Joggen abgefangen hatte. Damals hatte sie ihn für einen netten, bedauernswerterweise gescheiterten Burschen gehalten, und sie hatte Mitleid mit ihm gehabt.

»Adelsmann war also mit im Boot.« Sie starrte auf ihre Hände, versuchte, die Umgebung des Labors auszublenden und sich auf das Gespräch zu konzentrieren.

»Wollen Sie wirklich die ganze Geschichte hören?«

»Ja, bitte.« Ihr Blick wurde wieder von dem Schutzanzug an der Wand angezogen, das schmutzig graue Gummi sah tatsächlich wie eine Autoplane aus.

»Als ich vor einigen Monaten nach einer längeren Pause zum zweiten Mal nach Liberia flog und dort im Ebola-Camp arbeitete, lernte ich im nahen Dorf eine junge Frau kennen«, begann er. »Sie hieß Yola. Ihre Zwillingsschwester Emine hatte vor Jahren einen deutschen Entwicklungshelfer geheiratet und war mit ihm nach Frankfurt gezogen. Sie hatte sich schon kurz darauf von ihm getrennt, fand aber, dass das Leben in Deutschland einer alleinstehenden Frau mehr Zukunftschancen bot als das in Liberia, und wollte Yola überreden, auch nach Deutschland zu kommen. Nun war Yola eine bodenständige Person, sie liebte Afrika und mochte nicht von dort weggehen. Deshalb beschloss Emine, sie zu besuchen und persönlich zu überzeugen. Sie kam also nach Afrika. Da war sie schon hochschwanger.«

»Und die Strapazen einer solchen Reise haben sie nicht abgeschreckt? Was, wenn sie eine Frühgeburt gehabt hätte?«

»Für afrikanische Frauen ist eine Schwangerschaft etwas ganz Normales. Sie gebären viele Kinder, machen kein Aufsehen darum und sind nicht so ängstlich wie Europäerinnen. Bis kurz vor der Niederkunft arbeiten sie im Feld, und nach der Geburt hacken sie dort weiter, wo sie aufgehört hatten, das Neugeborene auf dem Leib.«

Er schwieg, und Roberta sah die Bilder vor sich. Sengende Sonne, weites, staubiges Land, ein paar strohgedeckte Hütten. Und junge Frauen, die Furchen ins Feld hackten, auf dem waagerecht gestreckten Rücken ein schlafendes Baby in einem bunten Tuch.

»Was passierte dann?« Sie flüsterte vor Anspannung.

»Emine infizierte sich mit Ebola und kam zu uns ins Camp. Eigentlich hätte sie längst wieder in Deutschland sein sollen, nun kämpfte sie gegen das Fieber. Es dauerte Wochen, eine gefühlte Ewigkeit. Obwohl sie aus Deutschland kam und wohlgenährt und gesund war, konnte ihr Immunsystem nicht mit den Viren fertigwerden. Schließlich kam ihr Baby auf die Welt, und zu unserem Erstaunen war es frei von der Krankheit.«

»Elias«, sagte Roberta.

»Ja, im Internet wurde er später so genannt. Emine wollte ihn Kofi nennen. Ihr Bruder war im liberianischen Bürgerkrieg in Ghana gewesen, dort nennen die Akan ihre Kinder nach dem Wochentag, an dem sie geboren werden. Emine gebar ihr Kind an einem Freitag, am Sonntag darauf ist sie gestorben. Ihr Körper war zu sehr geschwächt.«

»Und Sie haben Adelsmann angerufen und ihn gefragt, ob

seine Laborratten das Baby für ihre Experimente brauchen könnten«, folgerte Roberta. Für einen Moment überwog die Wut ihre Angst, und ihre Stimme wurde wieder härter und selbstsicherer.

»Das klingt jetzt aber unfreundlich.« Marius Adam hielt eins der Laborgläser hoch, schüttelte die Flüssigkeit darin ein wenig und sah abwesend zu, wie sich ganz langsam ein paar Schwebepartikel absetzen. »Natürlich habe ich Adelsmann um Hilfe gebeten. Wir hatten uns auf einer medizinischen Tagung kennengelernt, bei der Gelegenheit hatte er mir erzählt, dass er Kontakt zu russischen Virenforschern hätte. Die seltene Immunität des Babys war eine gottgegebene Chance für die Wissenschaft, daraus musste man etwas machen.« Mit einer heftigen Bewegung stellte er das Laborglas auf die Theke zurück, das klirrende Geräusch, das dabei entstand, ließ Roberta zusammenzucken. »Adelsmann hat mir gesagt, er würde sich um die Virenforscher kümmern, ich sollte das Kind nach Deutschland schaffen.«

»Und das haben Sie getan. Aber wie haben Sie das fertiggebracht?«

Offensichtlich hörte er ein Lob aus ihrer Frage heraus, seinen Mund umspielte ein Lächeln. »Yola ist mit Emines Pass gereist, sie waren eineiige Zwillinge. Und an Emines deutschem Pass war nichts auszusetzen.«

»Dann haben die beiden also die Identität getauscht«, folgerte Roberta, »und Emine wurde als Yola begraben?«

»Es ging um eine höhere Sache«, wehrte Marius Adam ab. »Der kleine Schwindel hat niemandem wehgetan. Nur so konnte ich Yola und das Baby gefahrlos hierherbringen. Und der Geburtsschein für das Baby war schnell besorgt.«

»Verstehe.« Das also war das ganze Geheimnis.

»Adelsmann hatte mich darüber im Unklaren gelassen, welche Virenforscher er in Russland näher kannte. Und ich habe keine Beweise verlangt, ich habe ihm blind vertraut. Vielleicht, weil ich ihn mochte, vielleicht, weil ich ihm glauben wollte. Dann kam die Enttäuschung. Seine ganzen Versprechungen, alles nur heiße Luft.« Adams Finger glitten über den Bunsenbrenner, der auf der Labortheke stand. »Yola und das Baby wurden zwar von Adelsmann in seinem Verwalterhaus untergebracht, nur kannte er plötzlich keine russischen Virenforscher mehr. Stattdessen wollte er seine Pharmafreunde überreden, das Baby als Probanden für noch nicht zugelassene Medikamente herzunehmen.«

»Aber das wäre doch auch Forschung gewesen«, höhnte Roberta, um ihn zu provozieren.

»Wofür halten Sie mich?«, blaffte er sie an. »Sie haben es noch immer nicht verstanden. Ich habe mich für die Wissenschaft eingesetzt und nicht für russisches Roulette mit halb erforschten Pharmaka.«

»Nette Formulierung, Ihr ›russisches Roulette‹. Was passierte weiter mit Yola? Wo steckt sie jetzt?«

Ein Schatten fiel über seine Augen und ließ ihn müde wirken. »Ich musste ihr Geld geben, die letzten Euros vom Erbe meiner Oma. Adelsmann hatte mich unter Druck gesetzt, er bestand darauf, dass Yola zurückflog. Auf einmal hatte er Angst um seinen Ruf als plastischer Chirurg, wollte sich wieder ganz Botox und Liftings widmen und sprach nur noch über diese alte Hütte, die er sich gekauft hatte, um sie zur Schönheitsfarm auszubauen.«

»Sie sind darüber in Streit geraten. Sie wollten nicht, dass an dem Baby Medikamente getestet wurden, und Sie wollten Yola kein Geld geben.«

Er lachte abfällig. »Das Baby konnte er so schnell nicht als Probanden einsetzen, weil er erst jemanden finden musste, der etwas Entsprechendes testen wollte.«

»Was ist mit dem Baby geschehen? Was haben Sie mit ihm gemacht? Erschien es Ihnen billiger, den Jungen auf der Wiese abzulegen, anstatt ihn mit seiner Tante ins Flugzeug zu setzen?«

»Ich soll …?«

»Sie haben das Kind nicht nur in Adelsmanns halb verfallenem Haus versteckt, sondern auch in der Höhle«, pokerte Roberta.

»In welcher Höhle? Wo soll die sein?«

»In dem kleinen Waldstück. Wenn Sie an der Stelle stehen, wo das Baby in der Asche gelegen hat, können Sie es sehen, es liegt in Richtung des Flusses.«

Marius Adam stieß den Bunsenbrenner zur Seite.

»Die Polizei hat die Höhle entdeckt«, fuhr Roberta fort. »Morgen früh werden sie dort alles untersuchen. Die DNS des Babys wurde im Zuge der Ermittlungen archiviert, es wird leicht sein, die Spuren in der Höhle damit abzugleichen und nachzuweisen, dass es dort war.«

»Woher wissen Sie das alles?«

»Vom Kommissar, der den Fall bearbeitet, Christian Bär. Wir kennen uns ganz gut«, meinte Roberta. Sollte er über ihre Beziehung zu Bär denken, was er wollte.

Sein Brustkorb hob und senkte sich rhythmisch, und sie konnte seinen warmen Atem riechen. »Sie arbeiten für diesen Kommissar, oder? Sie geben sich nur als Journalistin aus, in Wahrheit spionieren Sie für ihn!«

Er machte erbost einen Schritt auf sie zu, hob drohend die Hand. Roberta riss schützend einen Arm vors Gesicht, drehte den Kopf in die Armbeuge und kniff die Augen zusammen. Als nichts passierte und sie den Arm herunternahm, war es finster im Raum. Einfach nur schwarze Nacht.

»Was ist das denn für ein Mist?« Die Stimme von Marius Adam und das Geräusch verschiedener Kippschalter, die bedient wurden, ertönten. »Scheiße, Stromausfall. Ich sehe nach dem Generator. Sie bleiben hier. Und fassen Sie nichts an. Rühren Sie sich nicht von der Stelle.«

Sie hörte, wie sich die Tür hinter ihm schloss, seine Schritte entfernten sich. Dann war sie allein in dem dunklen Labor in seinem Keller. Ihre Hände tasteten nach dem Stuhl, den sie in einer Ecke gesehen hatte, als das Licht noch an war. Vorsichtig, Zentimeter für Zentimeter, arbeitete sie sich dorthin vor. Bloß nirgends anstoßen. Als sie den Stuhl endlich ertasten konnte, setzte sie sich kerzengerade darauf, stellte die Füße eng zusammen und legte die Hände in den Schoß.

Nur nichts umwerfen.
Gott allein wusste, welche Viren sie freisetzen würde.

***

Amelie kannte den Schäferwagen bisher nur von Bildern aus dem Internet. Als sie ihn gefunden hatten, war sie enttäuscht. Er war nur ein stummes Haus auf Rädern, groß und drohend stand er unter einem Baum. Nicht einmal Fenster hatte er, niemand konnte ahnen, was sich drinnen tat. Und seine grüne Farbe blätterte schon überall ab.

»Eine grüne Minna. In so ähnlichen Karren haben sie früher Gefangene transportiert.« Marvin schien den Schäferwagen auch unheimlich zu finden.

Sie kniete sich hin und schaute in eine der kleinen Hundehütten, die in dem Karren eingebaut waren. Weil sie wissen wollte, wie tief sie war, streckte sie die Hand hinein und tastete den Raum aus. Während sie das tat, fiel ihr ein, dass auch etwas anderes als ein Hund in der Hütte sein könnte, eine Maus vielleicht oder eine Ratte. Erschrocken zog sie die Hand zurück.

»Lass das Gefummel und steh auf«, sagte Marvin barsch. »Zeig mir lieber, wo die verdammten Panzerfäuste liegen sollen. Auf dieser blöden Weide werden sie nicht sein, hier hätte sie ganz sicher niemand eingebuddelt. Es gibt ja nicht den geringsten Sichtschutz.«

Amelie stand auf und starrte Marvin mit offenem Mund an. Er war böse mit ihr. Seine Haare waren noch wie bei Rodrick, aber sein Gesichtsausdruck hatte sich total verändert. Eine steile Falte saß über seiner Nase, seine Brauen waren zusammengezogen, die Lippen aufeinandergepresst.

Die Weide hinter ihm begann zu flirren.

»Los, mach schon, es wird bald dunkel. Wo ist die Stelle, von der dein Onkel gesprochen hat?«

Dunkel, auch das noch.

Mit der U-Bahn waren sie zur Konstablerwache gefahren, von dort aus mit der S-Bahn in Richtung Friedberg. Irgendwann waren sie ausgestiegen, und auf der Querstange seines Rennrads war sie mit Marvin durch die Felder gesaust. Der Wind hatte mit ihren Haaren gespielt, während Marvin, dessen kräftige Arme sie wie ein Geländer umfingen, sich auf dem Lenker abstützte und in die Pedale trat. Das Tattoo an seinem Hals hatte sie ganz dicht vor Augen gehabt: ein Herz, das blutete, weil jemand ein Messer hineingestoßen hatte. Sie hatte gedacht, dass es Marvins verletztes Herz sein musste, warum sonst hätte er sich so ein Tattoo machen lassen?

In Erlenweil hatte er sie nach dem Weg gefragt, und sie hatte ihn nicht gewusst. Woher auch? Sie war ja noch nie hier gewesen. Chrissi hatte ihr von dem Schäferwagen und dem Wolf nur erzählt.

Marvin war wütend geworden, er hatte sie angeschrien und beschimpft. Und sie hatte ein bisschen geweint. Dann hatte sie einen Mann angesprochen, der seinen Garten umgrub. Der hatte gewusst, wo der Schäferwagen stand, und ihnen den Weg gezeigt. Da hatte Marvin sich wieder beruhigt.

Jetzt starrte sie auf ihre Boots. Sie musste nachdenken. Marvin hatte recht. Auf der Wiese würde kein Mensch etwas verstecken wollen, nicht mal olle Waffen aus dem Krieg.

»Bei den Bäumen«, sagte sie. Es musste bei den Bäumen sein.

»Bist du sicher? Wo genau?« Sein heißer Atem flog ihr entgegen, er stand nun ganz nah vor ihr.

»Doch, dahinten!« Sie wies zu den Bäumen hinter sich am Weg, ohne selbst hinzusehen. Sie wusste ja, dass sie dort standen, die Bäume, vorhin erst waren sie daran vorbeigekommen.

Ein Fehler.

»Du verschaukelst mich doch, du kleine Pissnelke! Du weißt gar nicht, wo die Waffen sind. Ich schätze mal, hier sind nirgendwo welche.« Marvins Stimme überschlug sich schrill. »Aber was soll's, ich hab's ja nicht anders verdient. Einer Dumpfbacke wie dir darf man eben nicht vertrauen. Nicht wahr?«

Im Nu hatte er sich auf sie gestürzt und sie bei den Schultern gepackt. Ein Rucken lief wie eine Welle durch ihren Körper und wollte nicht aufhören. Er schüttelte sie so fest, dass ihr Kopf hin und her schlackerte.

»Hilfe!«

»Still, sonst …«

Die Finger immer noch in ihre Schultern gekrallt, rammte er sein Knie hart in ihren Leib. Sie krümmte sich vor Schmerz zusammen.

»Dich bringe ich um, du kleines, verlogenes Miststück.« Er bugsierte sie vor den Eingang des Schäferwagens, riss die Tür auf. Wollte sie hineinstoßen. Sie biss ihn in die Hand, er schrie auf, drehte sich im Kreis. Nun wollte er sie rückwärts in den Schäferwagen hineinziehen.

Amelie dachte an Lara. Sie stellte sich vor, wie ihre Mutter im Nagelstudio stand und nach ihr rief, die beiden Becher mit dem schmelzenden Eis in der Hand. Doch es gab keine Amelie mehr, sie war spurlos verschwunden, hatte nicht einmal die Ladentür hinter sich abgeschlossen.

Und an alldem war nur Marvin schuld.

SECHZEHN

Christian Bär hatte in der Höhle Posten bezogen. In der zweiten Zarges-Box waren eine Isomatte und ein Schlafsack gewesen, beides hatte er sich bedenkenlos ausgeliehen, um sich in dem niedrigen Raum ausstrecken zu können. Trotzdem zog es vom nackten Erdboden her kalt in seine Knochen. Vor vier Tagen hatte der Herbst nicht nur auf dem Kalender begonnen. Frühmorgens lag Nebel über den Tälern, und abends wurde es früher dunkel. Die Laubbäume warfen die ersten Blätter ab. Becker hatte erzählt, dass sich die Erde schneller drehte, wenn alles Laub am Boden lag. Das hatte mit der Rotation des Planeten zu tun und folgte dem Prinzip der Pirouette beim Eislauf. Zog der Eisläufer die Arme an den Körper, wurde er schneller. Ebenso wurde die Erde schneller, wenn das Laub direkt auf dem Erdmantel lag und nicht mehr etliche Meter vom Boden entfernt am Baum hing.

Das Gewicht des Laubs, welch seltsame Vorstellung.

Er setzte sich auf, massierte mit beiden Händen seinen unteren Rücken. Lauschte nach draußen. Ein Ast hatte geknackt. Womöglich schlich sich jemand an. Da, wieder ein Knacken. Er wagte kaum zu atmen, starrte auf den Eingang der Höhle. So gut es ging, hatte er die Türpfosten wieder aufgerichtet, schließlich wäre es verdammt schlecht, wenn Marius Adam etwas bemerken und gewarnt sein würde.

Der Kerl hatte das Baby nicht nur aus Afrika angeschleppt, er hatte es auch in diese Höhle hinein- und wieder herausgetragen. Sein Getue gegenüber Roberta, er habe zufällig beim Joggen gesehen, wie die Sanitäter das Kind in den Krankenwagen luden, war dummes Geschwätz. Er hatte absichtlich alles beobachtet, weil er wissen wollte, ob der Schäfer das Baby an sich nahm. Vermutlich hatte Adam es zuvor selbst dort abgelegt, um es als Findelkind wieder loszuwerden. Roberta musste bereits bei ihm gewesen sein, die Leuchtziffern seiner Uhr zeigten siebzehn

Uhr vierzig. Mit Sicherheit hatte sie ihm schon erzählt, dass die Höhle morgen früh auf Spuren untersucht werden würde. Die Frage war nur, wann der Lump loszog, um hier nach dem Rechten zu sehen. Direkt nach Robertas Besuch, weil er es nicht abwarten konnte? Oder eher nach Sonnenuntergang, im Schutz der Dämmerung, um nicht gesehen zu werden? Falls er erst im Morgengrauen käme, würde es eine unbequeme lange Nacht in der Höhle werden.

Bär stöhnte leise auf.

Wieder streckte er sich auf der Isomatte aus und suchte nach einer halbwegs bequemen Lage. Verdammter Dreck, war das Ding dünn. Er hatte das Gefühl, in seinem Rücken sämtliche Steine der Wetterau zu spüren. Sein Blick glitt zur Waffe, die im Dunkeln hinter den Zarges-Boxen stand. Wirklich sehen konnte er sie nicht. Durch die Ritzen zwischen Pfosten und Erdwall drang kaum Licht, zumal er vor dem Schließen der Tür das Gestrüpp wieder davor drapiert hatte.

Er überlegte, von dem getrockneten Obst zu probieren. Äpfel und Aprikosen. Doch nein, er mochte hier nicht im Dunkeln herumwühlen. Es reichte ja, zu wissen, dass das Zeug da war und er sich daran bedienen konnte, falls sein Hunger zu groß wurde. An die Wasserflaschen kam er besser heran. Er fischte eine aus einem der Kästen, nur für alle Fälle, stellte sie neben sich und beleuchtete das Etikett mit seiner LED-Taschenlampe. Stilles Mineralwasser von Hassia in der Plastikflasche. Klar doch, Glas wäre beim Tragen unnötig schwer.

Er unterdrückte ein Lachen. So langsam dachte er selbst wie ein Prepper.

***

Die Leuchtröhre im Labor war wieder aufgeflammt. Roberta blinzelte und rieb sich die Augen. Wie lange hatte sie stocksteif auf diesem Stuhl gesessen? Und wo blieb Marius Adam? Er hatte nach dem Generator sehen wollen, vermutlich konnte er damit hier unten seinen eigenen Strom erzeugen, und das

Licht brannte wieder, weil es ihm endlich gelungen war, ihn einzuschalten.

Jeden Moment würde er durch die Tür kommen.

Hatte er ihre Geschichte von der Durchsuchung der Höhle geschluckt? Wie überzeugend war sie gewesen? Womöglich war er ja schon auf dem Weg dorthin und ließ sie hier sitzen.

Nicht mit ihr.

Sie betrachtete die Laborgefäße mit den schwer zu bestimmenden Inhalten. Der Abzug summte, vermutlich hatte das Gerät jetzt auch wieder Strom. Vor dem Stromausfall war ihr das Geräusch gar nicht aufgefallen.

Wozu brauchte er hier Abluft? Was war so gefährlich?

Sie öffnete die Tür einen Spaltbreit, lauschte in den Kellergang hinaus. Im Haus war alles ruhig. Vielleicht stand der Generator im Garten, und Adam hatte dort noch zu tun. Würde er sie sehen, wenn sie aus dem Fenster stieg? Durchs Haus zu laufen erschien ihr zu gefährlich, jeden Moment konnte er wieder auf dem Weg zu ihr sein.

Sie musste es wagen, rasch.

Entschlossen griff sie nach dem Stuhl, packte ihn an zwei Beinen und stieß die Rückenlehne in das Glas des Kellerfensters. Zwei-, dreimal musste sie mit voller Wucht ausholen und zuschlagen, damit die Scheibe barst und herausfiel. Ein paar größere Scherben waren im Rahmen stecken geblieben, und sie löste sie vorsichtig mit der Hand heraus. Der Schweiß brach ihr aus, ihr Mund war trocken. Bestimmt hatte Marius Adam das Poltern und Klirren hören können. Gleich würde er hereinstürzen.

Sie kletterte auf den Stuhl, stemmte sich am Sims ab und zwängte sich durch das Kellerfenster. Als sie draußen war, blutete sie aus einer langen Schramme am Oberschenkel. Sie hatte gerade so durch die Öffnung gepasst und sich ihre Jeans an ein paar kleinen Scherben, die sie übersehen hatte, bis auf die Haut aufgerissen.

Das kommt davon, wenn man nicht Größe sechsunddreißig trägt, dachte sie beinahe belustigt. Doch alles, was zählte, war, dass sie ihren Job erledigt hatte.

Humpelnd lief sie zur Straße, immer wieder sah sie sich dabei nach Marius Adam um. Als sie ihren Wagen erreichte, stieg sie hastig ein und gab Gas. Flüchtig dachte sie daran, dass sie den Sitz mit Blut besudeln würde, aber das war egal. Nur weg hier. Erst als sie aus dem Dorf heraus war, hielt sie in einer Parkbucht an, zog ihr Handy aus der Tasche und wählte Bärs Nummer. Sein Handy war ausgeschaltet, und ihr wurde bewusst, wie dumm die Idee, ihn anzurufen, doch war. Bär konnte nicht telefonieren. Im Fall, dass Marius Adam bereits vor der Höhle stand und drinnen Bärs Stimme hörte, wäre alles umsonst gewesen. Roberta warf das Telefon auf den Beifahrersitz und griff zum Zündschlüssel, ließ ihn jedoch wieder los. Immerhin konnte sie Bär eine Nachricht schreiben. Die würde er dann halt später lesen. Sie nahm das Telefon erneut an sich und erhielt nahezu im selben Moment eine SMS von ihm.

»Alles gut gelaufen?«, schrieb er.

Sie wollte ihm sofort antworten, ihre Finger schwebten über den Tasten, aber sie zitterte zu sehr. Jetzt erst reagierte ihr Körper auf die beängstigende Situation im Laborkeller. Sie ließ das Seitenfenster herunter und sog die frische Landluft ein, die in den Wagen drang. Der weite Blick über die Felder und Wiesen tat gut. Ein leichter Wind mischte das Gras auf und trieb graue Wolken dahin, in der Ferne wirbelte ein Traktor mit seiner Egge eine haushohe Staubwolke auf und zog sie hinter sich her. Vertraute Bilder, die sie beruhigten.

»Alles bestens«, simste sie zurück. »Denke, dass er angebissen hat.«

Glaubte sie das wirklich? Sie ließ das Handy in den Schoß sinken und rief sich Einzelheiten des Gesprächs mit Marius Adam ins Gedächtnis. Er hatte gehofft, Adelsmann würde das Baby innovativen Forschern zuführen, die dessen Immunität gegen Viren erkunden und damit der Menschheit einen wertvollen Dienst leisten würden. Adelsmann hingegen hatte es mit seinen Versprechungen nicht allzu genau genommen. Er hatte den Kontakt zu hochkarätigen ausländischen Wissenschaftlern nur vorgegaukelt. In Wahrheit kannte er nur zwielichtige Pharmakologen, die ihn ihre Produkte unter fragwürdigen Bedingungen testen ließen. Aber selbst von denen hatte niemand das Baby als Probanden einsetzen wollen, warum auch immer. Darüber, welche Optionen für ihr weiteres Vorgehen noch bestanden, war es zwischen Adelsmann und Marius Adam zum Streit gekommen. Der Rest war pure Spekulation. Marius Adam könnte Adelsmann mit einem seiner Speere oder mit den Waffen aus der Höhle verletzt und ihm mit einem Handkantenschlag den Rest gegeben haben, ehe er ihn in den Fluss bugsierte. Blieb offen, was genau zuvor in der Höhle geschehen war. Und wieso er das Baby überhaupt dorthin gebracht hatte. Ihr hatte er es nicht verraten.

Bär musste ihn zum Sprechen bringen, sowie er ihn in der Höhle überrumpelt hatte.

»Viel Glück und angenehme Nacht, Herr Kommissar«, tippte sie und schickte die SMS ab. Die Geschichte vom afrikanischen doppelten Lottchen würde sie ihm erzählen, wenn er mit Marius Adam fertig war und den Kopf wieder frei hatte.

»Ich schalte mein Handy jetzt wieder aus«, simste Bär zurück.

»Kannst es doch auf stumm schalten«, schlug Roberta vor.

»Lieber nicht«, las sie. »Am Ende gehe ich im Halbschlaf ran und melde mich mit Namen.«

Sie musste lachen.

***

Laras Hände zitterten. Ihr Versuch, den Behandlungstisch im Nagelstudio aufzuräumen, um sich von ihrer Angst abzulenken, war ein einziges Desaster. Vor Nervosität hatte sie bereits eine Flasche Desinfektionsmittel umgeworfen, und gerade pikte sie sich mit einer Nagelhautschere. Immer wieder glitt ihr Blick zur Tür, aber Amelie blieb verschwunden.

Gut gelaunt war sie mit dem Eis vom »Mint« zurückgekommen. Hätte sie es bloß nie geholt. Die Ladentür war unverschlossen gewesen, von Amelie keine Spur.

Sie hatte die Handynummer ihrer Tochter gewählt und war zusammengezuckt, als aus dem Verkaufsregal ein Läuten erklang. Amelie hatte ihr Telefon gar nicht bei sich. Vielleicht war sie ihr aus irgendeinem Grund nachgelaufen, und sie hatten sich auf der belebten Straße verpasst? Auf dem Rückweg hatte Lara immer wieder auf die großzügig befüllten Eisbecher geschaut, voller Sorge, das Eis könnte schmelzen und auf ihre Kleidung tropfen. Die entgegenkommenden Passanten hatte sie nicht weiter beachtet.

Kurz entschlossen war sie den Weg zum »Mint« noch einmal abgelaufen, hatte in alle Nebenstraßen geschaut. Nichts.

Dann hatte sie ihre Tochter in der Wohnung gesucht. Womöglich hatte sie von dort etwas holen wollen und die Zeit vergessen. Den Schlüssel zum Laden hatte Lara, das erklärte, warum Amelie nicht abgeschlossen hatte.

Doch in der Wohnung war Amelie auch nicht gewesen.

Lara war ein weiteres Mal losgelaufen, um bei einer von Amelies Mitschülerinnen zu klingeln, die in der Berger Straße wohnte. Vielleicht war ihre Tochter ja dort. Aber niemand öffnete, und sie hatte unverrichteter Dinge in den Laden zurückkehren müssen, der so leer war wie zuvor. Wo steckte Amelie?

Inzwischen malte Lara sich die schlimmsten Szenarien aus, von einer kopflos von zu Hause weggerannten Tochter, die nun allein durch die Stadt irrte, bis hin zu einem fiesen Kerl, der sie aus dem Laden gezerrt und in einen dunklen Keller verschleppt hatte. Zu allem Elend konnte sie Christian nicht erreichen. Nachdem sie nun alle möglichen Orte, an denen sich Amelie aufhalten könnte, abgesucht hatte, brauchte sie seine Hilfe. Doch in der Dienststelle hob niemand ab, und sein Handy war ausgeschaltet. Was nutzte einem da schon ein Bruder, der Polizist war?

Wut mischte sich in ihre Angst. Erneut wählte sie Christians Dienstnummer. Diesmal nahm sein Kollege Busse ab, und sie erklärte ihm die Situation.

»Ihr Bruder ist unterwegs, er ermittelt, und unser Telefonnetz ist wegen eines Stromausfalls überlastet«, sagte Busse.

»Obwohl wir die Bevölkerung immer bitten, in so einem Fall den Stromversorger anzurufen und nicht uns oder den Notruf, halten sich viele nicht daran. Schauen Sie doch noch mal auf der Straße nach«, beruhigte er sie. »Womöglich ist Ihre Tochter Ihnen tatsächlich nachgelaufen, und Sie haben sich nur verpasst, weil sie sich einen Abstecher in irgendeinen Kiosk gegönnt hat.«

Ein Kiosk, das klang tröstlich. Hatte Amelie noch ein Schulheft kaufen wollen? Oder ein Comicheft gesehen, das ihr gefiel, und die Zeit vergessen? Sie wollte gern daran glauben.

»Ja, danke, Herr Busse, das mache ich.«

Sie stürzte aus dem Laden.

Auf der Straße hatte sich eine Menschenmenge angesammelt. In kleinen Gruppen standen die Leute zusammen und debattierten.

»Die U-Bahn ist lahmgelegt«, schnappte Lara auf. »Alles steht still.«

»Die S-Bahn fährt nicht mehr«, sagte jemand anders. »Ich weiß gar nicht, wie ich nach Hause kommen soll. Ich bin nicht gut zu Fuß.«

»Alle Straßen sind verstopft. Wer kann, schmeißt sich in sein Auto. Kein Wunder, dass das ein Verkehrschaos gibt.« Die Stimme eines jungen Mannes.

Lara trat auf ihn zu. »Was ist denn passiert?«

»Ein Transformator ist ausgefallen; warum, weiß man noch nicht.«

»Wie kann das sein?« Sabotage, dachte Lara. Attentäter.

»Das gab es hier in Frankfurt schon mal«, erklärte der junge Mann. »Da hatte sich ein Transformator überhitzt. Die Dieselgeneratoren, die das Rechenzentrum in solchen Notfällen mit Strom versorgen, sind angesprungen, aber nur kurze Zeit gelaufen. Zwar hatten sie noch genug Treibstoff, aber das System hat irrtümlich Leck-Alarm gegeben und den Dieselzufluss verhindert. Was wiederum an einer leeren Stickstoffflasche lag.«

»Sie wissen ja gut Bescheid«, brachte Lara hervor. Sie zitterte nun am ganzen Körper.

Er hielt ihr sein Smartphone hin. »Hier, der Bericht über den Unfall von damals, auf der Webseite der Mainova.«

»Danke«, murmelte sie.

Ihr reichte es völlig, dass sie nicht wusste, wo Amelie war. Ein Stromausfall machte alles noch komplizierter. Jetzt erst sah sie sich den jungen Man näher an. Er trug eine indische Pluderhose und hatte das lange Haar zu einem Knoten gewunden, der mitten auf dem Kopf saß. Sie mochte so ausgefallene Outfits, und normalerweise hätte sie ihn gefragt, was er damit verband. Nun dachte sie nur an Amelie. Wenn sie doch wenigstens Christian erreichen könnte.

»Die Aufzüge in den Hochhäusern stehen jetzt auch alle still, ist ja klar.« Ihr Informant steckte sein Smartphone wieder ein. »Die Geldautomaten funktionieren nicht mehr. Die Haushaltsgeräte. Aber manches kann man ja auch vertagen. Ich nehme an, Sie wollen nicht unbedingt jetzt staubsaugen, so was kann man ja später erledigen. Das bisschen Dreck kann warten.«

Lara spürte, wie ihr Nacken steif wurde.

»Ich suche meine kleine Tochter.« Sie schrie den Satz so laut heraus, dass manche Passanten ihre Gespräche unterbrachen und sich nach ihr umschauten. »Amelie wird erst zehn, und ich weiß nicht, wo sie ist.«

Er fuhr erschrocken zurück, der Knoten auf seinem Kopf wippte. »Das tut mir leid.«

»'tschuldigung«, meinte Lara leiser. »Ich wollte Sie nicht anschreien, meine Nerven sind mir durchgegangen. Nett, dass Sie mir das alles erklärt haben, vielen Dank.« Die Szene war ihr nun peinlich, so kannte sie sich selbst nicht.

Christian behauptete immer, sie sei eine kopfgesteuerte Person. Obwohl das so auch nicht stimmte. Mit Amelies Vater hatte sie eine Amour fou verbunden. Ein Schauspieler war er gewesen, der in seinen Rollen aufging. Schon früh am Morgen hatte er auf dem Balkon gesessen und seinen Text auswendig gelernt. Immer wieder hatte Lara ihn abfragen müssen. Wenn er den Othello gab, hatte er sie mit »Desdemona« angesprochen. Ständig war

Bruno unterwegs gewesen, von Hamburg bis München. Aber vielleicht hatte gerade das die gemeinsamen Tage so intensiv werden lassen.

Als sie erfuhr, dass sie mit Amelie schwanger war, hatte sie Bruno, der gerade in Berlin auftrat, mit der Nachricht überraschen wollen. In der Mitfahrzentrale hatte sie jemanden gefunden, der sie in die Hauptstadt mitnahm, nur hatte sie es nicht mehr rechtzeitig in die Vorstellung geschafft und am Bühneneingang auf ihn gewartet. Da war er mit einer Statistin im Arm aus dem Theater gekommen. Lara hatte er erst bemerkt, nachdem er die Frau ausgiebig geküsst hatte, ihre rechte Pobacke fest im Griff.

Damals hatte Lara begriffen, dass ihr Kind es mit ihr allein besser haben würde, und sie hatte eine Entscheidung getroffen. Die Hauptrolle in ihrem Leben würde von nun an das kleine Wesen in ihrem Bauch spielen. Bei der Erinnerung daran wurde Lara flau im Magen.

Immer mehr Leute versammelten sich vor ihrem Laden. Menschen verschwanden im nahen U-Bahn-Eingang und kamen wieder hoch, weil es von dort unten kein Fortkommen mehr gab, schoben andere zur Seite. Drei Jugendliche lehnten mit dem Rücken an ihrem Schaufenster und starrten auf ihre Handys. Sie wollte sie schon bitten, sich nicht an das Glas anzulehnen, überlegte es sich jedoch anders. Sollten sie die Scheibe ruhig eindrücken, Amelie war jetzt wichtiger.

Eine junge Frau drängte Lara in ihren Laden zurück. Auf dem Arm trug sie einen vielleicht zweijährigen Jungen, den dazugehörigen Bugaboo-Buggy ließ sie achtlos vor dem Laden stehen. »Hätten Sie zufällig eine Windel für mich? Kann gern aus Stoff sein.«

Lara musterte die Nordend-Mami stumm. Langes gesträhntes Haar, enge Edeljeans, teure Pumps. Vermutlich hatte sie bis vorhin irgendwo im Café gesessen, jetzt kam sie mit ihrem SUV nicht durch die Straße, weil all die Leute im Weg standen, und dachte wohl, ihr Nagelstudio sei eine öffentliche Toilette mit Wickeltisch.

»Ich kann mein Kind doch eben in Ihrem Laden frisch machen?«

»Ja, aber ...« Lara zögerte.

»Ich komme nicht nach Hause, die U-Bahn fährt nicht. Und ich kann nicht einmal Windeln kaufen, denn die EC-Geräte im Laden funktionieren auch nicht mehr. Man fragt sich, was bei so einem Stromausfall überhaupt noch geht.« Sie warf ihre blonde Mähne zurück. »Da schwärmen die Politiker in Dur und Moll von der Industrie 4.0. Vielleicht merken diese Schwachmaten jetzt endlich mal, wie anfällig unsere digitale Zukunft ist.«

»Da ist was dran.« So langsam wurde die Frau Lara sympathisch. Wenn nur Amelie wieder hier wäre. »Ich kann Ihnen ein frisches Küchentuch geben«, bot sie an.

Die Frau lächelte dankbar. »Das wäre sehr nett. Für ein paar Stunden wird es gehen. Haben Sie auch etwas Körperlotion? Und vielleicht eine Rolle weiches Klopapier?«

»Hab ich, ja.« Das also waren die elementaren Bedürfnisse, wenn es ernst wurde. »Möchten Sie auch noch einen Schluck Wasser?«

»Gern.« Die Nordend-Mami hatte die Ironie in ihrer Stimme überhört. »Und wenn Sie für mein Kind etwas Milch hätten? Eine Banane wäre auch toll.«

SIEBZEHN

Eine Dreiviertelstunde bis Sonnenuntergang, er musste sich beeilen. Matthäus war heute langsamer als sonst. Dieser Sommer hatte ihn mehr angestrengt als andere, er wurde halt älter. So oft schon hatte er den Kreislauf der Natur erlebt, die Obstbaumblüte im Frühling, die ersten Lämmer. Die warmen Sommertage, in denen die Sonne den Tieren aufs Fell brannte, die Mücken, die am Abend vor der untergehenden Sonne tanzten. Und dann der Herbst, dessen Kühle unter die Kleider kroch, als wollte er einen warnen.

Das Leben war kurz, zu kurz. Das der Tiere und das der Menschen.

Auch die Schafe waren langsamer geworden. Wie immer hatte er sie zweimal zum Grasen geführt, einmal am Vormittag und noch einmal nach der Mittagsruhe. Und wie immer hatten die Tiere sich satt gefressen, das sah er an ihren runden Leibern.

Als Matthäus ein humpelndes Rhönschaf entdeckte, ließ er Asta und Nielsen die Herde anhalten. Mit dem seitlichen Haken an seinem langen Stab hielt er den rechten Hinterlauf des Schafs fest, sodass es vornüber auf den Weg stürzte. Dann eilte er hinzu und drückte es mit seinem Körpergewicht auf die Erde, fasste das verletzte Bein und besah sich den Schaden. Das Schaf hatte sich einen Dorn in den Huf getreten, rasch zog er ihn heraus und versorgte die Wunde mit dem Desinfektionsmittel, das er immer bei sich trug. Nach der Prozedur humpelte das Schaf erst recht, aber das gehörte sich so. Jetzt musste es seinen Lauf schonen, damit der Huf rasch heilte, doch bis zum Schlafplatz konnte das Tier es bequem schaffen.

Die Wiese lag in einem fahlen Licht; nicht lange, und es würde dunkel werden. Die Schafe trotteten auf ihren Liegeplatz zu. Bevor sie zur Ruhe kamen, hatten sie noch einiges wiederzukäuen. Aber das kannten sie alles schon, ihr Dasein war eine einzige Routine, die sie geduldig hinnahmen.

Asta und Nielsen waren vor dem Schäferwagen stehen geblieben. Sie schnüffelten kurz, dann gaben sie Laut.

»Ei, was is denn?«, brummte Matthäus.

Die Hunde bellten verhalten weiter.

Er ging auf den Schäferwagen zu, drinnen hörte er etwas poltern.

»Herr Jesses.« Matthäus fummelte den Schlüssel aus der Tasche, während die Hunde ungeduldig mit den Schwänzen wedelten. Lachend wandte er sich ihnen zu. »Na, na, ich weiß schon, ich bin euch nit schnell genug.«

Endlich sprang die Tür auf, und Asta und Nielsen stoben bellend zurück. Drinnen hockte ein verwirrt dreinblickender junger Bursche auf dem Boden. Das Bellen der Hunde hatte ihn wohl aufgeschreckt, und er war von der hölzernen Bettstelle gefallen, auf der die Matratze fehlte, weil derzeit niemand hier schlief. Ein junger Mensch, höchstens fünfzehn.

»Hast du geschlafen?«, fragte Matthäus.

Der Junge rieb sich die Augen. »Irgendwie schon.«

»Hat dich wer eingeschlossen?«

»Ich bin gestolpert.«

Matthäus lachte. »Ei, horsch mol. Der Wagen kann sich nit selbst abschließen.«

Er wartete auf eine Erklärung, doch der Junge schaute ihn nur ausdruckslos an. Seine Augen waren so schwarz wie zwei Kohlen unter dem dunklen Haar, das ihm zauselig in die Stirn fiel, und so recht wollte er nicht mit der Sprache heraus. Was immer passiert war, die Sache schien ihm peinlich zu sein.

»Na, dann komm schon raus«, lenkte Matthäus ein. Was sollte er sonst schon sagen? Es war nichts beschädigt worden, und wenn der Bursche wusste, wo er hingehörte, sollte er halt nach Hause laufen. Dann fiel ihm doch noch etwas ein. »Warum hast du dich nit befreit? Mit deinem Gewicht brauchtest du dich nur gegen die Tür zu werfen. Das Schloss hält nit viel.«

Der junge Kerl nickte. »Ich weiß. Aber ich wollte Ihre grüne Minna nicht kaputt machen.«

»Grüne Minna?«

»Na, Ihren Schäferwagen halt.«

Auch eine Antwort, dachte Matthäus und wappnete sich mit Geduld. Eines Tages würde er erfahren, was geschehen war. Irgendein Vögelchen würde es ihm zwitschern.

***

Bär hatte die Nacht in der Erdhöhle verbracht. Die abgestandene Luft hatte ihn müde werden lassen, doch er hatte immer wieder angespannt in die Stille gelauscht. Die paar Male, die er für kurze Zeit eingedöst war, konnte er an einer Hand abzählen. Dann hatte die Morgenkühle die letzte Müdigkeit aus seinem Körper vertrieben. Die dünne Isomatte trennte ihn nur ungenügend vom harten Erdboden, und er hatte das Gefühl, jede Rippe einzeln zu spüren. Sein Mund war trocken, obwohl er die Flasche Wasser, die er sich aus dem Vorrat des Preppers genommen hatte, komplett ausgetrunken hatte, und ein unangenehmer Geschmack auf seiner Zunge ließ sich nicht runterschlucken. Mit der Zungenspitze fuhr er über seine Zähne, auf denen er pelzigen Plack vermutete. Er zog die Beine an, streckte sie wieder. Ließ die Schultern kreisen.

Mit einem Gähnen sah er auf die Uhr. Gleich vier. Lange würde er wohl nicht mehr warten müssen. Sicherlich wusste Marius Adam die frühe Stunde zu nutzen. Um diese Zeit war hier draußen noch niemand unterwegs. Durch den Spalt unter der Holztür drang kein Licht. Der Neumond musste noch immer am dunklen Nachthimmel stehen. Bär stellte sich vor, wie Tautropfen aus schwarzen Baumkronenschatten fielen und wie die Sonne in wenigen Stunden einen hellen Streifen an den Horizont malen würde. Es waren eindringliche Bilder, obwohl er sie nicht wirklich sah. So musste es einem Erblindeten ergehen oder jemandem, der in einem dunklen Kerker gefangen gehalten wurde. Alle Welt existierte nur noch in der Vorstellungskraft, und das Sehen verlagerte sich ins Hirn.

Seine Blase drückte. Er ging auf die Knie, tastete nach der leeren Wasserflasche neben seiner Isomatte und pinkelte hinein, bemüht, dabei möglichst leise zu sein und nichts danebengehen zu lassen. Der Gestank nach Urin mischte sich augenblicklich mit dem erdigen Geruch der Höhle. Noch auf den Knien, schraubte er die Wasserflasche fest zu. Lieber wäre er kurz in den Wald gegangen, aber das war ihm zur riskant. Marius Adam konnte sich der Höhle jeden Moment nähern, und er wollte es nicht vermasseln.

Ein kleines, helles Geräusch hallte durch die Höhle, als er seinen Urin abstellen wollte und mit der Flasche an die Alukisten des Preppers stieß. Mit beiden Händen befühlte er die Zarges-Boxen, um sich räumlich zu orientieren. Die KTU würde ihn eh steinigen, nach all dem, was er hier angerichtet hatte. Lediglich den Fetzen vom Babytuch hatte er säuberlich eingetütet und nicht weiter berührt, hier drinnen würde man überall seine DNS finden.

Weil er kaum noch wusste, welche Körperhaltung er in der niedrigen Höhle einnehmen sollte, streckte er sich wieder auf der Isomatte aus, zog den Schlafsack bis ans Kinn und lauschte nach draußen. Er überlegte, sein Handy wieder einzuschalten. Wenn er es auf lautlos stellte, würde kein Klingelton ihn verraten, und er könnte nachsehen, ob eine SMS an ihn eingegangen war. Doch er ließ das Handy vorerst stecken. Was auch immer inzwischen passiert war, es hatte Zeit bis später. Hier in der Höhle gab es nur eine Aufgabe für ihn.

Er musste den Kidnapper des Babys in Empfang nehmen.

***

Lara schrak hoch. An der Ladentür glaubte sie ein Geräusch gehört zu haben. Sie hatte die Nacht vor sich hindösend in ihren Kleidern in einem der Sessel verbracht, die sie für wartende Kundinnen in ihrem Nagelstudio stehen hatte. Den zweiten hatte sie sich rangeschoben, um die Beine hochlegen zu können.

Der Strom war schon bald wieder da gewesen, aber von Amelie gab es weiter kein Lebenszeichen. Und auch nicht von

Christian. Busse war vorbeigekommen und hatte ein Foto von Amelie abgeholt, damit die Polizei nach ihr fahnden konnte. Sowie es eine Spur von ihr gab, würde er sich bei ihr melden.

In die Wohnung zu gehen, die nur einen Stock höher lag, war Lara unmöglich erschienen. Es hätte ihr das Gefühl gegeben, zu weit weg vom Geschehen zu sein. Hier unten im Studio war sie nur ein paar Schritte von der Straße entfernt, hier bekam sie eher mit, wenn Amelie vor dem Haus ankam. Falls sie denn allein zurückfand, von dort, wo immer sie gerade war.

Jetzt hörte sie ganz deutlich ein Klopfen, Fingerknöchel pochten gegen die gläserne Tür. Sie stieß den zweiten Sessel mit den Füßen weg und rappelte sich hoch, näherte sich mit müden Bewegungen der Tür und erkannte Busses Gesicht im Licht der Straßenlaterne. Ungestüm riss sie die Tür auf.

»Amelie!« Er hatte ihre Tochter bei sich. Amelies Wangen waren gerötet, ihre Lider verquollen. Sie musste viel geweint haben. Das Haar hing ihr strähnig ins Gesicht. »Kleines!«

Lara zog sie so fest an sich, dass ihr beinah die Luft wegblieb. Dann erst machte sie Busse Platz. »Verzeihung, kommen Sie rein. Was ist passiert?«

Busse betrachtete die Nagellackfläschchen im Regal mit gerunzelter Stirn, dann glitt sein skeptischer Blick über den Behandlungstisch. Offensichtlich war er noch nie in einem Nagelstudio gewesen. »Eine Bäuerin aus Erlenweil hat Amelie vor einer Stunde in ihrer Scheune gefunden. Dort lag sie schlafend im Heu. Die Frau hatte ihre Runde über den Hof begonnen und wollte die Kühe füttern. Sie war völlig aufgelöst, als sie bei uns anrief. Ich bin gleich hingefahren.«

Laras Blicke flogen zwischen Busse und Amelie hin und her und schließlich zum Regal, wo Amelies Handy lag. Die Frage, wieso Amelie sie nicht einfach angerufen hatte, erübrigte sich. Aber da waren noch so viele andere Fragen.

»Du hast dich in einer Scheune versteckt? Warum?«

»Es wurde schon dunkel, und ich bekam Angst, mich zu verlaufen. Bis zum S-Bahnhof war es noch so weit. Und ich hatte auch gar kein Geld für eine Fahrkarte dabei.«

»Und warum hast du nicht an irgendeinem Haus geschellt und gebeten, mich anrufen zu dürfen?«

»Da waren nicht so viele Häuser.« Amelie wischte sich mit dem Handrücken über den Mund. »Und als ich eins gefunden hatte, machte niemand auf. Da bin ich einfach in den Stall.«

»Die Hofbewohner hatten Verwandte besucht und sind erst spät heimgekommen«, sagte Busse. »Das hat die Bäuerin mir erzählt. Amelie muss da schon geschlafen haben.«

Lara atmete einmal tief durch, aber sie war noch längst nicht fertig. »Wie kamst du überhaupt nach Erlenweil? Was hat dich geritten, aus dem Laden zu laufen? Ich war doch nur eben Eis holen.« Jetzt, da Amelie unversehrt vor ihr stand, wich der Schrecken von ihr, und die Ungeheuerlichkeit des töchterlichen Benehmens drang in ihr Bewusstsein. »Was hast du dir dabei gedacht?«

»Hauptsache, ihr ist nichts geschehen«, wandte Busse beschwichtigend ein. »Die Frau, die sie gefunden hat, war sehr nett.«

»Hast du das Eis noch?«, fragte Amelie.

»Steht im Gefrierfach.« Lara musste allen Ernstes lachen, noch lieber hätte sie geweint. Ob vor Zorn oder Erleichterung, wusste sie selbst nicht.

»Dann hat Marvin also recht gehabt«, sagte Amelie leise.

»Marvin?« Ein Kribbeln rann Laras Rücken hinab. »Was hat Marvin mit alldem zu tun?«

»Er wollte mir den Wolf zeigen.« Amelie schniefte, dann flossen erneut die Tränen.

Lara stand wie versteinert da, sie warf Busse einen hilflosen Blick zu. Langsam ging sie in die Hocke, brachte ihr Gesicht dicht vor Amelies. »Hat Marvin dich aus dem Laden gelockt?«

Amelie hob die Schultern und weinte lauter.

»Das macht Sinn«, sagte Busse ruhig. »Allein wäre sie sicherlich nicht so leicht bis nach Erlenweil gekommen. Jemand muss sie mitgenommen haben. Wer ist denn dieser Marvin?«

»Ein Jugendlicher, der bei Roberta Hennig im Haus wohnt. Amelie hat ihn zufällig bei ihr kennengelernt. Offensichtlich hat er inzwischen rausgekriegt, wo wir wohnen. Ist ja auch ganz einfach, bei all meiner Werbung für den Laden im Netz. Amelie, nun sag doch was.«

»Ich hab ... Ich hab ihn eingeschlossen.«

»Du hast was?«

Kindliches Schluchzen. Lara suchte auf dem Behandlungstisch nach einem Kleenex und wischte ihrer Tochter die Tränen ab.

»Er war böse auf mich und wollte mich in den Wagen vom Schäfer ziehen, in die grüne Minna. Aber er stand mit dem Rücken zur offenen Tür, und auf einmal ist er gestolpert. In den Wagen hinein. Da hab ich ganz schnell die Tür zugemacht. Der arme Marvin, hoffentlich verhungert er da drin nicht.«

»So schnell geht das nicht«, meinte Busse lachend.

Lara dagegen machte Amelies Mitgefühl einfach nur wütend. »Nun ist aber mal gut. Der Junge lockt dich aus dem Laden, und dir tut er auch noch leid? Es war ganz richtig, dass du dich gewehrt und ihn eingesperrt hast. Dein Onkel wäre stolz auf dich.«

»Na, na!« Busse rieb sich die Augen, offensichtlich fehlten auch ihm ein paar Stunden Schlaf. »Ich werde mich vom Präsidium aus um alles kümmern«, versprach er. »Der Junge wird leicht zu finden sein, und dann vernehmen wir ihn. Kennen Sie seinen vollen Namen?«

»Marvin Waldschmidt«, sagte Amelie rasch. »Er wohnt bei Roberta im Haus, gleich unten.«

»Am Schweizer Platz.« Lara schrieb Busse Robertas Adresse auf. »Danke, dass Sie Amelie hergebracht haben.« Mit einem Seufzer zog sie ihre Tochter an sich. »Und du kommst erst mal in die Wanne.«

Als die Tür hinter Busse ins Schloss fiel, wurde Lara bewusst, dass sie vergessen hatte, ihn nach ihrem Bruder zu fragen. Wo steckte Christian, was nahm ihn derart in Beschlag, dass er nicht zu erreichen war?

***

Bär fuhr von der Isomatte hoch, in der Höhle war es plötzlich hell geworden. Das eindringende Tageslicht musste ihn aufgeweckt haben, er war wohl noch einmal kurz eingedöst. Die kleine Holztür stand offen, kühle Morgenluft drang herein. Über Nacht war die Luft in der Höhle von seinem Atem aufgewärmt worden, nun fuhr die Kälte von draußen herein. Um rasche Orientierung bemüht, sah er sich um. Am Kopfende seiner Isomatte befanden sich die über- und nebeneinandergestapelten Zarges-Boxen, dahinter der Compoundbogen, die Wasserflasche mit seinem Urin stand davor. Die Holztür zu seinen Füßen war nach außen aufgeklappt und gab ein helles Viereck frei. Eine Efeuranke hing davor herab und baumelte sachte im Wind.

Bär verharrte ganz still und atmete flach. Er wagte nicht einmal, sich aus dem Schlafsack zu befreien. Das Ratschen des Reißverschlusses hätte sein Gegner gehört. Draußen im Wäldchen begrüßten Vögel den beginnenden Tag mit Gezwitscher. Vor dem Eingang jedoch tat sich nichts. Was machte Marius Adam da draußen so lange? Suchte er die Holzpfosten nach den Fetzen des Babytuchs ab?

Nun komm schon, flehte er innerlich, komm rein.

Der Plan war, dass der Kerl von seiner Anwesenheit überrascht wurde. Wenn er da draußen so lange rummachte, war das kein gutes Zeichen. Vielleicht hatte ihm die Wärme in der Höhle verraten, dass drinnen jemand auf ihn wartete. Bärs P30 lag in Griffnähe neben ihm. Er nahm sie vorsichtig an sich, setzte sich geräuschlos auf und legte auf den Ausgang an, bereit zum Entsichern.

Im hellen Rechteck erschien ein Schatten, dann beugte sich ein dunkelgrauer Kopf mit einem Rüssel und zwei runden Glasscheiben vor den Augen herein. Heilige Scheiße, das war eine Gasmaske. Der Kerl wollte ihn ausräuchern! Bärs jähe Erkenntnis wurde von einem gewaltigen Zischen untermalt, als etwas auf ihn zuflog, weiße Schwaden stiegen auf und erfüllten die Höhle im Nu. Er hustete, spuckte. Kniff die Augen zusammen. Strampelte sich aus dem Schlafsack. Mit seiner Rechten umklammerte er die Waffe, seine Linke fand die Zarges-Boxen und schließlich die erdige Wand.

Raus hier, er musste hier raus.

Mit angehaltenem Atem und geschlossenen Augen robbte er an der Wand entlang über den Boden in Richtung des Ausgangs. Endlich griff er ins Leere. In die Freiheit. Auf allen vieren krabbelte er aus der Höhle, ließ sich bäuchlings ins Unterholz fallen. Äste zerbrachen knackend unter ihm, er verlor die Waffe, als er sich mit den Händen abzustützen versuchte, ein Zweig ratschte ihm schmerzhaft durchs Gesicht. Wieder hustete und würgte er erbärmlich. Unter Mühen wandte er den Kopf.

Sein Angreifer stand über ihm, einen Speer in der Rechten, die Spitze drohend erhoben. Er trug eine Militärhose in Tarnfarben, dazu ein schwarzes Shirt mit über den Kopf gezogener Kapuze, unter der Kapuze die graue Gasmaske mit dem runden Filter. Dünne schwarze Motorradhandschuhe.

Der Speer senkte sich auf seine Stirn, die scharfe Spitze kitzelte seine Haut.

»Okay, Marius Adam, lassen Sie's gut sein.« Bär spuckte die Worte keuchend heraus. »Ich arbeite nicht allein. Mein Kollege Busse weiß über Sie Bescheid und damit das gesamte K11. Sie können mir jetzt ins Hirn stechen und mich hier liegen lassen. Aber dann werden andere Sie jagen, finden und bestrafen.«

Der Druck der Speerspitze ließ nach.

Bär blinzelte. Die Sonne brach durch das Laub der Bäume und blendete ihn, Marius Adam nahm er nur noch als Schattenriss wahr. Er selbst war ihm nie begegnet, es war immer Roberta gewesen, die mit ihm gesprochen hatte. Aber hatte sie jemals erwähnt, dass er klein und zierlich war? Sein Atem ging schneller. Etwas stimmte hier nicht.

»Aufstehen!«, erklang es dumpf und kaum verständlich hinter der Gasmaske.

Jetzt richtete sich der Speer auf seinen Leib. Schwerfällig kam Bär hoch. Seine Augen tränten, seine Lunge brannte. Aus der Schramme, die er sich bei seiner Landung im Totholz geholt hatte, rann Blut über seine Stirn. Er wischte es mit dem Handrücken weg, bevor es die Augen erreichte.

»Da rüber.« Der Speer zeigte ihm an, wo er hinsollte, vor einen jungen Baum. Er gehorchte, setzte sich vor dem Baum auf die Erde. Er sah seine Waffe im Unterholz liegen und überlegte, wie er an sie rankommen könnte. Der Speer zeigte nun auf sein linkes Auge und blieb auch weiterhin auf ihn gerichtet, als sein Peiniger mit bewundernswerter Beweglichkeit in die Knie ging, rücklings nach der P30 fischte und sie auch gleich erwischte.

Mensch, Bär! Er hörte schon Beckers Stimme, das Johlen der Kollegen, wenn sie von seiner grotesken Niederlage erfuhren. Er hätte diesen blöden Speer in einem überraschenden Moment fest packen und den Kerl damit von sich stoßen sollen. Doch er hatte viel zu lange überlegt und seine Chance verspielt. Nun zeigte die Mündung seiner eigenen Waffe auf ihn.

»Okay, okay.« Er hob beide Hände, zum Zeichen, dass er aufgab, kniff die brennenden Augen zusammen, um die Tränenflüssigkeit darin loszuwerden, und hörte im selben Moment das Klicken seiner eigenen Handschellen. Sein Widersacher hatte damit seine rechte Hand an den noch dünnen Baumstamm gefesselt. Ärger überkam ihn wie ein heißer Schwall. »Jetzt freust du dich, was?«, blaffte er wütend, während er an seiner Fessel zerrte.

Der Kerl mit der Gasmaske stand breitbeinig vor ihm, so als suchte er mit den Füßen im Unterholz Halt. Ganz langsam zog er die Maske ab.

Bär glaubte, dass die Welt sich zu drehen aufhörte.

Das war Luccas Gesicht.

Eine Viertelstunde später hatte er eine Decke um die Schultern liegen und eine Flasche Wasser in der freien Hand. Sein Handy hatte sie ihm abgenommen, und die Rechte hielt er immer noch wie ein Idiot in die Luft, weil die Handschellen sie mit dem Baum verbanden. Vom Waldboden zog Kälte in seinen Körper, wenigstens wärmte die Decke Schultern und Arme. Lucca saß zwei Meter von ihm entfernt auf einem umgefallenen Stamm, die Kapuze übergezogen, die Gasmaske in ihrem Schoß.

»Was hast du denn gedacht, wer da zu dir in die Höhle kommt?«, fragte sie mit einem verhaltenen Lächeln. »Wen wolltest du erschrecken?«

»Wen wolltest du töten?«, gab er schroff zurück.

»Einen Eindringling.« Sie sah ihn ernst an. »Das ist meine Höhle, Bär, der erste Stopp auf meiner Fluchtroute in den Osten.«

»In den Osten?«

»Frühere DDR. Da gibt es ehemalige Militärsperrgebiete. Ein Eldorado für Leute, die eine Zufluchtsstätte suchen.«

»Gott im Himmel, wovor rennst du nur weg? Doch hoffentlich nicht vor mir.« Er lachte rau.

Sie zog die Handschuhe aus, besah sich ihre Fingernägel. »Wir haben schon darüber gesprochen. Die Welt ist ein unwirtlicher Ort geworden. Jederzeit kann ein Handelskrieg ausbrechen und eskalieren. Dann kommt es zu Engpässen in der Versorgung. Zum Schwarzmarkt, zu Unmut, Demonstrationen und Verwerfungen.« Sie zuckte mit den Schultern. »Oder nimm ein anderes Szenario. Statt mit dem Laster in eine Gruppe Menschen zu rasen, könnten Attentäter schon bald auf die Idee kommen, massenhaft sensible Rechner zu zerstören. Auf diese Weise würden sie wichtige Industriezweige lahmlegen, aber auch Müllabfuhr, Wärmeversorgung und Verkehr. Dann sitzen wir frierend im Dunkeln und ersticken im eigenen Müll.«

»Ich bitte dich!«, unterbrach Bär sie empört. Er ruckelte einmal mehr an seiner Handschelle, aber Lucca ignorierte die Geste.

»Allein die Klimakatastrophe kann zu kriegsähnlichen Zuständen führen«, redete sie tonlos weiter. »Wenn Tornados und Überschwemmungen ganze Landstriche verwüsten, werden obdachlose und hungernde Menschen zu Wegelagerern und Plünderern. Dann kämpft jeder nur noch für sich selbst, und Überleben wird zu einer gewalttätigen Angelegenheit. Katastrophen erwecken nicht nur Mitleid, sie können Menschen auch verrohen lassen. Aber davon hast du nun mal keine Ahnung. Steh du mal mitten im Strom, ein hilfloses Baby auf dem Arm, während neben dir ein Hausdach vorbeirauscht, als wäre es ein Holzschiffchen.«

Sie wischte sich mit dem Ärmel über die Augen und schaute dann zur Seite. Ein paar Sekunden lang schwieg sie, und Bär wusste, dass sie in Gedanken wieder in den Fluten der Überschwemmung stand, den kleinen Stiefbruder auf dem Arm.

»Lucca, ich … Es tut mir wirklich leid, was dir passiert ist. Lass uns doch vernünftig über alles reden.«

Sie sah ihn böse an. »Gestern erst hat ein Starkregen in Frankfurt einen Transformator unterspült, die Erde ist unter dem Teil weggerutscht wie nichts. Es kippte einfach um, und es gab stundenlang keinen Strom im Norden der Stadt und in den angrenzenden Gebieten. Deshalb bin ich heute hier herausgekommen, sicherheitshalber wollte ich die Ausrüstung checken. Aber du Idiot musst ja hier auftauchen, und jetzt, wo du meine Höhle kennst, wird es langsam eng für mich.«

»Meinetwegen musst du wirklich nicht abhauen.« Ihm war bewusst, wie hilflos er klang.

»Du wiederholst dich. Abgesehen davon muss ich *gerade* vor dir abhauen.« Lucca nickte schwer. »Vor dir und deinen Leuten. Ich habe zwei Männer auf dem Gewissen.«

Also doch. Szenen der letzten Tage stiegen vor seinem inneren Auge auf. Die vom Wolf zerfressene Leiche im Dickicht. Der unkenntliche Körper, der im Wehr tanzte. Luccas verstümmelte Brust. »Dann war also doch Adelsmann derjenige, der … Und du hast dich an ihm gerächt. Aber was hatte Fedor Popow dir angetan?«

»Du checkst es nicht.«

»Mach mich doch endlich mal los, dann lässt es sich besser reden.«

Sie schüttelte stumm den Kopf.

»Dann bring mir wenigstens was zum Draufsitzen, ich kriege noch Hämorrhoiden von dem kalten Waldboden.«

Wortlos verschwand sie in der Höhle. Er hörte sie drinnen

hantieren, die Verschlüsse der Zarges-Boxen klappten auf und zu. Dann war sie wieder da und warf ihm eine zweite Decke zu. Mit der freien Hand schob er sie sich unter den Hintern.

»Also? Jetzt erzähl schon.«

»Das Baby, das in der Asche lag ...« Sie wischte sich fahrig eine Haarsträhne aus dem Gesicht, ihre Stimme zitterte. »Ich habe es dorthin gelegt. Zuvor hatte ich es kurz hier bei mir in der Höhle, aber nur so lange, bis ich mir meinen Plan zurechtgelegt hatte. Ich wusste ja, dass der Schäfer seine Herde jeden Abend bei dem Schäferwagen einpfercht. Und dass er an diesem abgebrannten Lagerfeuer vorbeikommen musste, wenn er sich auf den Heimweg machte. Zwei so idiotische Wanderer hatten am Nachmittag auf der Wiese Stockbrote gegrillt. Die Asche war noch warm, ideal, um das Kind dort abzulegen. So konnte es nicht auskühlen, bevor der Schäfer es fand.«

»Herrje, was für eine irre Idee! Warum hast du das Baby nicht selbst ins Krankenhaus gebracht? Oder ganz einfach den Notruf gewählt?«

Lucca sah auf seine Waffe, die sie in ihren Händen hielt. »Ich wollte nicht, dass mich jemand mit der Mutter des Babys und mit ihren Verfolgern in Zusammenhang bringt. Nicht bevor ich mit allen fertig war.«

Bär blinzelte. Die Sonne schien ihm nun direkt ins Gesicht. Sie war höher geklettert und malte flirrende Schatten ins Unterholz. In den Baumkronen zwitscherten die Vögel.

Es hätte so schön sein können, mit Lucca hier im Wald.

»Kannst du mir das bitte erklären?«, meinte er grob.

»Gelegentlich schaue ich nach dieser Höhle«, sagte Lucca stockend, »so wie heute. Es muss ja immer alles einsatzbereit sein. Ab und zu übe ich dann auch ein bisschen mit meinem Bogen.«

Bär hatte Mühe, sich vorzustellen, dass Lucca hier draußen allein mit dem Compoundbogen trainierte, andererseits ... Gott, was war er nur für ein Idiot. Der Compoundbogen mit seinen Camps erforderte extrem wenig Kraft zum Ausziehen der Sehne, er war ideal für einen weiblichen Schützen.

»Ich bringe irgendwo eine Zielscheibe aus Stroh an, etwa an einem Baumstamm. So eine weiche Strohscheibe ist leiser als leere Dosen und hinterlässt kaum Spuren. Na ja, für einen Laien jedenfalls.« Sie lachte verhalten. »Anfang September habe ich hier mal wieder ein paar Pfeile verschossen. Und da sehe ich eine Gestalt über die Weide rennen. Eine Schwarze mit einem Baby. Sie presste das Kind mit beiden Armen fest an sich, offensichtlich hatte sie kein Vertrauen zu dem bunten Tuch, mit dem sie es sich vor den Bauch gebunden hatte. Drei Kerle rannten hinter ihr her und verfolgten sie. Derjenige, der sie zuerst erreichte, hat das Baby aus dem Tragetuch gerissen. Der zweite hat sie auf die Erde gestoßen und ist über sie hergefallen, er hat sich auf sie gesetzt, hat auf sie eingeschlagen und angefangen, ihr die Kleider vom Leib zu zerren. Ich bin hin und hab den Mann, der auf ihr saß, getreten und von ihr runtergezogen.«

Sie nickte bestätigend und schwieg einen Moment.

»Und dann?«, drängte Bär.

»Den Bogen hatte ich noch bei mir, er lässt sich leicht bedienen, hat aber ein ganz schönes Gewicht. So anderthalb Kilo hast du da schon im Arm. Ich wollte ihn nicht zur Seite legen, es wäre zu gefährlich gewesen, also musste ich ihn mitschleppen.«

»Einer der Kerle hätte ihn sich schnappen und auf dich anlegen können«, stimmte Bär zu. »Aber hätte er dir dazu nicht erst einen Pfeil aus dem Köcher reißen müssen?«

Sie zuckte mit den Schultern. »Hätte alles passieren können. Doch ich hab es geschafft, den Kerlen das Baby abzunehmen und es in der Nähe ins Gras zu legen. Der Bogen hat wohl auch ziemlich Eindruck gemacht, inzwischen war bei den Kerlen Flucht angesagt. Der, der auf der Frau gesessen hatte, war längst über alle Berge. Dem zweiten konnte ich einen Pfeil in den Bauch jagen, als er sich noch einmal umdrehte. Auch der dritte sah sich noch einmal um, den hab ich leider nur ins Bein getroffen. Am Fluss hab ich ihn dann aber erwischt und ihm einen Schlag ins Genick verpasst.« Sie machte eine eindeutige Bewegung mit der Handkante.

Bärs Wangen fühlten sich kalt an, als er mit der freien Hand über seine morgendlichen Bartstoppeln strich, das Blut war ihm aus dem Gesicht gewichen. Mühsam ordnete er seine Gedanken. All diese Kriegslisten – wo hatte sie die bloß gelernt? In Selbsthilfekursen für Prepper? Sollte sie wirklich ohne Zögern zwei Menschen umgebracht haben? Er wollte das nicht glauben. Lucca mochte alles Mögliche sein, aber sie war kein Monster.

Er suchte nach den richtigen Worten.

»Aber du hast doch nur ... der Frau geholfen. Das wird jeder Richter anerkennen. Das war ... Nothilfe.« Er glaubte selbst nicht, was er da sagte. Der Schrecken und die Verzweiflung, die er empfand, schwangen in seiner Stimme mit.

Sie sah ihn müde an. »Es war keine ›Nothilfe‹, wie du es nennst.« Ihre Hand fuhr kurz in ihren Ausschnitt, so als wollte sie sich vergewissern, dass ihre Narbe noch da war. »Erinnerst du dich noch an meine Verletzung?«

»Ja sicher. Was ist damit?«

»Nachdem mein Stiefvater seinen kleinen Engel bei dem Hochwasser verloren hatte, weil ich ihn nicht festhalten konnte, ist er mir gegenüber zum Teufel geworden. Er sah in mir die einzig Schuldige, und er hat mich danach mehrfach ... Immer wenn die Bilder ihn heimholten, hat er mich hergenommen. Er hat mich nicht nur verstümmelt.«

Bär merkte, wie sein Blick flackerte. Widersprüchliche Gefühle überkamen ihn. Mitgefühl mit Lucca und ihrem kleinen Bruder, gleißende Wut auf ihren Stiefvater. Entsetzen über ihre Tat und bittere Enttäuschung, dass sie sich nicht von ihm helfen lassen wollte. Ihm fehlten die Worte, um all das auszudrücken. In den Arm nehmen konnte er sie auch nicht, so blödsinnig, wie er an den jungen Baum angekettet war.

Klirrend zog er erneut an seiner Fessel. »Mach mich los und lass uns reden. All das lässt sich erklären und verhandeln. Ich helfe dir. Vielleicht gehst du einige Zeit in den Bau, aber das überstehst du. Und danach fängst du ein neues Leben an. Noch ist nichts verloren.«

Statt einer Antwort stand sie auf und verschwand in der Höhle.

»Nun komm schon, sei vernünftig!«, brüllte er hinter ihr her. »Ich besorge dir einen guten Anwalt.«

Sie tat so, als hörte sie ihn nicht, und ließ ihn schmoren.

Als sie zurückkam, hatte sie eine große Umhängetasche geschultert und einen schwarzen Rucksack auf den Rücken geschnallt.

»Was hast du mit all dem Gepäck vor?«

»In der Tasche ist mein Compoundbogen, den hast du sicher gesehen. Der Rucksack war in einer der unteren Zarges-Boxen. Gut erzogen, wie du bist, hast du nicht alle Kisten durchstöbert, nur die beiden oberen. Ich hatte kleine Wachsmarken auf die Riegel geklebt, damit ich sehe, wenn jemand dran war.«

»Punkt für dich, deine Wachsmarken hab ich in der schummrigen Höhle übersehen.«

»Du hättest sie ertasten können.«

»Scheiße, ja. Aber ich hätte die Box eh aufgemacht. Was spielt das noch für eine Rolle? Bin ich jetzt durchs Prepper-Examen gefallen, oder was?« Er kam sich verarscht vor, zumal er ihr nur helfen wollte.

»Im Rucksack ist alles, was ich zum Abhauen und zum Überleben brauche. Wird es sehr peinlich für dich, wenn ich deine Waffe behalte?« Sie zog seine P30 aus dem Hosenbund und wog sie in der Hand. »Eine Heckler und Koch, eigens für die Polizei konzipiert, hab ich recht?«

Er presste die Lippen aufeinander. Darauf zu antworten wäre zu albern gewesen.

»Gib mir die Schlüssel für deine Fesseln.«

»Was?«

»Na los, mach schon.« Ihre Finger wippten auffordernd.

Umständlich zog er mit der freien Hand die Schlüssel für die Handschellen aus der Hosentasche. »Na gut. Du hast die Waffe und damit das bessere Argument.«

»Danke, das sehe ich auch so.« Ihre Stimme klang kalt. Sein Versuch, die Situation mit schwarzem Humor zu entschärfen, war voll danebengegangen. »Die Schlüssel lege ich vor den Eingang der Höhle. Sieht vielleicht doch etwas komisch aus, wenn du als Polizist mit den Schellen am Handgelenk durch die Gegend läufst.«

»Als du mit dem Teddy im Krankenhaus aufgetaucht bist – das war kein Zufall, oder?«

Sie senkte den Kopf und schaute vor sich auf den Boden. »Ich wollte rauskriegen, was weiter mit dem Baby geschehen würde. Als ich es im Arm hatte, erinnerte es mich an meinen kleinen Bruder, und ich wünschte mir, dass es wenigstens ihm gut gehen würde. Aber noch wichtiger war es für mich, herauszufinden, wie viel ihr Bullen inzwischen wusstet. Ich musste euch und die Ermittlungen im Auge behalten, nur so konnte ich einschätzen, wann es Zeit wäre, abzuhauen. Das Krankenhaus war ein guter Anfang für meine Recherchen, und dass ausgerechnet du gerade dort warst, machte es mir sehr leicht.«

»Dann war dein kleiner Allergieanfall nur gespielt«, folgerte Bär unsicher. Bei den letzten Worten kippte seine Stimme.

Lucca nickte bedächtig. »Studentenfutter habe ich immer bei mir, so eine kleine Showeinlage wirkt Wunder. Die meisten Leute wollen dir sofort helfen und kümmern sich um dich. So entstehen Sympathie und Nähe, und niemand hat Angst vor dir. Wer hilflos ist, wirkt nicht bedrohlich, er benötigt einfach nur Schutz.«

»Wo hast du das alles nur her, verdammt?« Auf einmal gewann die Wut in seinem Gefühlschaos die Oberhand.

»Aus tausend und einem Überlebenstraining. Selbstverteidigung, Psychologie, Gefahrenabwehr. Guck nicht so böse, Bär, es war nicht alles gespielt. In der Nacht in deinem Apartment –«

»Hör nur ja auf!«, brüllte er. Ihm war flau, sein Magen rebellierte, und er wollte nicht noch eine ihrer Lügen hören. Wie hatte er nur auf diese Ratte hereinfallen können? Mussten Menschen, denen etwas angetan worden war, immer gleich anderen etwas antun?

»Bär, ich …«

»Halt nur ja die Schnauze!«

»... muss jetzt los.«

Sie ging die paar Schritte zum Höhleneingang und legte die Schlüssel dort ab. Ein Schweizer Taschenmesser landete einen halben Meter von seinen Füßen entfernt auf der Erde. Sie hatte sauber gezielt und eine Stelle getroffen, an der der Boden glatt und trocken war. »Musst ein bisschen Phantasie aufbringen, um ranzukommen, doch dann kannst du den Baum damit durchsägen. Das wird ein Weilchen dauern, aber ich brauche etwas Vorsprung. Du kommst schon zurecht. Und denk nicht zu schlecht von mir. Wir hatten schöne Momente, und es gab Tage, an denen hatte ich dich richtig lieb.«

»Lucca, ich warne dich! Mach keinen Unsinn.« Er kämpfte seine Gefühle nieder, verlagerte alle Energie in sein Hirn und versuchte, sie wie die Gesetzesbrecherin zu sehen, die sie war und um die er sich als Polizist zu kümmern hatte. Sie hatte sich stellvertretend für ihre eigenen Verletzungen an den Männern gerächt, die über die Mutter des Babys hergefallen waren. Und sie hatte davon gesprochen, die Sache zu Ende bringen zu wollen.

»Lass dir nicht einfallen, nach dem dritten Mann zu suchen. Wenn du den jetzt verfolgst, um ihn auch noch zu töten, wird niemand mehr von Notwehr reden. Dann ist es vorsätzlicher Mord.«

Lucca ließ die Tasche mit dem Compoundbogen stehen und kam näher. Sie hielt gerade so viel Abstand ein, dass er sie mit seiner freien Hand nicht packen konnte, und sah mit einem verächtlichen Lächeln auf ihn herab. »Glaub mir, ich gestehe keinem Mann mehr zu, einer Frau etwas anzutun. Keinem. Der Kerl hat sich schlicht vertan, wenn er gedacht hat, er käme davon.«

»Lucca, bitte ...«

»Mach's gut, Bär. Ich hab zu tun.« Sie korrigierte die Tragriemen ihres Rucksacks und nahm die Tasche mit dem Bogen wieder auf. Dann verschwand sie wie ein Schatten zwischen den Bäumen. Ihre Bewegungen wirkten geschmeidig und leicht, das Gewicht ihres Gepäcks schien sie nicht im Geringsten zu stören.

Reglos starrte Bär ihr nach.

Der Stamm des jungen Baumes war gerade mal so dick, dass die Handschellen herumpassten, aber er stand voll im Saft und war enorm biegsam. Nichts knackte, als er sich hochgerappelt hatte und sich mit aller Kraft dagegenwarf, der Baum ging nur kurz in eine Schieflage und richtete sich wieder auf. Bär fluchte leise. Am liebsten hätte er seine Wut und sein Leid in den Wald hinausgeschrien. Aber was hätte ihm das genutzt? Wer sollte ihn hören? Es musste schon ein verdammter Zufall sein, wenn ein Förster oder ein Bauer um diese Zeit hier draußen unterwegs war.

Mitsamt seiner Fessel rutschte er an dem jungen Stamm hinunter, hockte sich erneut auf die Decke, die am Boden lag, und zog einen Stecken aus dem Unterholz, mit dem er nach dem Taschenmesser zu seinen Füßen zu fischen begann. Ihm war nicht nach Geduldspielchen, aber er hatte keine Wahl. Immer wieder reckte und streckte er sich zu dem Messer hin, den Stecken in der Hand, im Bemühen, dem Messer einen Schubs zu geben, sodass es näher an seine Füße heranrutschte. Dabei musste er vorsichtig sein, damit es nicht in die falsche Richtung rutschte und zwischen altem Laub und Ästen ganz aus seinem Zugriff verschwand. Einmal erwischte er das Taschenmesser mit der Spitze des Stocks und konnte ihm einen Drall geben, doch das blutrote Ding drehte sich nur auf der Stelle im Kreis.

Er wollte nicht an Lucca denken und konnte doch nicht anders. So viele Bilder von ihr hatten sich in sein Gedächtnis eingebrannt. Er sah sie in ihrem eleganten Businessdress im Krankenhaus stehen, den riesigen weißen Teddy im Arm. Erinnerte sich an ihren dunklen Blick hinter der Kerzenflamme im Garten der Straußwirtschaft. In der Nacht in seinem Apartment waren sie auf wilden Pferden geritten. Und während er sich verliebte, hatte sie ihn beobachtet und bespitzelt, nur um zu wissen, wann der Boden zu heiß für sie wurde. War hierher in das Waldstück geschlichen, hatte im Schutz der Bäume Bogenschießen geübt und ihr Fluchtgepäck kontrolliert, um jederzeit abhauen zu können.

Die schwarze Frau mit dem Baby im Arm, drei Männer, die

sie verfolgten – wie im Film flimmerte die Szene vor seinem inneren Auge vorbei, und er versuchte, die Darsteller zu sortieren. Adelsmann war derjenige gewesen, den Lucca ins Bein getroffen, verfolgt, erschlagen und in den Fluss geschubst hatte. Zuvor musste sie ihm den Pfeil aus dem Fleisch gezogen haben. Der Kerl, der auf der Frau gesessen und den sie in den Bauch getroffen hatte, war Fedor Popow, der Russe, den die Hunde des Schäfers im Dickicht gefunden hatten. Und vor ihnen der Wolf. Die Erinnerung an seinen aufgerissenen Leib mochte Bär nicht zu nah an sich ranlassen, und er verscheuchte sie rasch.

Was genau war passiert? Adelsmann und die beiden anderen könnten die Frau verfolgt haben, weil sie mit dem Baby aus dem Verwalterhaus geflohen war. Warum, war noch unklar. Lucca hatte zwei der Männer getötet, doch der dritte hatte abhauen können, und Lucca war hinter ihm her. Wer zum Henker war der Kerl?

Der Brief, den die Kriminaltechniker im Verwalterhaus sichergestellt hatten, fiel ihm ein. Die Jacke, in der er gefunden worden war, musste dem dritten Mann gehören. Und Lucca hatte Busses Mail mit der Adresse lesen können, weil er vorgestern im Gasthaus »Zum Knoche« beim Gang auf die Toilette sein Handy auf dem Tisch hatte liegen lassen. Es dauerte immer eine Weile, bis sich das Handy abschaltete und man das Passwort erneut eingeben musste.

Der Bogen, verdammt, sie hatte den Bogen mitgenommen! Sie würde den dritten Mann auch noch töten, bevor sie sich nach Osten aufmachte. Er musste sich beeilen, doch er kam bisher noch nicht mal an das Messer heran. Seine Hilflosigkeit machte ihn fertig. Weder konnte er Busse anrufen, um ihn zu der Adresse zu schicken, noch kam er in absehbarer Zeit hier weg.

Er suchte sich einen längeren Stock und bugsierte das Messer schließlich in die Nähe seiner ausgestreckten Füße. Dann nahm er es mit den Schuhen in die Zange und zog die Beine an. Das blöde Messer wollte das Spielchen nicht mitmachen und rutschte ihm mehrmals weg, erst nach einigen Versuchen war er erfolgreich und bekam es mit der Hand zu fassen. Er klappte die kleine grobzackige Säge aus und machte sich an die Arbeit. Immer wieder schnitt er in den Stamm, lehnte sich dagegen, um die Kerbe zu vergrößern, schnitt weiter. Als der Einschnitt endlich groß genug war, packte er den jungen Stamm in Schulterhöhe, hängte sich daran und brach ihn entzwei. Noch ein paar Fasern waren abzusäbeln, dann konnte er die Handschelle abziehen und war frei. Die metallenen Dinger baumelten nun nutzlos an seiner Hand herab.

Beinah musste er lachen.

ACHTZEHN

»Mensch, Bär! Sie sehen ja richtig fertig aus.« Becker hielt ihm mit ausgestrecktem Arm die Beifahrertür auf. »Steigen Sie nur ja rasch ein.«

»Schlafen Sie mal in einem Erdloch.« Dankbar rutschte Bär in Beckers Wagen. Aus seinen Haaren rieselte Dreck, die Schramme auf seiner Wange pochte. Er tastete danach und spürte eine Verkrustung, die sich von der Schläfe bis zum Kinn zog.

»Wie es scheint, brauchen Sie erst einmal eine Dusche«, meinte sein Chef grinsend.

Er nickte nur müde, ihm war bewusst, dass der Duft, den er verströmte, nicht nach Yves Saint Laurent roch.

Nachdem er mit dem jungen Baum fertiggeworden war, an den Lucca ihn angekettet hatte, war er übernächtigt und mit schmerzenden Knochen ins Dorf gewankt. Der Erste und Einzige, den er in den stillen Straßen angetroffen hatte, war der Postbote gewesen. Immerhin hatte der Mann ein Handy dabeigehabt und es ihm unter gestrengen Blicken kurz ausgeliehen. Eigentlich hatte Bär den gefügigen Kollegen Busse erreichen wollen, aber der war gerade unterwegs gewesen, und so war Becker an den Apparat gegangen. Er hatte sich sofort bereit erklärt, Bär in Erlenweil abzuholen, und seine Neugier dabei nicht verhehlen können.

»Selbst schuld, wenn Sie ständig solche Alleingänge wagen«, beschied ihn Becker nun mitleidslos. »Wir hätten die Aktion ganz anders aufziehen können, viel professioneller eben, aber Sie haben mir ja nicht einmal Bescheid gegeben. Deswegen sprechen wir uns noch gesondert. Was mich im Moment interessiert, ist, ob sich Ihre Extratour wenigstens gelohnt hat.«

Bär starrte angespannt durch die Windschutzscheibe. »Mein Hauptverdächtiger ist entlastet und außen vor«, gab er unwillig zu. Marius Adam hatte mit der Höhle nichts zu tun, und das

Baby hatte er auch nicht ausgesetzt. »Aber jetzt müssen wir eine Mörderin stoppen.«

Die Erkenntnis, dass es doch Lucca war, die Adelsmann und obendrein seinen Helfer auf dem Gewissen hatte, tat immer noch weh. Zwar waren ihre Motive andere, als er angenommen hatte, aber das änderte nur wenig. Eine Beziehung konnte er sich mit ihr nicht mehr vorstellen, dennoch hegte er noch Gefühle für sie. Er wünschte sich, er könnte die Zeit bis vor den Tag des unseligen Geschehens zurückdrehen und Luccas Drehbuch umschreiben wie ein Regisseur. Blieb nur zu hoffen, dass ein psychologisches Gutachten über ihre Vorgeschichte den Richter bei der Verhandlung milde stimmte. Allerdings bestand diese Chance nur, wenn er jetzt verhindern konnte, dass sie den dritten Mann kaltblütig umbrachte.

Er musste sie aufhalten, musste schneller sein als sie.

»Wir müssen einem Mord zuvorkommen«, erklärte er und setzte seinen Chef ins Bild. »Dieser Sergej Kusnezow schwebt in Lebensgefahr.«

»Na dann«, stimmte Becker zu. »Sorgen Sie aber sofort für Verstärkung. Noch so ein Alleingang wäre wirklich einer zu viel.«

Bär nickte kleinlaut, bat Becker um dessen Handy und rief im K11 an. Busse war inzwischen wieder an seinem Apparat, nun bekam auch er eine Kurzfassung der Ereignisse übermittelt.

»Okay, ich mach mich auf den Weg und bringe ein paar Kollegen mit.«

Bär ließ sich noch einmal die Anschrift durchgeben, die auf dem russischen Brief gestanden hatte. Taunusstraße, Rotlichtviertel. Na toll, da hatten sie ja illustre Zuschauer, falls sie die Wohnung stürmen mussten. Unruhig rutschte er auf dem Beifahrersitz hin und her. Becker fuhr ihm viel zu langsam. Er war eben kein James Bond, und vom Boden abheben konnte seine Karre schon gar nicht.

»Roberta Hennig hat versucht, dich zu erreichen«, meinte Busse.

»Danke, ich rufe sie zurück.« Ihre Handynummer konnte er immer noch auswendig.

»Und, Bär, wie ist es gelaufen?«, wollte Roberta wissen, nachdem er sich gemeldet hatte.

»So lala.«

»Du klingst mitgenommen.«

»Es geht mir gut.« Er verzichtete darauf, Roberta seine Gefühlslage genauer darzulegen, schließlich hatte er sie selbst noch nicht ganz ausgelotet. Lieber konzentrierte er sich auf die Fakten. »Was Marius Adam angeht, hattest du recht. Ich glaube immer noch, dass er es war, der das Kind nach Deutschland geholt hat. Aber in die Asche hat er es nicht gelegt, und die beiden Männer hat er auch nicht auf dem Gewissen.«

»Himmel, in seinem Kellerlabor hätte ich Stein und Bein geschworen, dass er mindestens Adelsmann umgebracht hat. Er hat offen zugegeben, dass er das Baby hergebracht hat, um dessen Immunität gegen Ebola erforschen zu lassen. Aber Adelsmann, der die entsprechenden Wissenschaftler beibringen sollte, hat ihn aufs Kreuz gelegt und wollte das Baby für Pharmatests missbrauchen. Diese Düsternis, mit der er über ihn gesprochen hat ... Er muss sehr enttäuscht von ihm gewesen sein. Aber die Höhle hatte er sich eingerichtet, oder?«

»Nein, das war eine Prepperin.«

»Eine Kollegin von Marvin?« In Robertas Stimme schwangen Belustigung und Erstaunen mit.

»Na ja, schon einige Klassen härter.« Bär schluckte, als er daran dachte, dass Lucca nun auf dem Weg zu ihrem dritten Opfer war. »Hinter der sind wir gerade her. Alles Weitere später. Ich ruf dich wieder an.«

»Bär? Halt mal.«

Sie hatten den Stadtrand von Frankfurt erreicht, Becker schaltete das Blaulicht ein, vor ihnen drängten sich die Fahrzeuge zur Seite. Feine Regentropfen benetzten die Windschutzscheibe, das rhythmische Schnarren der Scheibenwischer mischte sich leise unter den jaulenden Ton des Martinshorns.

»Ja, was denn noch?«

»Emine Schneider stammt gebürtig aus Liberia. Sie war ein paar Jahre mit einem Deutschen verheiratet, hat hier gelebt und hatte einen deutschen Pass. Aber das ist noch nicht alles. Sie ist kurz nach der Geburt ihres Babys in Liberia an Ebola gestorben, und ihre Schwester Yola ist an ihrer Stelle mit dem Kind nach Deutschland gekommen.«

»Hat dir Marius Adam das erzählt?«

»Ja. In seinem Kellerlabor.« Sie lachte gequält.

»Okay, um diese Emine kümmern wir uns später.«

»Du meinst, um Yola.«

»Sag ich doch.«

***

In ihrer Dachstube öffnete Roberta das Fenster und sah auf den Schweizer Platz hinaus, der trist und grau unter ihr lag. Es hatte zu nieseln begonnen, der Herbst kündigte sich an. Die Bäume hatten erste Blätter fallen lassen, unter ihren Ästen hasteten Passanten dahin, geschützt von Kapuzen und Schirmen. Von hier oben, vom fünften Stock aus, erinnerten sie an geschäftige Ameisen. Die meisten von ihnen wollten wohl Besorgungen machen, andere die Stadt erkunden, shoppen oder in irgendein Café. Niemand mochte nass werden, und keiner hatte Zeit. Sogar zum Vergnügen wurde gerannt.

Zu gern hätte Roberta einen Artikel über die Ereignisse der letzten Wochen begonnen, aber ihre Informationen waren noch zu dürftig. Sie kannte nur Marius Adams Version, sein Vorhaben, das Baby der Wissenschaft zuzuführen, jedoch nicht den Ausgang seines Bäumchen-wechsle-dich-Spiels: Die Frau, die das Baby aus Afrika hierhergebracht hatte, war nicht dessen Mutter gewesen, sondern die Tante. Aber wieso war sie nun verschwunden? Warum hatte sie sich nicht weiter um das Baby gekümmert?

Wusste Bär inzwischen, wer das Baby in die Asche des Lagerfeuers gelegt hatte?

Am Handy hatte seine Stimme vorhin seltsam belegt geklungen, vermutlich war er übermüdet, kein Wunder nach einer schlaflosen Nacht in einem Erdloch. Von einer Prepperin hatte er gesprochen, von der Person, die die Höhle gebaut hatte und hinter der er nun her war. Konnte es sich dabei um dieselbe Person handeln, die das Baby ausgesetzt und Adelsmann und den Russen umgebracht hatte? Eine Täterin.

Sie fischte ihr Handy aus der Jeanstasche, machte ein Foto vom Schweizer Platz und sandte es an Bär. »Herbstbeginn«, schrieb sie dazu. »Kleiner Informationsaustausch unter Freunden heute Abend im Homburger Hof?«

Ihre Infos über Marius Adam gegen den Stand seiner Ermittlungen, das war ein fairer Deal.

Ein Läuten an ihrer Wohnungstür riss sie aus ihren Gedanken. Als sie die Tür öffnete, stand Marvins Mutter auf der Matte. Sie rang nervös die Hände und trat von einem Fuß auf den anderen. Wieder war sie mit Schmuck behangen wie ein Weihnachtsbaum, allerdings trug sie diesmal keine löchrigen Jeans, sondern ein wallendes schwarzes Gewand. Roberta musste zugeben, dass es den goldglänzenden Modeschmuck und ihr blondes Haar schön zur Geltung brachte. Zusammen mit dem Rot ihres Lippenstifts wäre es ein passendes Outfit für den Tag der Deutschen Einheit.

»Hallo, Frau Waldschmidt.« Sie beschloss, abzuwarten, was sie zu ihr führte.

»Es ist wegen Marvin«, begann ihre Nachbarin.

»Ja?« Roberta hegte bereits die Hoffnung, dass die Frau inzwischen über ihren Rat nachgedacht hatte, wegen des Jungen einen Psychologen aufzusuchen, wurde jedoch im nächsten Moment eines Besseren belehrt.

»Die Nichte von Ihrem Freund, dem Kommissar, hat meinen Marvin draußen in Erlenweil in so einem Bauwagen eingeschlossen. Für diese Unverschämtheit verlange ich eine Erklärung. Und eine Entschuldigung.«

»Wie bitte? Was ist denn passiert?«

»Das kleine freche Biest hat meinen Jungen eingesperrt. Wenn der Schäfer ihn nicht gefunden hätte, wäre er die ganze

Nacht da drin gewesen. Was denken Sie, was ich mir für Sorgen gemacht habe, als er nicht nach Hause kam, nachdem ich die Boutique längst geschlossen hatte? Ich dachte, ihm sei etwas passiert.«

Roberta versuchte, sich das vorzustellen. Wieso war Amelie mit diesem Marvin unterwegs gewesen? Und wie hatte sie den Jungen überwältigen können?

»Das tut mir wirklich leid«, beteuerte sie. »Aber damit sind Sie bei mir an der falschen Adresse. Ich bin weder mit Amelie verwandt, noch bin ich ihre Erziehungsberechtigte.«

»Aber ihr Onkel kommt oft genug mit ihr hierher. Bestellen Sie ihm, dass ich das nächste Mal zur Polizei gehe.«

»Amelies Onkel ist die Polizei«, meinte Roberta sanft.

»Umso schlimmer, da sieht man mal, wie weit es in unserer Gesellschaft inzwischen gekommen ist.«

»Ich kann Kommissar Bär gern bitten, Sie anzurufen. Geben Sie mir einfach Ihre Nummer, dann können Sie das alles mit ihm selbst ausmachen.«

Marvins Mutter blinzelte sich eine Träne aus dem Auge. »Mein armer Junge. Immer muss er alles einstecken. Sie glauben gar nicht, wie weh mir das tut.«

»Wollen Sie nicht einen Moment hereinkommen?«

»Ach, gehen Sie mir doch weg!«

Mit einem Aufschluchzen drehte Marvins Mutter sich um und lief die Treppe hinunter. Roberta sah ihr verblüfft nach.

***

»Die Taunusstraße heißt ja so, weil um die Ecke lange Zeit der Bahnhof der Taunusbahn stand«, erklärte Becker im Plauderton, während er mit deutlich erhöhtem Tempo in die Kaiserstraße einbog. »Erst 1888 wurde der Hauptbahnhof eingeweiht, und man konnte den Taunusbahnhof schließen.« Er hatte das Martinshorn abgestellt, das Warnlicht drehte sich nun stumm auf dem Dach und überzog die Straße mit rhythmisch zuckenden blauen Schatten.

»Hm.« Bär mutmaßte schon, dass Becker die Sirene abgestellt hatte, damit er ihm besser zuhören konnte. Ihm war nicht nach Small Talk; das Einzige, was ihn interessierte, war, Lucca von einem weiteren Tötungsdelikt abzuhalten. Aber er wusste, dass sein Chef schwer zu stoppen war, wenn er erst einmal zu reden begonnen hatte. Es war immer einfacher, ihm bis zum Ende zuzuhören, als ihn auszubremsen.

»Die Häuser in diesem Viertel sind im Zweiten Weltkrieg sonderbarerweise verschont geblieben«, erzählte Becker auch schon weiter. »Vor allem in Elbestraße und Kaiserstraße standen nach Kriegsende noch etliche Bauten, was die amerikanischen Besatzer veranlasste, sich hier niederzulassen. Tja, und mit ihnen kamen die Damen der käuflichen Liebe. Und später dann die Banker. Die Gebäude hier stehen inzwischen größtenteils unter Denkmalschutz. Sind wir hier richtig?« Er ließ das Seitenfenster herunter und versuchte, die Hausnummer zu erspähen. »Ja, doch, das Haus da drüben auf der gegenüberliegenden Straßenseite, das müsste es sein.«

»Chef? Ich schaue mich schon mal um.« Bär fasste zum Türgriff, bereit, auszusteigen.

»Mensch, Bär, Sie warten verdammt noch mal auf die Verstärkung, damit wir den gesuchten Mann vorläufig festnehmen können. Wenn Sie jetzt rübergehen und an der Tür schellen, haut er uns nur über den Hinterhof ab. Hat Busse sich überhaupt schon um den Durchsuchungsbeschluss gekümmert?«

»Denke schon«, meinte Bär. Er hatte Busse nicht ausdrücklich darum gebeten, ging aber davon aus, dass der Kollege das routinemäßig erledigt hatte. Und wenn nicht, war es kein großer Verlust. Bei Gefahr im Verzug stellten die Richter den Beschluss auch im Nachhinein aus. Das fiel unter stillschweigendes Einvernehmen. Manchmal musste man einfach schnell sein, und der Papierkram hielt einen nun mal auf.

Er stieg aus dem Wagen. »Ich schaue mich wirklich nur mal um«, beruhigte er Becker. Mit der flachen Hand klopfte er wie zur Bestätigung aufs Autodach, dann überquerte er die Straße.

Eine Weile stand er still vor dem Haus und betrachtete die

Sandsteinfassade mit ihren regelmäßig angelegten Fenstern, den vielen schmalen Simsen und den schmiedeeisernen Balkongittern. Ein paar Häuser weiter waren rote Rollläden herabgelassen, die Balkonbespannung zeigte lebensgroße Schattenrisse von sich rekelnden, unbekleideten Frauen.

»Na, Bulle? Auch mal in 'nen Puff?« Ein junger Kerl schlug ihm im Vorbeigehen auf die Schulter. Bär lächelte gnädig.

An einem der Fenster wurde der Vorhang zurückgezogen, das Gesicht einer jungen Frau erschien hinter der Scheibe und verschwand schnell wieder. Nicht alle hier sahen in der Polizei einen Freund und Helfer.

Bär ging ein paar Schritte vor dem Haus auf und ab, er blickte zu Becker hinüber. Der silbergrau-blaue Opel stand immer noch allein da, die Verstärkung schien im Straßenverkehr stecken geblieben zu sein. Oder Busse hatte sich doch noch damit aufgehalten, einen ordentlichen Durchsuchungsbeschluss zu bekommen.

Als ein älterer Herr aus dem Haus trat, schlüpfte Bär hinein, bevor die Tür zufiel. Im Hausflur studierte er die Namensschilder auf den Briefkästen. Ein paar Aufschriften waren schon verblasst und unleserlich, an anderen Blechbriefkästen hatten die Türen aufgebogene Ecken. Ein Indiz dafür, dass der Besitzer oder jemand anders mit Gewalt versucht hatte, an seine Post heranzukommen, weil er keinen Schlüssel besaß oder ihn verloren hatte. Den Namen, der auf dem Brief aus dem Verwalterhaus gestanden hatte, entdeckte Bär auf einem zusätzlich angebrachten Aufkleber. Anscheinend wohnte der Adressat zur Untermiete hier im Haus, und er musste den Briefkasten des Hauptmieters mitbenutzen.

Bär öffnete die Haustür einen Spalt und sah hinaus. Becker saß noch am Steuer, Busse war immer noch nicht mit der Verstärkung vor Ort. Leise ließ er die Tür wieder zugleiten, trat einen Schritt zurück und stieß mit jemandem zusammen.

»Entschuldigung.« Eine junge Frau sah ihn abwesend an, den Schlaf noch in den Augen. Sie trug eine Gymnastikhose und ein enges T-Shirt, ihr Gesicht war ungeschminkt und ihr Haar unter einem Basecap versteckt. So musste Scarlett Johansson aussehen, wenn sie morgens inkognito zum Joggen in den Park wollte.

»Wissen Sie, in welchem Stock Sergej …«

»… Kusnezow? Erster Stock links.« Ehe er sich bedanken konnte, war die junge Frau aus der Tür geschlüpft.

Langsam stieg er nach oben in den ersten Stock, sog den Geruch von Bohnerwachs und abgestandener Kellerluft ein. Vor der Wohnungstür, hinter der Kusnezow wohnen musste, verharrte er und lauschte. In der Wohnung blieb alles ruhig, und auch im Hausflur war nichts zu hören außer dem leisen Knarzen der Dielen unter seinen Schuhen, wenn er sein Gewicht verlagerte.

Der Typ da drinnen hatte eine Frau vergewaltigen wollen, und Lucca hatte das verhindert. Nun wollte Bär verhindern, dass Lucca dem Kerl etwas antat. Irgendwie war das alles schräg.

Ein Schrei, der zu ihm ins Treppenhaus drang, ließ ihn zusammenfahren. Er schien eher von draußen gekommen zu sein als aus der Wohnung, das Flurfenster war gekippt, die Gegend unruhig. Dennoch versetzte er Bär in Alarmbereitschaft.

»Lucca, mach keinen Scheiß!«, brüllte er und schmiss sich mit Wucht gegen die Tür. Zu seinem Schrecken gab sie sofort nach, das Schloss war nicht richtig eingerastet. Prompt stolperte er in die Wohnung hinein, und sein Schwung brachte ihn aus dem Gleichgewicht. Gerade so eben konnte er sich noch auffangen. »Lucca?«

Schwer atmend stand er in dem fremden Flur. Die Luft roch muffig und abgestanden.

Ein paar Schritte, und er konnte das Wohnzimmer einsehen. Ein abgenutzter Ohrensessel stand mit der Rückenlehne zu ihm, eine Hand lag schlapp auf der Seitenlehne.

Langsam ging er um das Möbel herum.

Im Sessel hing der Körper eines jungen Mannes, das Haar verschwitzt auf die blasse Stirn geklebt, die Augen ausdrucklos und starr. Aus seinem Kehlkopf ragte ein eleganter Hightech-Pfeil.

Nur wenig geronnenes Blut an der Einschussstelle, registrierte Bär seltsam mechanisch. Ihm war, als stehe er außerhalb seiner selbst und sähe sich bei der Begutachtung des Tatorts zu. Der dunkle Carbonpfeil hatte die Wunde verschlossen, irritierenderweise leuchtete sein Ende blutrot. Dort waren drei längliche, abgerundete Dreiecke aus Kunststoff, die Vanes. Sie sollten den Flug korrigieren. Wie in Trance starrte Bär darauf.

Lucca war schneller gewesen als er.

***

Roberta fand, dass Christian Bär müde und abgekämpft aussah, als er am Abend im Apfelweinlokal aufschlug. Der Garten draußen war nun geschlossen, und sie hatte einen Tisch nahe der Butzenscheibe gewählt. Ein bisschen Sentimentalität war dabei gewesen, denn es war genau der Tisch, an dem sie sich zum ersten Mal ausführlich miteinander unterhalten hatten. Irgendwie war es ihr Tisch, ihr Lokal.

»He, da bist du ja!«, begrüßte sie ihn.

»Hallo.« Er setzte sich zu ihr.

»Hast du überhaupt geschlafen heute Nacht?«, wollte sie wissen.

Er schüttelte den Kopf.

»Habt ihr die Frau gekriegt, hinter der ihr her wart?«

»Leider nein. Aber wir haben sie zur Fahndung ausgeschrieben.« Ohne ihren Namen zu nennen, fasste Bär Luccas Vergehen für Roberta zusammen. Erzählte von seiner Suche nach ihr im Rotlichtviertel und von dem dritten Mann. »Irgendwann kriegen wir sie. Jeder Täter macht einmal einen Fehler, und dann geht er uns in die Falle, nur dauert es manchmal ein Weilchen. Gelegentlich sogar ein paar Jahre.«

Der Ober kam an den Tisch, und Roberta bestellte Eier mit grüner Soße und dazu ein Wasser. »Muss abnehmen.«

Das Kompliment, das er ihr früher an dieser Stelle gemacht hätte, fiel aus. Keine Versicherung, dass jedes Pfund bei ihr an der richtigen Stelle säße. Er zog nur eine Braue hoch und bat für sich selbst um den Hausschoppen.

»Nun erzähl mir schon deine Geschichte«, sagte er ruhig.

Roberta ließ sich nicht lange bitten. Sie berichtete von ihrem Gespräch mit Marius Adam, von ihrer Angst im Dunkel seines Labors und von ihrer Flucht aus dem Fenster. »Er hat Yola dazu gekriegt, sich als Emine auszugeben. Und Emine hat er in Afrika als Yola begraben lassen. Ist so was strafbar?«

Bär unterdrückte ein Gähnen. »Jemand müsste Anzeige erstatten, damit wir ermitteln können. Aber ob der Fall in Afrika dann auch zügig juristisch verfolgt wird? Womöglich dauert es Jahre, oder die dortigen Behörden finden das alles nicht so wichtig. Wo kein Kläger, da kein Richter.«

Roberta dachte im Stillen, dass das für einen Polizisten ein seltsames Zitat war. Sie zog das Einwegfeuerzeug hervor, das sie für Notfälle in der Handtasche mitschleppte, und zündete die Kerze an, die auf dem Tisch stand. Die Ellbogen auf die Tischplatte gestützt, legte sie den Kopf in die Hände und sah ihn über die Flamme hinweg an.

Er wandte augenblicklich sein Gesicht ab, und als er sie wieder ansah, lag etwas Unergründliches in seinem Blick, gerade so, als würde er sich an etwas erinnern oder sogar für etwas schämen. »Kannst du die Kerze bitte ausmachen? Ich mag das nicht, wenn der Docht so rußt.«

»Wie du meinst.« Roberta befeuchtete Daumen und Zeigefinger und drückte die Flamme unerschrocken aus. »Erzähl mir von der Frau, die die Höhle eingerichtet hat.«

Er nahm einen großen Schluck vom Haustrunk. »Sie wollte halt jederzeit in die Wildnis fliehen können, weißt du. Irgendwie gehört sie zu denjenigen, die glauben, dass unsere Zukunft ein einziges Desaster wird.«

»Ist ja auch gar nicht so weit hergeholt. Wir werden immer mehr, rotten Pflanzen und Tiere aus, verpesten die Luft, verunreinigen die Meere mit Plastik, obwohl wir uns über die Nahrungskette selbst damit vergiften. In der Politik gelten alte Bündnisse nichts mehr, jeder schreit nur noch nach Unabhängigkeit und Autonomie. Computer sagen uns, was wir kaufen, essen und denken sollen und –«

»Bitte, du nicht auch noch, ja?«, unterbrach er sie verärgert.

»Ist doch wahr.« Roberta blies die Wangen auf.

Eine Weile saßen sie still am Tisch.

»Darf es noch etwas sein?« Der Ober meinte es gut mit ihnen.

»Nein danke.« Sie schüttelten beide die Köpfe.

»Und diese Prepperin«, begann Roberta wieder, »die hat ihre Opfer tatsächlich mit Pfeil und Bogen ins Jenseits befördert?«

»Ins Jenseits befördert! Wie das schon klingt. Adelsmann, der Schönheitschirurg, hatte Yola und das Baby in diesem heruntergekommenen Gutsverwalterhaus untergebracht, das er renovieren wollte, du weißt schon. Aus irgendeinem Grund ist sie von dort mit dem Baby geflohen, und Adelsmann und zwei andere, vermutlich seine Handlanger, sind hinter ihr her und haben sie überfallen. Die Prepperin wollte die Frau beschützen.«

»Sie wollte der Frau nur helfen, und da bringt sie gleich drei Männer um? Erzähl mir jetzt nicht, sie hätte eine schwere Kindheit gehabt.«

»Irgendwie schon.« Bär hob resigniert die Schultern. »Kein Mensch ist nur gut oder nur böse, weißt du. So was gibt es nur im Märchen.«

Roberta nickte. Da war was dran.

EPILOG

Sie hatte lange geschlafen. Von dem Geld, das Marius Adam ihr gegeben hatte, hatte sie sich auf der Eckenheimer Landstraße in einem einfachen Hotel eingemietet. Die Wohnung ihrer Schwester hatte Yola bislang nicht betreten, mit geradezu eiserner Disziplin hatte sie sich selbst davon abgehalten. Schließlich würde man dort als Erstes nach ihr suchen. Vielmehr nach Emine.

Jetzt war sie auf dem Weg dorthin. Vom Hotel aus war sie die Straße hochgelaufen und stand nun vor der Eisdiele am Verkaufsstand. Der Verkäufer hob auffordernd das Kinn, zum Sprechen war er wohl noch zu müde.

»Frankfurt's green sauce, please«, bestellte Yola.

»Eine Kugel?« Yola wusste nicht, was das hieß, aber er hob den Daumen, und der erhobene Daumen stand hierzulande für etwas Gutes.

»Yes, please.«

Sie schob ihm ein paar Münzen hin, und er reichte ihr das Wechselgeld und ein Hörnchen mit einer Kugel Eis über die Theke. Vorsichtig schleckte sie an dem kalten hellgrünen Zeug. Im Hotel hatte ihr eine Amerikanerin erzählt, dass das Grüne-Soße-Eis von »Eis Christina« einen Transatlantikflug wert sei. Aber da war sich Yola nicht so sicher. Das Eis schmeckte nach Sahne, Zucker und herben Kräutern. Wenn das der Geschmack Frankfurts war …

Sie schlenderte in die Adlerflychtstraße, passierte den Eingang eines Kinos und betrachtete die Plakate im Schaukasten.

Bevor sie das Haus betrat, in dem Emine gewohnt hatte, sah sie sich nach allen Seiten um. Dann erst schloss sie die Haustür auf. Drinnen empfing sie ein sauberes Treppenhaus. Neben einem Gießkännchen und kleinen Figuren stand eine große Pflanze mit hellgrünen Blättern vor dem Flurfenster. Yola gefiel sie, auch wenn sie ihren Namen nicht kannte. Sie nahm die Treppe. Die Wohnung ihrer Schwester lag im dritten Stock.

Wieder schaute sie sich um, dann drehte sie den Schlüssel im Schloss und trat rasch ein.

Emines Wohnung hatte ein schönes großes Fenster zur Straße hinaus, aber sie war winzig. Im Grunde bestand sie aus nur einem Zimmer mit einem Ausklappsofa und einem Tischchen davor sowie einer winzigen Kochnische mit einem Herd und einem Kühlschrank. Mehr hatte Emine sich nicht leisten können, offensichtlich war ihr früherer Ehemann nicht besonders reich, sonst hätte er ihr mehr überlassen müssen. Nach deutschem Recht bekamen die Frauen etwas vom Vermögen des Mannes, wenn er keine Lust mehr hatte und die Ehe aufkündigte. Emine hatte selbst nie viel verdient. Sie hatte mal als Verkäuferin, mal als Kellnerin gearbeitet, mal hier, mal dort.

Yola zog die Schublade des Schränkchens auf, das unter einem schmalen Spiegel an der Wand stand. Ein Streifen Passfotos von Emine lag darin und ein Zertifikat. Buchstaben, lauter Buchstaben. »B1«, entzifferte Yola. Womöglich konnte sie das Dokument, wozu es auch dienen mochte, noch einmal brauchen.

Sie faltete es zusammen, schob ihre Bluse hoch, löste die Stoffstreifen, mit denen sie sich die Scheine um den Leib gebunden hatte, die von Marius Adams Bezahlung übrig waren, und steckte die Seite zwischen das Geld. Zu ihrer Erleichterung war es genug, um in ein anderes europäisches Land zu gehen, nach Frankreich vielleicht. Dort lebten viele Menschen vom afrikanischen Kontinent, sie würde mit ihrer schwarzen Haut kaum auffallen, und mit etwas Glück würde ihr jemand weiterhelfen. Von der Sprache her wäre England einfacher, aber nach England kam man schwer durch, schließlich lag es auf einer Insel. Am Ende hing man in Calais in einem schmutzigen Lager fest, und das war es nicht wert. Emines Pass konnte ihr nicht länger helfen, nach ihrer Schwester würde die Polizei bald suchen, und Europa war klein.

Sie beschloss zu gehen, da fiel ihr Blick auf ein abgedecktes Ungetüm in der Ecke. Vorsichtig zog sie das Tuch ab und enthüllte eine Wiege aus Korbgeflecht. Der Anblick gab ihr einen

Stich. Um das Kind tat es ihr leid. Es war niedlich gewesen, mit seinen großen dunklen Augen hatte es versucht, sich die Welt zu erschließen. Aber die Krankheit hatte bereits wie ein Schatten über ihm gelegen, und sein Schicksal war längst besiegelt gewesen.

So war Kofi bei dieser Jägerin geblieben, die ihr die Kerle vom Hals geschafft hatte. Geplant hatte Yola das nicht, es war einfach passiert, alles war so schnell gegangen. Zwei der Männer waren in das Haus gekommen, in dem Marius Adam sie untergebracht hatte, bis er wusste, welche Ärzte sich um das Baby kümmern würden. Eine medizinische Sensation sei es, das müsse man genau untersuchen, hatte Marius Adam gesagt, dann könne man die Menschheit von Ebola befreien. Also hatte sie gewartet, tagelang. Und immer wieder hatte Marius Adam sie vertröstet. Bis unangekündigt diese Männer ins Haus kamen und anfingen, alles zu demolieren. Das Küchenfenster hatten sie herausgebrochen, sodass der Regen reinkam. Regen sei gut, er mache die Wand nass und die Dielen kaputt. Das müsse so sein; um das zu arrangieren, seien sie hergekommen.

Die Verständigung war mühsam gewesen, die beiden konnten nur wenige Brocken Englisch, aber sie schienen Spaß daran zu haben, sich mit ihr zu unterhalten, hatten gestikuliert und gelacht. Dann waren ihre Gesten anzüglich geworden, mit der Zunge hatten sie geschlabbert, ihr an den Busen gegrapscht und ihren Hintern betatscht.

In ihrer Panik hatte sie das Baby genommen und war davongerannt, quer über die Weide und den kleinen Fluss entlang.

Und die beiden hinter ihr her.

Sogar ein Dritter kam dazu, es wurde eine wilde Flucht. Die Rufe ihrer Verfolger hat sie noch im Ohr, ihre lauten Stimmen. Sie erinnerte sich an den Mann, der ihr das Kind weggerissen, an den schweren Kerl, der auf ihr draufgesessen hatte und anfing, ihr die Kleider vom Leib zu reißen. Zum Glück hatte die Jägerin sie mit Pfeil und Bogen verteidigt und das Baby an sich genommen und beschützt.

Yola war einfach nur gerannt, weg, weit weg. Dabei hatte

sie sich so leicht gefühlt, ohne das Gewicht des Kindes, ohne Verantwortung, ohne Plan. Sie hatte vage geahnt, wie das Leben auch sein könnte.

Und war weitergerannt.

Sie schlug ein Kreuz vor der Brust und sprach ein kurzes Gebet für das Baby. Sie wusste, dass es gestorben war, hatte die Fotos und Schlagzeilen in den Zeitungen gesehen. Die Amerikanerin im Hotel hatte sie ihr ins Englische übersetzt.

Vor Emines schmalem Spiegel zupfte Yola ihr Haar zurecht. Immer noch trug sie es wie Emine, um deren Passbild ähnlich zu sehen. Doch das war nun vorbei. Yola war jetzt wieder Yola.

Und auf der Flucht.

Dank

Auch diesmal haben mir unerschrockene Menschen Einblicke in ihr Leben und ihre Arbeit erlaubt.

Mit dem Wanderschäfer Peter Link aus Nidda-Eichelsdorf und seinen Hunden durfte ich einen Tag lang Schafe hüten. Sandro Halwe vom Virologischen Institut der Universität Marburg erklärte mir geduldig die Form von Filoviren und die Problematik der Epidemien, die sie auslösen können. Dr. med. Constanze Niess vom Institut für Rechtsmedizin der Universität Frankfurt machte mich in ihrem Garten über Gesichtsrekonstruktionen schlau. André Karsten, der für die Frankfurter Polizei auf Twitter, Facebook und Instagram unterwegs ist, durfte ich für meine Recherche im Polizeipräsidium besuchen. Und auch Kriminaloberkommissarin Diana Rosenfeld von der Presse- und Öffentlichkeitsarbeit des Polizeipräsidiums Frankfurt hatte keine Angst vor meinen neugierigen Fragen.

Ihnen allen gilt mein herzlicher Dank.

Sollte ich etwas falsch wiedergegeben haben, so geht das auf meine Kappe. Alle Personen und alle Handlungen sind frei erfunden, die Plätze und Orte jedoch nicht. Lediglich Erlenweil habe ich mir aus verschiedenen Wetterauer Flecken »zusammengereimt«. Einerseits war das für den Plot meiner Geschichte notwendig, andererseits mochte ich niemandem eine Leiche ins Dorf legen.

Apropos Plot. Meiner Familie danke ich für viele Anregungen und für die liebevolle Geduld, mit der sie meine Schreiblaunen ertragen hat. Ein fettes Lob geht an meine Lektorin Marit Obsen, die mir so manchen Unsinn aus dem Manuskript fischen musste und meinen Figuren dennoch verbunden blieb.

Uli Aechtner

Uli Aechtner
MORDSWETTER
Broschur, 224 Seiten
ISBN 978-3-7408-0160-1

»Wetterwissen, skurrile Morde und ein sympathisches Ermittlerteam lassen eine Vorhersage zu: Der Krimi wird für anregende Stunden sorgen.« Frankfurter Rundschau

ULI AECHTNER / BELINDA VOGT
FRAUEN SCHWIMMEN
RHEIN MAIN KRIMI
emons: